STS

STS

山田社

STS

山田社

SHAN TIAN SHE
-新制對應版-

網羅新日本語能力試驗單字必考範圍

日本語
單字分類
辭典

NIHONGO TANGO・BUNRUI ZITEN

N3.N4. N5 單字分類辭典

【吉松由美・田中陽子・西村惠子・千田晴夫・山田社日檢題庫小組 合著】

山田社

前言

> 日檢考高分的頂尖高手，
> 都在偷學的單字記憶法，
> 那就是搶高分的祕訣：
> 情境記憶法！
> 日語自學，**考上 N3, N4, N5**，就靠這一本！

《日本語單字分類辭典 單字分類辭典》「情境分類」大全，再出 N3, N4, N5 單字完全收錄版了。

新制日檢考試重視「活用在交流上」。因此，在什麼場合，如何用詞造句？就成為搶高分的祕訣。本書配合新日檢考試要求，場景包羅廣泛，這個場合，都是這麼說，從「單字→單字成句→情境串連」式學習，打好「聽說讀寫」綜合實踐能力。結果令人驚嘆，史上最聰明的學習法！讓你快速取證、搶百萬年薪！

學習日語除了文法，最重要的就是增加單字量。如果文法是骨架，單字就是肌肉。本書精心將日檢考試必考 N3, N4, N5 單字，直接幫您創造情境，分類到日常生活中常見的場景，利用想像自己在生活情境中，使用該單字的樣子。也就是利用體驗無窮的想像樂趣，來刺激記憶，幫助您快速提升單字肌肉量，勁爆提升您的日語力！！

史上最強的新日檢單字集《**日本語單字分類辭典 N3,N4,N5 單字分類辭典**》，首先以情境分類，串連相關單字。而單字是根據日本國際交流基金（JAPAN FOUNDATION）舊制考試基準及新發表的「新日本語能力試驗相關概要」，加以編寫彙整而成的。除此之外，本書精心分析從 2010 年開始的新日檢考試內容，增加了過去未收錄的日檢各級程度常用單字，加以調整了單字的程度，可說是內容最紮實的日檢單字書。

無論是累積應考實力，或是考前迅速總複習，都能讓您考場上如虎添翼，金腦發威。精心編制過的內容，讓單字不再會是您的死穴，而是您得高分的最佳利器！

「背單字總是背了後面忘了前面！」「背得好好的單字，一上考場大腦就當機！」「背了單字，但一碰到日本人腦筋只剩一片空白鬧詞窮。」「單字只能硬背好無聊，每次一開始衝勁十足，後面卻完全無力。」「我很貪心，我想要有主題分類，又有五十音順好查的單字書。」這些都是讀者的真實心聲！

您的心聲我們聽到了。本書的單字採用情境式主題分類，還有搭配金牌教師編著的實用例句，相信能讓您甩開對單字的陰霾，輕鬆啟動記憶單字的按鈕，提升學習興趣及成效！

▼ 內容包括：

1. 主題王——情境帶領加強實戰應用力

日檢考高分的頂尖高手，都在偷學的單字記憶法，那就是情境記憶法。本書採用情境式學習法，由淺入深將單字分類成：**時間、住房、衣服…動植物、氣象、機關單位…通訊、體育運動、藝術…經濟、政治、法律…心理、感情、思考等**不同情境。讓您不僅能一次把相關單字整串背起來，還方便運用在日常生活中，再搭配金牌教師編寫的實用短例句，讓您在腦內產生對單字的印象，應考時就能在瞬間理解單字，包您一目十行，絕對合格！

2. 單字王——高出題率單字全面深化記憶

根據新制規格，由日籍金牌教師群所精選高出題率單字。每個單字所包含的詞性、意義、用法等等，讓您精確瞭解單字各層面的字義，活用的領域更加廣泛，幫您全面強化學習記憶，分數更上一層樓。

3. 速攻王——說明易懂掌握單字最準確

依照情境主題將單字分類串連，從「**單字→單字成句→情境串連**」式學習，幫助您快速將單字一串記下來，頭腦清晰再也不混淆。每一類別並以五十音順排列，方便您輕鬆找到您要的單字！中譯解釋的部份，去除冷門字義，並依照常用的解釋依序編寫而成。讓您在最短時間內，迅速掌握日語單字。

4. 例句王——活用單字的勝者學習法

要活用就需要「聽說讀寫」四種總和能力，怎麼活用呢？書中每個單字下面帶出一個例句，例句不僅配合情境，更精選該單字常接續的詞彙、常使用的場合、常見的表現，配合日檢各級所需時事、職場、生活、旅遊等內容，貼近日檢各級程度。從例句來記單字，加深了對單字的理解，對根據上下文選擇適切語彙的題型，更是大有幫助，同時也紮實了聽說讀寫的超強實力。

5. 聽力王——高分合格最佳利器

新制日檢考試，把聽力的分數提高了，合格最短距離就是加強聽力學習。為此，書中還附贈光碟，幫助您熟悉日籍教師的標準發音及語調，讓您累積聽力實力。

在精進日文的道路上，只要有效的改變，日文就可以大大的進步，只要持續努力，就能改變結果！本書廣泛地適用於一般的日語初學者，大學生、碩士博士生、參加 N3 到 N5 日本語能力考試的考生，以及赴日旅遊、生活、研究、進修人員，也可以作為日語翻譯、日語教師的參考書。搭配本書附贈的朗讀光碟，充分運用通勤、喝咖啡等零碎時間學習，讓您走到哪，學到哪！絕對提供您最完善、最全方位的日語學習！

目錄

詞性說明

詞性	定義	例（日文／中譯）
名詞	表示人事物、地點等名稱的詞。有活用。	門／大門
形容詞	詞尾是い。說明客觀事物的性質、狀態或主觀感情、感覺的詞。有活用。	細い／細小的
形容動詞	詞尾是だ。具有形容詞和動詞的雙重性質。有活用。	静かだ／安靜的
動詞	表示人或事物的存在、動作、行為和作用的詞。	言う／說
自動詞	表示的動作不直接涉及其他事物。只說明主語本身的動作、作用或狀態。	花が咲く／花開。
他動詞	表示的動作直接涉及其他事物。從動作的主體出發。	母が窓を開ける／母親打開窗戶。
五段活用	詞尾在ウ段或詞尾由「ア段＋る」組成的動詞。活用詞尾在「ア、イ、ウ、エ、オ」這五段上變化。	持つ／拿
上一段活用	「イ段＋る」或詞尾由「イ段＋る」組成的動詞。活用詞尾在イ段上變化。	見る／看 起きる／起床
下一段活用	「エ段＋る」或詞尾由「エ段＋る」組成的動詞。活用詞尾在エ段上變化。	寝る／睡覺 見せる／讓…看
下二段活用	詞尾在ウ段・エ段或詞尾由「ウ段・エ段＋る」組成的動詞。活用詞尾在ウ段到エ段這二段上變化。	得（う）る／得到 寝（ね）る／睡覺
變格活用	動詞的不規則變化。一般指カ行「来る」、サ行「する」兩種。	来る／到來 する／做
カ行變格活用	只有「来る」。活用時只在カ行上變化。	来る／到來
サ行變格活用	只有「する」。活用時只在サ行上變化。	する／做
連體詞	限定或修飾體言的詞。沒活用，無法當主詞。	どの／哪個
副詞	修飾用言的狀態和程度的詞。沒活用，無法當主詞。	余り／不太…

副助詞	接在體言或部分副詞、用言等之後，增添各種意義的助詞。	～も ／也…
終助詞	接在句尾，表示說話者的感嘆、疑問、希望、主張等語氣。	か ／嗎
接續助詞	連接兩項陳述內容，表示前後兩項存在某種句法關係的詞。	ながら ／邊…邊…
接續詞	在段落、句子或詞彙之間，起承先啟後的作用。沒活用，無法當主詞。	しかし ／然而
接頭詞	詞的構成要素，不能單獨使用，只能接在其他詞的前面。	御^お～ ／貴（表尊敬及美化）
接尾詞	詞的構成要素，不能單獨使用，只能接在其他詞的後面。	～枚^{まい} ／…張（平面物品數量）
造語成份（新創詞語）	構成復合詞的詞彙。	一昨年^{いっさくねん} ／前年
漢語造語成份（和製漢語）	日本自創的詞彙，或跟中文意義有別的漢語詞彙。	風呂^{ふろ} ／澡盆
連語	由兩個以上的詞彙連在一起所構成，意思可以直接從字面上看出來。	赤^{あか}い傘^{かさ} ／紅色雨傘 足^{あし}を洗^{あら}う ／洗腳
慣用語	由兩個以上的詞彙因習慣用法而構成，意思無法直接從字面上看出來。常用來比喻。	足^{あし}を洗^{あら}う ／脫離黑社會
感嘆詞	用於表達各種感情的詞。沒活用，無法當主詞。	ああ ／啊（表驚訝等）
寒暄語	一般生活上常用的應對短句、問候語。	お願^{ねが}いします ／麻煩…

必　　勝

N5

情境分類單字

1-1 挨拶ことば /
寒暄語

01 ｜どうもありがとうございました

寒暄 謝謝，太感謝了

例 寂しいけど、今までどうもありが
とうございました。

譯 太令人捨不得了，到目前為止真的很
謝謝。

02 ｜いただきます【頂きます】

寒暄 （吃飯前的客套話）我就不客氣了

例 「いただきます」と言ってご飯を
食べる。

譯 說聲「我開動了」就吃起飯了。

03 ｜いらっしゃい（ませ）

寒暄 歡迎光臨

例 いらっしゃいませ。どうぞ、こち
らへ。

譯 歡迎光臨。請往這邊走。

04 ｜ではおげんきで【ではお元気で】

寒暄 請多保重身體

例 では、お元気で。さようなら。

譯 那麼，請多保重身體。再見了。

05 ｜おねがいします【お願いします】

寒暄 麻煩，請；請多多指教

例 またお願いします。

譯 再麻煩你了。

06 ｜おはようございます

寒暄 （早晨見面時）早安，您早

例 先生、おはようございます。

譯 老師，早安！

07 ｜おやすみなさい【お休みなさい】

寒暄 晚安

例 「おやすみなさい」と両親に言った。

譯 跟父母說了聲「晚安」。

08 ｜ごちそうさまでした【御馳走様でした】

寒暄 多謝您的款待，我已經吃飽了

例 ごちそうさまでした。美味しかっ
たです。

譯 感謝招待，美味極了。

09 ｜こちらこそ

寒暄 哪兒的話，不敢當

例 こちらこそ、ありがとうございま
した。

譯 我才應該感謝你的。

10 ｜ごめんください【御免ください】

寒暄 有人在嗎

例 ごめんください、誰かいますか。

譯 請問有人在家嗎？

---

11 | ごめんなさい【御免なさい】

連語 對不起

例 本当にごめんなさい。

譯 真的很對不起。

---

12 | こんにちは【今日は】

寒暄 你好，日安

例 こんにちは、今日は暑いですね。

譯 你好，今天真熱啊！

---

13 | こんばんは【今晩は】

寒暄 晚安你好，晚上好

例 こんばんは、今お帰りですか。

譯 晚上好，剛回來嗎？

---

14 | さよなら・さようなら

感 再見，再會；告別

例 お元気で、さようなら。

譯 珍重，再見啦！

---

15 | しつれいしました【失礼しました】

寒暄 請原諒，失禮了

例 返事が遅れて失礼しました。

譯 回信遲了，真是抱歉！

---

16 | しつれいします【失礼します】

寒暄 告辭，再見，對不起；不好意思，打擾了

例 では、お先に失礼します。

譯 那麼，我就先告辭了！

---

17 | すみません

寒暄 （道歉用語）對不起，抱歉；謝謝

例 すみません、わかりません。

譯 很抱歉，我不明白。

---

18 | では、また

寒暄 那麼，再見

例 では、また明日。

譯 那麼，明天見了。

---

19 | どういたしまして

寒暄 沒關係，不用客氣，算不了什麼

例 「ありがとうございました」。「いえいえ、どういたしまして」。

譯 「謝謝你」。「那裡那裡，你太客氣了」。

---

20 | はじめまして【初めまして】

寒暄 初次見面，你好

例 初めまして、山田です。

譯 你好，我叫山田。

---

21 | (どうぞ)よろしく

寒暄 指教，關照

例 こちらこそ、どうぞよろしくお願いします。

譯 彼此彼此，請多多關照。

N5 ● 1-2 (1)

1-2 數字 (1) /
數字 (1)

01 | ゼロ【zero】

名 （數）零；沒有

例 ゼロから始める。

譯 從零開始。

02 ｜れい【零】

名 (數)零；沒有

例 気温は零度だ。

譯 氣溫零度。

---

03 ｜いち【一】

名 (數)一；第一，最初；最好

例 月に一度だけ会う。

譯 一個月只見一次面。

---

04 ｜に【二】

名 (數)二，兩個

例 二年前に留学した。

譯 兩年前留過學。

---

05 ｜さん【三】

名 (數)三；三個；第三；三次

例 茶碗に三杯ごはんを食べる。

譯 吃三碗飯。

---

06 ｜し・よん【四】

名 (數)四；四個；四次(後接「時(じ)、時間(じかん)」時，則唸「四」(よ))

例 四を押す。

譯 按四。

---

07 ｜ご【五】

名 (數)五

例 指が５本ある。

譯 手指有五根。

---

08 ｜ろく【六】

名 (數)六；六個

例 六時間をかける。

譯 花六個小時。

---

09 ｜しち・なな【七】

名 (數)七；七個

例 七五三に着る。

譯 在 "七五三"（日本習俗，祈求兒童能健康成長。）穿上。

---

10 ｜はち【八】

名 (數)八；八個

例 八キロもある。

譯 有八公斤。

---

11 ｜きゅう・く【九】

名 (數)九；九個

例 九から三を引く。

譯 用九減去三。

---

12 ｜じゅう【十】

名 (數)十；第十

例 十まで言う。

譯 説到十。

---

13 ｜ひゃく【百】

名 (數)一百；一百歲

例 百点を取る。

譯 考一百分。

---

14 ｜せん【千】

名 (數)千，一千；形容數量之多

例 高さは千メートルある。

譯 高度有一千公尺。

---

15 ｜まん【万】

② （數）萬

例 １千万で買った。

譯 以一千萬日圓買下。

1-2 数字 (2) ／
数字 (2)

16 ｜ひとつ【一つ】

② （數）一；一個；一歲

例 一つを選ぶ。

譯 選一個。

17 ｜ふたつ【二つ】

② （數）二；兩個；兩歲

例 二つに割る。

譯 破裂成兩個。

18 ｜みっつ【三つ】

② （數）三；三個；三歲

例 三つに分かれる。

譯 分成三個。

19 ｜よっつ【四つ】

② （數）四個；四歲

例 りんごを四つ買う。

譯 買四個蘋果。

20 ｜いつつ【五つ】

② （數）五個；五歲；第五（個）

例 五つになる。

譯 長到五歲。

21 ｜むっつ【六つ】

② （數）六；六個；六歲

例 六つ上の兄がいる。

譯 我有一個比我大六歲的哥哥。

22 ｜ななつ【七つ】

② （數）七個；七歲

例 七つにわける。

譯 分成七個。

23 ｜やっつ【八つ】

② （數）八；八個；八歲

例 八つの子がいる。

譯 有八歲的小孩。

24 ｜ここのつ【九つ】

② （數）九個；九歲

例 九つになる。

譯 長到九歲。

25 ｜とお【十】

② （數）十；十個；十歲

例 お皿が十ある。

譯 有十個盤子。

26 ｜いくつ【幾つ】

② （不確定的個數，年齡）幾個，多少；幾歲

例 いくつもない。

譯 沒有幾個。

27 ｜はたち【二十歲】

② 二十歲

例 二十歲を迎える。

譯 迎接二十歲的到來。

28 | ばんごう【番号】

名 號碼，號數

例 番号を調べる。

譯 查號碼。

1-3 曜日 /
星期

01 | にちようび【日曜日】

名 星期日

例 日曜日も休めない。

譯 星期天也沒辦法休息。

02 | げつようび【月曜日】

名 星期一

例 月曜日の朝は大変だ。

譯 星期一的早晨忙壞了。

03 | かようび【火曜日】

名 星期二

例 火曜日に帰る。

譯 星期二回去。

04 | すいようび【水曜日】

名 星期三

例 水曜日が休みだ。

譯 星期三休息。

05 | もくようび【木曜日】

名 星期四

例 木曜日までに返す。

譯 星期四前歸還。

06 | きんようび【金曜日】

名 星期五

例 金曜日から始まる。

譯 星期五開始。

07 | どようび【土曜日】

名 星期六

例 土曜日は暇だ。

譯 星期六有空。

08 | せんしゅう【先週】

名 上個星期，上週

例 先週習った。

譯 上週學習過了。

09 | こんしゅう【今週】

名 這個星期，本週

例 今週も忙しい。

譯 這禮拜也忙。

10 | らいしゅう【来週】

名 下星期

例 来週はテストをする。

譯 下週考試。

11 | まいしゅう【毎週】

名 每個星期，每週，每個禮拜

例 毎週映画館へ行く。

譯 每週去電影院看電影。

12 | しゅうかん【週間】

名・接尾 …週，…星期

例 1週間は七日だ。

譯 一週有七天。

13 | たんじょうび【誕生日】

名 生日

例 誕生日に何がほしい。
譯 想要什麼生日禮物？

1-4 日にち /
日期

01 ｜ついたち【一日】
名 （每月）一號，初一
例 毎月一日に、お祖父さんと会う。
譯 每個月一號都會跟爺爺見面。

02 ｜ふつか【二日】
名 （每月）二號，二日；兩天；第二天
例 五日働いて、二日休む。
譯 五天工作，兩天休息。

03 ｜みっか【三日】
名 （每月）三號；三天
例 三日に１度会う。
譯 三天見一次面。

04 ｜よっか【四日】
名 （每月）四號，四日；四天
例 もう四日も雨が降っている。
譯 已經足足下了四天的雨了。

05 ｜いつか【五日】
名 （每月）五號，五日；五
例 五日間旅行する。
譯 旅行五天。

06 ｜むいか【六日】
名 （每月）六號，六日；六天

例 六日にまた会いましょう。
譯 我們六日再會吧！

07 ｜なのか【七日】
名 （每月）七號；七日，七天
例 休みは七日間ある。
譯 有七天的休假

08 ｜ようか【八日】
名 （每月）八號，八日；八天
例 八日かかる。
譯 需花八天時間。

09 ｜ここのか【九日】
名 （每月）九號，九日；九天
例 五月九日にまた会いましょう。
譯 五月九號再碰面吧！

10 ｜とおか【十日】
名 （每月）十號，十日；十天
例 十日間かかる。
譯 花十天時間。

11 ｜はつか【二十日】
名 （每月）二十日；二十天
例 二十日に出る。
譯 二十號出發。

12 ｜いちにち【一日】
名 一天，終日；一整天；一號（ついたち）
例 一日寝る。
譯 睡了一整天。

13 ｜カレンダー【calendar】

名 日曆；全年記事表

例 今年のカレンダーをもらった。

譯 拿到今年的日曆。

1-5 色 /
顔色

01 ｜あおい【青い】

形 藍的，綠的，青的 ；不成熟

例 海は青い。

譯 湛藍的海。

02 ｜あかい【赤い】

形 紅的

例 赤い花を買う。

譯 買紅色的花。

03 ｜きいろい【黄色い】

形 黄色，黄色的

例 黄色い花が咲く。

譯 綻放黃色的花朵。

04 ｜くろい【黒い】

形 黑色的；褐色；骯髒；黑暗

例 黒い船を見ました。

譯 看到黑色的船隻。

05 ｜しろい【白い】

形 白色的；空白；乾淨，潔白

例 白い雲が黒くなった。

譯 白雲轉變為烏雲。

06 ｜ちゃいろ【茶色】

名 茶色

例 茶色が好きだ。

譯 喜歡茶色。

07 ｜みどり【緑】

名 綠色

例 みどりが多い。

譯 綠油油的。

08 ｜いろ【色】

名 顏色，彩色

例 黄色くなる。

譯 轉黃。

1-6 数詞 /
量詞

01 ｜かい【階】

接尾 （樓房的）…樓，層

例 ２階まで歩く。

譯 走到二樓。

02 ｜かい【回】

名・接尾 …回，次數

例 何回も言う。

譯 說了好幾次。

03 ｜こ【個】

名・接尾 …個

例 ６個ください。

譯 給我六個。

04 ｜さい【歳】

名·接尾 …歳

例 ２５歳で結婚する。

譯 25歲結婚。

05 ｜さつ【冊】

接尾 …本，…冊

例 本を５冊買う。

譯 買五本書。

06 ｜だい【台】

接尾 …台，…輛，…架

例 エアコンが２台ある。

譯 有兩台冷氣。

07 ｜にん【人】

接尾 …人

例 子供が６人もいる。

譯 小孩多達六人。

08 ｜はい・ばい・ぱい【杯】

接尾 …杯

例 １杯どう。

譯 喝杯如何？

09 ｜ばん【番】

名·接尾 （表示順序）第…，…號；輪班；
看守

例 １番になった。

譯 得到第一名。

10 ｜ひき【匹】

接尾 （鳥，蟲，魚，獸）…匹，…頭，
…條，…隻

例 ２匹の犬と散歩する。

譯 跟２隻狗散步。

11 ｜ページ【page】

名·接尾 …頁

例 ページを開く。

譯 翻開內頁。

12 ｜ほん・ぽん・ぽん【本】

接尾 （計算細長的物品）…支，…棵，…
瓶，…條

例 ビールを２本買う。

譯 購買兩瓶啤酒。

13 ｜まい【枚】

接尾 （計算平薄的東西）…張，…片，
…幅，…扇

例 ハンカチを２枚持っている。

譯 有兩條手帕。

2-1 体 /
身體

01 ｜あたま【頭】
图 頭；頭髮；（物體的上部）頂端
例 頭がいい。
譯 聰明。

02 ｜かお【顔】
图 臉，面孔；面子，顏面
例 水で顔を洗う。
譯 用自來水洗臉。

03 ｜みみ【耳】
图 耳朵
例 耳が冷たくなった。
譯 耳朵感到冰冷。

04 ｜め【目】
图 眼睛；眼珠，眼球
例 目がいい。
譯 視力好。

05 ｜はな【鼻】
图 鼻子
例 鼻が高い。
譯 得意洋洋。

06 ｜くち【口】
图 口，嘴巴
例 口を開く。
譯 把嘴張開。

07 ｜は【歯】
图 牙齒
例 歯を磨く。
譯 刷牙。

08 ｜て【手】
图 手，手掌；胳膊
例 手をあげる。
譯 舉手。

09 ｜おなか【お腹】
图 肚子；腸胃
例 お腹が痛い。
譯 肚子痛。

10 ｜あし【足】
图 腳；（器物的）腿
例 足が綺麗だ。
譯 腳很美。

11 ｜からだ【体】
图 身體；體格，身材
例 タバコは体に悪い。
譯 香菸對身體不好。

12 | せ・せい【背】

名 身高，身材

例 背が高い。

譯 身材高大。

---

13 | こえ【声】

名 （人或動物的）聲音，語音

例 やさしい声で話す。

譯 用溫柔的聲音說話。

N5 ● 2-2(1)

2-2 家族 (1) /
家族(1)

01 | おじいさん【お祖父さん・お爺さん】

名 祖父；外公；(對一般老年男子的稱呼) 爺爺

例 お祖父さんから聞く。

譯 從祖父那裡聽來的。

---

02 | おばあさん【お祖母さん・お婆さん】

名 祖母；外祖母；(對一般老年婦女的稱呼)老婆婆

例 お祖母さんは元気だ。

譯 祖母身體很好。

---

03 | おとうさん【お父さん】

名 （「父」的鄭重說法）爸爸，父親

例 お父さんはお元気ですか。

譯 您父親一切可好。

---

04 | ちち【父】

名 家父，爸爸，父親

例 父は今出かけている。

譯 爸爸目前外出。

---

05 | おかあさん【お母さん】

名 （「母」的鄭重說法）媽媽，母親

例 お母さんが大好きだ。

譯 我最喜歡母親。

---

06 | はは【母】

名 家母，媽媽，母親

例 母に電話する。

譯 打電話給母親。

---

07 | おにいさん【お兄さん】

名 哥哥（「兄さん」的鄭重說法）

例 お兄さんはギターが上手だ。

譯 哥哥很會彈吉他。

---

08 | あに【兄】

名 哥哥，家兄；姐夫

例 兄と喧嘩する。

譯 跟哥哥吵架。

---

09 | おねえさん【お姉さん】

名 姊姊（「姉さん」的鄭重說法）

例 お姉さんはやさしい。

譯 姊姊很溫柔。

---

10 | あね【姉】

名 姊姊，家姊；嫂子

例 姉は忙しい。

譯 姊姊很忙。

11 ｜おとうと【弟】

名 弟弟（鄭重説法是「弟さん」）

例 <ruby>男<rt>おとこ</rt></ruby>の<ruby>子<rt>こ</rt></ruby>が<ruby>私<rt>わたし</rt></ruby>の<ruby>弟<rt>おとうと</rt></ruby>だ。

譯 男孩是我弟弟。

12 ｜いもうと【妹】

名 妹妹（鄭重説法是「妹さん」）

例 かわいい<ruby>妹<rt>いもうと</rt></ruby>がほしい。

譯 我想要有個可愛的妹妹。

13 ｜おじさん【伯父さん・叔父さん】

名 伯伯，叔叔，舅舅，姨丈，姑丈

例 <ruby>伯父<rt>おじ</rt></ruby>さんは<ruby>厳<rt>きび</rt></ruby>しい<ruby>人<rt>ひと</rt></ruby>だ。

譯 伯伯人很嚴格。

14 ｜おばさん【伯母さん・叔母さん】

名 姨媽，嬸嬸，姑媽，伯母，舅媽

例 <ruby>伯母<rt>おば</rt></ruby>さんが<ruby>嫌<rt>きら</rt></ruby>いだ。

譯 我討厭姨媽。

2-2 家族 (2) /
家族 (2)

15 ｜りょうしん【両親】

名 父母，雙親

例 <ruby>両親<rt>りょうしん</rt></ruby>に<ruby>会<rt>あ</rt></ruby>う。

譯 見父母。

16 ｜きょうだい【兄弟】

名 兄弟；兄弟姊妹；親如兄弟的人

例 <ruby>兄弟<rt>きょうだい</rt></ruby>はいますか。

譯 你有兄弟姊妹嗎？

17 ｜かぞく【家族】

名 家人，家庭，親屬

例 <ruby>家族<rt>かぞく</rt></ruby>が<ruby>多<rt>おお</rt></ruby>い。

譯 家人眾多。

18 ｜ごしゅじん【ご主人】

名 （稱呼對方的）您的先生，您的丈夫

例 ご<ruby>主人<rt>しゅじん</rt></ruby>のお<ruby>仕事<rt>しごと</rt></ruby>は。

譯 您先生從事什麼行業？

19 ｜おくさん【奥さん】

名 太太；尊夫人

例 <ruby>奥<rt>おく</rt></ruby>さんによろしく。

譯 代我向您夫人問好。

20 ｜じぶん【自分】

名 自己，本人，自身；我

例 <ruby>自分<rt>じぶん</rt></ruby>でやる。

譯 自己做。

21 ｜ひとり【一人】

名 一人；一個人；單獨一個人

例 <ruby>一人<rt>ひとり</rt></ruby>で<ruby>来<rt>き</rt></ruby>た。

譯 單獨一人前來。

22 ｜ふたり【二人】

名 兩個人，兩人

例 <ruby>二人<rt>ふたり</rt></ruby>で<ruby>お酒<rt>さけ</rt></ruby>を<ruby>飲<rt>の</rt></ruby>む。

譯 兩人一起喝酒。

23 ｜みなさん【皆さん】

名 大家，各位

例 <ruby>皆<rt>みな</rt></ruby>さん、お<ruby>静<rt>しず</rt></ruby>かに。

譯 請大家肅靜。

24 ｜いっしょ【一緒】

名・自サ 一塊，一起；一樣；(時間)一齊，同時

例 一緒に行く。
譯 一起去。

25 ｜おおぜい【大勢】
名 很多人，眾多人；人數很多
例 大勢の人が並んでいる。
譯 有許多人排列著。

2-3 人の呼び方 /
人物的稱呼

01 ｜あなた【貴方·貴女】
代 （對長輩或平輩尊稱）你，您；（妻子稱呼先生）老公
例 貴方に会う。
譯 跟你見面。

02 ｜わたし【私】
名 我（謙遜的説法 "わたくし"）
例 私が行く。
譯 我去。

03 ｜おとこ【男】
名 男性，男子，男人
例 男は傘を持っている。
譯 男性拿著傘。

04 ｜おんな【女】
名 女人，女性，婦女
例 女はやさしい。
譯 女性很溫柔。

05 ｜おとこのこ【男の子】
名 男孩子；年輕小伙子
例 男の子が生まれた。
譯 生了男孩。

06 ｜おんなのこ【女の子】
名 女孩子；少女
例 女の子がほしい。
譯 想生女孩子。

07 ｜おとな【大人】
名 大人，成人
例 大人になる。
譯 變成大人。

08 ｜こども【子供】
名 自己的兒女；小孩，孩子，兒童
例 子どもがほしい。
譯 想要有孩子。

09 ｜がいこくじん【外国人】
名 外國人
例 外国人がたくさんいる。
譯 有許多外國人。

10 ｜ともだち【友達】
名 朋友，友人
例 友達になる。
譯 交朋友。

11 ｜ひと【人】
名 人，人類
例 あの人は学生です。
譯 那個人是學生。

12 ｜かた【方】
名 位，人（「人」的敬稱）
例 あの方が山田さんです。
譯 那位是山田小姐。

13 | がた【方】

(接尾)（前接人稱代名詞，表對複數的敬稱）們，各位

例 先生方はアメリカ人ですか。

譯 老師們都是美國人嗎？

14 | さん

(接尾)（接在人名，職稱後表敬意或親切）…先生，…小姐

例 田中さん、お元気ですか。

譯 田中小姐，你好嗎？

2-4 大自然 /
大自然

01 | そら【空】

(名) 天空，空中；天氣

例 空を飛ぶ。

譯 在天空飛翔。

02 | やま【山】

(名) 山；一大堆，成堆如山

例 山に登る。

譯 爬山。

03 | かわ【川・河】

(名) 河川，河流

例 川で魚をとる。

譯 在河邊釣魚。

04 | うみ【海】

(名) 海，海洋

例 海を渡る。

譯 渡海。

05 | いわ【岩】

(名) 岩石

例 岩の上に座る。

譯 坐在岩石上。

06 | き【木】

(名) 樹，樹木；木材

例 木の下に犬がいる。

譯 樹下有小狗。

07 | とり【鳥】

(名) 鳥，禽類的總稱；雞

例 鳥が飛ぶ。

譯 鳥飛翔。

08 | いぬ【犬】

(名) 狗

例 犬も猫も大好きだ。

譯 喜歡狗跟貓。

09 | ねこ【猫】

(名) 貓

例 猫は窓から入ってきた。

譯 貓從窗戶進來。

10 | はな【花】

(名) 花

例 花が咲く。

譯 花開。

11 | さかな【魚】

(名) 魚

例 魚を買う。

譯 買魚。

12 | どうぶつ【動物】

名 (生物兩大類之一的)動物;(人類以外, 特別指哺乳類)動物

例 動物が好きだ。

譯 喜歡動物。

2-5 季節、気象 /
季節、氣象

01 | はる【春】

名 春天,春季

例 春になる。

譯 到了春天。

02 | なつ【夏】

名 夏天,夏季

例 夏が来る。

譯 夏天來臨。

03 | あき【秋】

名 秋天,秋季

例 もう秋だ。

譯 已經是秋天了。

04 | ふゆ【冬】

名 冬天,冬季

例 冬を過ごす。

譯 過冬。

05 | かぜ【風】

名 風

例 風が吹く。

譯 風吹。

06 | あめ【雨】

名 雨,下雨,雨天

例 雨が降る。

譯 下雨。

07 | ゆき【雪】

名 雪

例 雪が降る。

譯 下雪。

08 | てんき【天気】

名 天氣;晴天,好天氣

例 天気がいい。

譯 天氣好。

09 | あつい【暑い】

形 (天氣)熱,炎熱

例 部屋が暑い。

譯 房間很熱。

10 | さむい【寒い】

形 (天氣)寒冷

例 冬は寒い。

譯 冬天寒冷。

11 | すずしい【涼しい】

形 涼爽,涼爽

例 風が涼しい。

譯 風很涼爽。

12 | はれる【晴れる】

自下一 (天氣)晴,(雨,雪)停止,放晴

例 空が晴れる。

譯 天氣放晴。

3-1 身の回り品 /
身邊的物品

01 │ かばん【鞄】
㊃ 皮包，提包，公事包，書包
㋹ かばんを開ける。
㊧ 打開皮包。

02 │ にもつ【荷物】
㊃ 行李，貨物
㋹ 荷物を運ぶ。
㊧ 搬行李。

03 │ ぼうし【帽子】
㊃ 帽子
㋹ 帽子をかぶる。
㊧ 戴帽子。

04 │ ネクタイ【necktie】
㊃ 領帶
㋹ ネクタイを締める。
㊧ 繫領帶。

05 │ ハンカチ【handkerchief】
㊃ 手帕
㋹ ハンカチを洗う。
㊧ 洗手帕。

06 │ めがね【眼鏡】
㊃ 眼鏡
㋹ 眼鏡をかける。
㊧ 戴眼鏡。

07 │ さいふ【財布】
㊃ 錢包
㋹ 財布に入れる。
㊧ 放入錢包。

08 │ おかね【お金】
㊃ 錢，貨幣
㋹ お金はほしくありません。
㊧ 我不想要錢。

09 │ たばこ【煙草】
㊃ 香煙；煙草
㋹ 煙草を吸う。
㊧ 抽煙。

10 │ はいざら【灰皿】
㊃ 菸灰缸
㋹ 灰皿を取る。
㊧ 拿煙灰缸。

11 │ マッチ【match】
㊃ 火柴；火材盒

例 マッチをつける。
譯 點火柴。

12 ｜スリッパ【slipper】
名 室內拖鞋
例 スリッパを履く。
譯 穿拖鞋。

13 ｜くつ【靴】
名 鞋子
例 靴を脱ぐ。
譯 脫鞋子。

14 ｜くつした【靴下】
名 襪子
例 靴下を洗う。
譯 洗襪子。

15 ｜はこ【箱】
名 盒子，箱子，匣子
例 箱に入れる。
譯 放入箱子。

N5 ● 3-2

3-2 衣服 /
衣服

01 ｜せびろ【背広】
名 （男子穿的）西裝（的上衣）
例 背広を作る。
譯 訂做西裝。

02 ｜ワイシャツ【white shirt】
名 襯衫

例 ワイシャツを着る。
譯 穿白襯衫。

03 ｜ポケット【pocket】
名 口袋，衣袋
例 ポケットに入れる。
譯 放入口袋。

04 ｜ふく【服】
名 衣服
例 服を買う。
譯 買衣服。

05 ｜うわぎ【上着】
名 上衣；外衣
例 上着を脱ぐ。
譯 脫外套。

06 ｜シャツ【shirt】
名 襯衫
例 シャツにネクタイをする。
譯 在襯衫上繫上領帶。

07 ｜コート【coat】
名 外套，大衣；（西裝的）上衣
例 コートがほしい。
譯 想要有件大衣。

08 ｜ようふく【洋服】
名 西服，西裝
例 洋服を作る。
譯 做西裝。

09 ｜ズボン【(法) jupon】

⒜ 西裝褲；褲子

例 ズボンを脱ぐ。

譯 脫褲子。

10 ｜ボタン【(葡) botão button】

⒜ 釦子，鈕釦；按鍵

例 ボタンをかける。

譯 扣上扣子。

11 ｜セーター【sweater】

⒜ 毛衣

例 セーターを着る。

譯 穿毛衣。

12 ｜スカート【skirt】

⒜ 裙子

例 スカートを穿く。

譯 穿裙子。

13 ｜もの【物】

⒜ (有形)物品，東西；(無形的)事物

例 物を売る。

譯 賣東西。

3-3 食べ物 (1) /
食物 (1)

01 ｜ごはん【ご飯】

⒜ 米飯；飯食，餐

例 ご飯を食べる。

譯 吃飯。

02 ｜あさごはん【朝ご飯】

⒜ 早餐，早飯

例 朝ご飯を食べる。

譯 吃早餐。

03 ｜ひるごはん【昼ご飯】

⒜ 午餐

例 昼ご飯を買う。

譯 買午餐。

04 ｜ばんごはん【晩ご飯】

⒜ 晚餐

例 晩ご飯を作る。

譯 做晚餐。

05 ｜ゆうはん【夕飯】

⒜ 晚飯

例 夕飯を作る。

譯 做晚飯。

06 ｜たべもの【食べ物】

⒜ 食物，吃的東西

例 食べ物を売る。

譯 販賣食物。

07 ｜のみもの【飲み物】

⒜ 飲料

例 飲み物をください。

譯 請給我飲料。

08 ｜おかし【お菓子】

⒜ 點心，糕點

例 お菓子を作る。

譯 做點心。

例 牛乳を飲む。

譯 喝牛奶。

---

09 ｜りょうり【料理】

名·自他サ 菜餚，飯菜；做菜，烹調

例 料理をする。

譯 做菜。

---

15 ｜おさけ【お酒】

名 酒（「酒」的鄭重説法）；清酒

例 お酒が嫌いです。

譯 我不喜歡喝酒。

---

10 ｜しょくどう【食堂】

名 食堂，餐廳，飯館

例 食堂に行く。

譯 去食堂。

---

16 ｜にく【肉】

名 肉

例 肉料理はおいしい。

譯 肉類菜餚非常可口。

---

11 ｜かいもの【買い物】

名 購物，買東西；要買的東西

例 買い物をする。

譯 買東西。

---

17 ｜とりにく【鶏肉・鳥肉】

名 雞肉；鳥肉

例 鳥肉のスープがある。

譯 有雞湯。

---

12 ｜パーティー【party】

名 （社交性的）集會，晚會，宴會，舞會

例 パーティーを開く。

譯 舉辦派對。

---

18 ｜みず【水】

名 水；冷水

例 水を飲む。

譯 喝水。

N5 ● 3-3(2)

3-3 食べ物 (2) ／
食物 (2)

---

19 ｜ぎゅうにく【牛肉】

名 牛肉

例 牛肉でスープを作る。

譯 用牛肉煮湯。

---

13 ｜コーヒー【(荷) koffie】

名 咖啡

例 コーヒーをいれる。

譯 沖泡咖啡。

---

20 ｜ぶたにく【豚肉】

名 豬肉

例 豚肉を食べる。

譯 吃豬肉。

---

14 ｜ぎゅうにゅう【牛乳】

名 牛奶

21 ｜おちゃ【お茶】

名 茶，茶葉（「茶」的鄭重説法）；茶道

例 お茶を飲む。

譯 喝茶。

22 ｜パン【（葡）pão】

名 麵包

例 パンを食べる。

譯 吃麵包。

23 ｜やさい【野菜】

名 蔬菜，青菜

例 野菜を食べましょう。

譯 吃蔬菜吧！

24 ｜たまご【卵】

名 蛋，卵；鴨蛋，雞蛋

例 卵を買う。

譯 買雞蛋。

25 ｜くだもの【果物】

名 水果，鮮果

例 果物を取る。

譯 採摘水果。

3-4 食器、調味料 /
器皿、調味料

01 ｜バター【butter】

名 奶油

例 バターをつける。

譯 塗奶油。

02 ｜しょうゆ【醤油】

名 醬油

例 醤油を入れる。

譯 加醬油。

03 ｜しお【塩】

名 鹽，食鹽

例 塩をかける。

譯 灑鹽。

04 ｜さとう【砂糖】

名 砂糖

例 砂糖をつける。

譯 沾砂糖。

05 ｜スプーン【spoon】

名 湯匙

例 スプーンで食べる。

譯 用湯匙吃。

06 ｜フォーク【fork】

名 叉子，餐叉

例 フォークを使う。

譯 使用叉子。

07 ｜ナイフ【knife】

名 刀子，小刀，餐刀

例 ナイフで切る。

譯 用刀切開。

08 ｜おさら【お皿】

名 盤子（「皿」的鄭重説法）

例 お皿を洗う。
譯 洗盤子。

09 ｜ちゃわん【茶碗】

名 碗，茶杯，飯碗
例 茶碗に入れる。
譯 盛到碗裡。

10 ｜グラス【glass】

名 玻璃杯；玻璃
例 グラスに入れる。
譯 倒進玻璃杯裡。

11 ｜はし【箸】

名 筷子，箸
例 箸で食べる。
譯 用筷子吃。

12 ｜コップ【(荷) kop】

名 杯子，玻璃杯
例 コップで飲む。
譯 用杯子喝。

13 ｜カップ【cup】

名 杯子；(有把)茶杯
例 コーヒーカップをあげた。
譯 贈送咖啡杯。

N5 ● 3-5

3-5 家 /
住家

01 ｜いえ【家】

名 房子，房屋；(自己的)家；家庭

例 家は海の側にある。
譯 家在海邊。

02 ｜うち【家】

名 自己的家裡(庭)；房屋
例 家へ帰る。
譯 回家。

03 ｜にわ【庭】

名 庭院，院子，院落
例 庭で遊ぶ。
譯 在院子裡玩。

04 ｜かぎ【鍵】

名 鑰匙；鎖頭；關鍵
例 鍵をかける。
譯 上鎖。

05 ｜プール【pool】

名 游泳池
例 プールで泳ぐ。
譯 在泳池內游泳。

06 ｜アパート【apartment house 之略】

名 公寓
例 アパートに住む。
譯 住公寓。

07 ｜いけ【池】

名 池塘；(庭院中的)水池
例 池の周りを散歩する。
譯 在池塘附近散步。

08 ｜ドア【door】

名 （大多指西式前後推開的）門；（任何出入口的）門

例 ドアを開ける。

譯 開門。

09 ｜もん【門】

名 門，大門

例 南側の門から入る。

譯 從南側的門進入。

10 ｜と【戸】

名 （大多指左右拉開的）門；大門

例 戸を閉める。

譯 關門。

11 ｜いりぐち【入り口】

名 入口，門口

例 入り口から入る。

譯 從入口進入。

12 ｜でぐち【出口】

名 出口

例 出口を出る。

譯 走出出口。

13 ｜ところ【所】

名 （所在的）地方，地點

例 便利な所がいい。

譯 我要比較方便的地方。

3-6 部屋、設備／
房間、設備

01 ｜つくえ【机】

名 桌子，書桌

例 机の上にカメラがある。

譯 桌上有照相機。

02 ｜いす【椅子】

名 椅子

例 椅子にかける。

譯 坐在椅子上。

03 ｜へや【部屋】

名 房間；屋子

例 部屋を掃除する。

譯 打掃房間。

04 ｜まど【窓】

名 窗戶

例 窓を開ける。

譯 開窗戶。

05 ｜ベッド【bed】

名 床，床舗

例 ベッドに寝る。

譯 睡在床上。

06 ｜シャワー【shower】

名 淋浴

例 シャワーを浴びる。

譯 淋浴。

07 ｜トイレ【toilet】

㊂ 廁所，洗手間，盥洗室
例 トイレに行く。
譯 上洗手間。

08 ｜だいどころ【台所】

㊂ 廚房
例 台所で料理する。
譯 在廚房煮菜。

09 ｜げんかん【玄関】

㊂（建築物的）正門，前門，玄關
例 玄関につく。
譯 到了玄關。

10 ｜かいだん【階段】

㊂ 樓梯，階梯，台階
例 階段で上がる。
譯 走樓梯上去。

11 ｜おてあらい【お手洗い】

㊂ 廁所，洗手間，盥洗室
例 お手洗いに行く。
譯 去洗手間。

12 ｜ふろ【風呂】

㊂ 浴缸，澡盆；洗澡；洗澡熱水
例 風呂に入る。
譯 洗澡。

3-7 家具、家電 /
家具、家電

01 ｜でんき【電気】

㊂ 電力；電燈；電器
例 電気をつける。
譯 開燈。

02 ｜とけい【時計】

㊂ 鐘錶，手錶
例 時計が止まる。
譯 手錶停止不動。

03 ｜でんわ【電話】

（名・自サ）電話；打電話
例 電話がかかってきた。
譯 電話鈴響。

04 ｜ほんだな【本棚】

㊂ 書架，書櫃，書櫥
例 本棚に並べる。
譯 擺在書架上。

05 ｜ラジカセ【(和) radio + cassette 之略】

㊂ 收錄兩用收音機，錄放音機
例 ラジカセを聴く。
譯 聽收音機。

06 ｜れいぞうこ【冷蔵庫】

㊂ 冰箱，冷藏室，冷藏庫
例 冷蔵庫に入れる。
譯 放入冰箱。

07 ｜かびん【花瓶】

名 花瓶

例 花瓶に花を入れる。

譯 把花插入花瓶。

08 ｜テーブル【table】

名 桌子；餐桌，飯桌

例 テーブルにつく。

譯 入座。

09 ｜テープレコーダー【tape recorder】

名 磁帶錄音機

例 テープレコーダーで聞く。

譯 用錄音機收聽。

10 ｜テレビ【television 之略】

名 電視

例 テレビを見る。

譯 看電視。

11 ｜ラジオ【radio】

名 收音機；無線電

例 ラジオで勉強をする。

譯 聽收音機學習。

12 ｜せっけん【石鹼】

名 香皂，肥皂

例 石鹼を塗る。

譯 抹香皂。

13 ｜ストーブ【stove】

名 火爐，暖爐

例 ストーブをつける。

譯 開暖爐。

3-8 交通 /
交通

01 ｜はし【橋】

名 橋，橋樑

例 橋を渡る。

譯 過橋。

02 ｜ちかてつ【地下鉄】

名 地下鐵

例 地下鉄に乗る。

譯 搭地鐵。

03 ｜ひこうき【飛行機】

名 飛機

例 飛行機に乗る。

譯 搭飛機。

04 ｜こうさてん【交差点】

名 交差路口

例 交差点を渡る。

譯 過十字路口。

05 ｜タクシー【taxi】

名 計程車

例 タクシーに乗る。

譯 搭乘計程車。

06 ｜でんしゃ【電車】

名 電車

例 電車で行く。
譯 搭電車去。

07 ｜えき【駅】

名 (鐵路的)車站
例 駅でお弁当を買う。
譯 在車站買便當。

08 ｜くるま【車】

名 車子的總稱，汽車
例 車を運転する。
譯 開車。

09 ｜じどうしゃ【自動車】

名 車，汽車
例 自動車の工場で働く。
譯 在汽車廠工作。

10 ｜じてんしゃ【自転車】

名 腳踏車，自行車
例 自転車に乗る。
譯 騎腳踏車。

11 ｜バス【bus】

名 巴士，公車
例 バスを待つ。
譯 等公車。

12 ｜エレベーター【elevator】

名 電梯，升降機
例 エレベーターに乗る。
譯 搭電梯。

13 ｜まち【町】

名 城鎮；町
例 町を歩く。
譯 走在街上。

14 ｜みち【道】

名 路，道路
例 道に迷う。
譯 迷路。

N5 ● 3-9

3-9 建物 /
建築物

01 ｜みせ【店】

名 店，商店，店鋪，攤子
例 店を開ける。
譯 商店開門。

02 ｜えいがかん【映画館】

名 電影院
例 映画館で見る。
譯 在電影院看。

03 ｜びょういん【病院】

名 醫院
例 病院に行く。
譯 去醫院看病。

04 ｜たいしかん【大使館】

名 大使館
例 大使館のパーティーに行く。
譯 去參加大使館的宴會。

05 ｜きっさてん【喫茶店】
图 咖啡店
例 喫茶店を開く。
譯 開咖啡店。

06 ｜レストラン【(法) restaurant】
图 西餐廳
例 レストランで食事する。
譯 在餐廳用餐。

07 ｜たてもの【建物】
图 建築物，房屋
例 建物の4階にある。
譯 在建築物的四樓。

08 ｜デパート【department store】
图 百貨公司
例 デパートに行く。
譯 去百貨公司。

09 ｜やおや【八百屋】
图 蔬果店，菜舖
例 八百屋に行く。
譯 去蔬果店。

10 ｜こうえん【公園】
图 公園
例 公園で遊ぶ。
譯 在公園玩。

11 ｜ぎんこう【銀行】
图 銀行

例 銀行は駅の横にある。
譯 銀行在車站的旁邊。

12 ｜ゆうびんきょく【郵便局】
图 郵局
例 郵便局で働く。
譯 在郵局工作。

13 ｜ホテル【hotel】
图 （西式）飯店，旅館
例 ホテルに泊まる。
譯 住飯店。

3-10 娯楽、嗜好 /
娛樂、嗜好

01 ｜えいが【映画】
图 電影
例 映画が始まる。
譯 電影開始播放。

02 ｜おんがく【音楽】
图 音樂
例 音楽を習う。
譯 學音樂。

03 ｜レコード【record】
图 唱片，黑膠唱片（圓盤形）
例 レコードを聴く。
譯 聽唱片。

04 ｜テープ【tape】
图 膠布；錄音帶，卡帶

例 テープを貼る。
譯 黏膠帶。

05 ｜ギター【guitar】
名 吉他
例 ギターを弾く。
譯 彈吉他。

06 ｜うた【歌】
名 歌，歌曲
例 歌が上手だ。
譯 擅長唱歌。

07 ｜え【絵】
名 畫，圖畫，繪畫
例 絵を描く。
譯 畫圖。

08 ｜カメラ【camera】
名 照相機；攝影機
例 カメラを買う。
譯 買相機。

09 ｜しゃしん【写真】
名 照片，相片，攝影
例 写真を撮る。
譯 照相。

10 ｜フィルム【film】
名 底片，膠片；影片；電影
例 フィルムを入れる。
譯 放入軟片。

11 ｜がいこく【外国】
名 外國，外洋
例 外国に住む。
譯 住在國外。

12 ｜くに【国】
名 國家；國土；故鄉
例 国へ帰る。
譯 回國。

3-11 学校 /
學校

01 ｜がっこう【学校】
名 學校；(有時指)上課
例 学校に行く。
譯 去學校。

02 ｜だいがく【大学】
名 大學
例 大学に入る。
譯 進大學。

03 ｜きょうしつ【教室】
名 教室；研究室
例 教室で授業する。
譯 在教室上課。

04 ｜クラス【class】
名 (學校的)班級；階級，等級
例 クラスで一番足が速い。
譯 班上跑最快的。

05 ｜せいと【生徒】

名 （中學，高中）學生

例 生徒か先生か知らない。

譯 我不知道是學生還是老師？

06 ｜がくせい【学生】

名 學生（主要指大專院校的學生）

例 学生を教える。

譯 教學生。

07 ｜りゅうがくせい【留学生】

名 留學生

例 留学生と交流する。

譯 和留學生交流。

08 ｜じゅぎょう【授業】

名・自サ 上課，教課，授課

例 授業に出る。

譯 上課。

09 ｜やすみ【休み】

名 休息；假日，休假；停止營業；缺勤；睡覺

例 休みは明日までだ。

譯 休假到明天為止。

10 ｜なつやすみ【夏休み】

名 暑假

例 夏休みが始まる。

譯 放暑假。

11 ｜としょかん【図書館】

名 圖書館

例 図書館で勉強する。

譯 在圖書館唸書。

12 ｜ニュース【news】

名 新聞，消息

例 ニュースを見る。

譯 看新聞。

13 ｜びょうき【病気】

名 生病，疾病

例 病気で学校を休む。

譯 因為生病跟學校請假。

14 ｜かぜ【風邪】

名 感冒，傷風

例 テストの前に風邪を引いた。

譯 考試前得了感冒。

15 ｜くすり【薬】

名 藥，藥品

例 薬を飲んだので、授業中眠くなる。

譯 吃了藥，上課昏昏欲睡。

3-12 学習 / 學習

01 ｜ことば【言葉】

名 語言，詞語

例 言葉を覚える。

譯 記住言詞。

02 ｜はなし【話】

名 話，說話，講話

例 話を始める。
譯 開始説話。

---

03 ｜えいご【英語】

名 英語，英文
例 英語の歌を習う。
譯 學英文歌。

---

04 ｜もんだい【問題】

名 問題；（需要研究，處理，討論的）事項
例 問題に答える。
譯 回答問題。

---

05 ｜しゅくだい【宿題】

名 作業，家庭作業
例 宿題をする。
譯 寫作業。

---

06 ｜テスト【test】

名 考試，試驗，檢查
例 テストを受ける。
譯 應考。

---

07 ｜いみ【意味】

名 （詞句等）意思，含意，意義
例 意味が違う。
譯 意思不相同。

---

08 ｜なまえ【名前】

名 （事物與人的）名字，名稱
例 名前を書く。
譯 寫名字。

---

09 ｜かたかな【片仮名】

名 片假名
例 片仮名で書く。
譯 用片假名寫。

---

10 ｜ひらがな【平仮名】

名 平假名
例 平仮名で書く。
譯 用平假名寫。

---

11 ｜かんじ【漢字】

名 漢字
例 漢字を学ぶ。
譯 學漢字。

---

12 ｜さくぶん【作文】

名 作文
例 作文を書く。
譯 寫作文。

N5 ● 3-13

3-13 文房具、出版品／
文具用品、出版物

---

01 ｜ボールペン【ball-point pen】

名 原子筆，鋼珠筆
例 ボールペンで書く。
譯 用原子筆寫。

---

02 ｜まんねんひつ【万年筆】

名 鋼筆
例 万年筆を使う。
譯 使用鋼筆。

03 ｜コピー【copy】

（名・他サ）拷貝，複製，副本

例 コピーをする。

譯 影印。

04 ｜じびき【字引】

（名）字典，辭典

例 字引を引く。

譯 查字典。

05 ｜ペン【pen】

（名）筆，原子筆，鋼筆

例 ペンで書く。

譯 用鋼筆寫。

06 ｜しんぶん【新聞】

（名）報紙

例 新聞を読む。

譯 看報紙。

07 ｜ほん【本】

（名）書，書籍

例 本を読む。

譯 看書。

08 ｜ノート【notebook 之略】

（名）筆記本；備忘錄

例 ノートを取る。

譯 寫筆記。

09 ｜えんぴつ【鉛筆】

（名）鉛筆

例 鉛筆で書く。

譯 用鉛筆寫。

10 ｜じしょ【辞書】

（名）字典，辭典

例 辞書で調べる。

譯 查字典。

11 ｜ざっし【雑誌】

（名）雜誌，期刊

例 雑誌を読む。

譯 閱讀雜誌。

12 ｜かみ【紙】

（名）紙

例 紙に書く。

譯 寫在紙上。

3-14 仕事、郵便 /
工作、郵局

01 ｜せんせい【先生】

（名）老師，師傅；醫生，大夫

例 先生になる。

譯 當老師。

02 ｜いしゃ【医者】

（名）醫生，大夫

例 父は医者だ。

譯 家父是醫生。

03 ｜おまわりさん【お巡りさん】

（名）（俗稱）警察，巡警

例 お巡りさんに聞く。

譯 問警察先生。

---

04 ｜かいしゃ【会社】

名 公司；商社

例 会社に行く。

譯 去公司。

---

05 ｜しごと【仕事】

名 工作；職業

例 仕事を休む。

譯 工作請假。

---

06 ｜けいかん【警官】

名 警官，警察

例 警官を呼ぶ。

譯 叫警察。

---

07 ｜はがき【葉書】

名 明信片

例 葉書を出す。

譯 寄明信片。

---

08 ｜きって【切手】

名 郵票

例 切手を貼る。

譯 貼郵票。

---

09 ｜てがみ【手紙】

名 信，書信，函

例 手紙を書く。

譯 寫信。

---

10 ｜ふうとう【封筒】

名 信封，封套

例 封筒を開ける。

譯 拆信。

---

11 ｜きっぷ【切符】

名 票，車票

例 切符を買う。

譯 買票。

---

12 ｜ポスト【post】

名 郵筒，信箱

例 ポストに入れる。

譯 投入郵筒。

3-15 方向、位置 /
方向、位置

---

01 ｜ひがし【東】

名 東，東方，東邊

例 東から西へ歩く。

譯 從東向西走。

---

02 ｜にし【西】

名 西，西邊，西方

例 西に曲がる。

譯 轉向西方。

---

03 ｜みなみ【南】

名 南，南方，南邊

例 南へ行く。

譯 往南走。

04 | きた【北】

名 北，北方，北邊
例 北の門から入る。
譯 從北門進入。

05 | うえ【上】

名 （位置）上面，上部
例 机の上に封筒がある。
譯 桌上有信封。

06 | した【下】

名 （位置的）下，下面，底下；年紀小
例 いすの下にある。
譯 在椅子下面。

07 | ひだり【左】

名 左，左邊；左手
例 左へ曲がる。
譯 向左轉。

08 | みぎ【右】

名 右，右側，右邊，右方
例 右へ行く。
譯 往右走。

09 | そと【外】

名 外面，外邊；戶外
例 外で遊ぶ。
譯 在外面玩。

10 | なか【中】

名 裡面，內部；其中

例 中に入る。
譯 進去裡面。

11 | まえ【前】

名 （空間的）前，前面
例 ドアの前に立つ。
譯 站在門前。

12 | うしろ【後ろ】

名 後面；背面，背地裡
例 後ろを見る。
譯 看後面。

13 | むこう【向こう】

名 前面，正對面；另一側；那邊
例 向こうに着く。
譯 到那邊。

3-16 位置、距離、重量等 /
位置、距離、重量等

01 | となり【隣】

名 鄰居，鄰家；隔壁，旁邊；鄰近，附近
例 隣に住む。
譯 住在隔壁。

02 | そば【側・傍】

名 旁邊，側邊；附近
例 学校のそばを走る。
譯 在學校附近跑步。

03 | よこ【横】

名 橫；寬；側面；旁邊

例 花屋の横にある。
譯 在花店的旁邊。

---

04 ｜かど【角】

名 角；（道路的）拐角，角落
例 角を曲がる。
譯 轉彎。

---

05 ｜ちかく【近く】

名·副 附近，近旁；（時間上）近期，即將
例 近くにある。
譯 在附近。

---

06 ｜へん【辺】

名 附近，一帶；程度，大致
例 この辺に交番はありますか。
譯 這一帶有派出所嗎？

---

07 ｜さき【先】

名 先，早；頂端，尖端；前頭，最前端
例 先に着く。
譯 先到。

---

08 ｜キロ【（法）kilogramme 之略】

名 千克，公斤
例 10 キロもある。
譯 足足有 10公斤。

---

09 ｜グラム【（法）gramme】

名 公克
例 牛肉を 500 グラム買う。
譯 買 500公克的牛肉。

---

10 ｜キロ【（法）kilo mêtre 之略】

名 一千公尺，一公里
例 10 キロを歩く。
譯 走 10 公里。

---

11 ｜メートル【mètre】

名 公尺，米
例 長さ 100 メートルです。
譯 長 100 公尺。

---

12 ｜はんぶん【半分】

名 半，一半，二分之一
例 半分に切る。
譯 切成兩半。

---

13 ｜つぎ【次】

名 下次，下回，接下來；第二，其次
例 次の駅で降りる。
譯 下一站下車。

---

14 ｜いくら【幾ら】

名 多少（錢，價格，數量等）
例 いくらですか。
譯 多少錢？

パート 4 第四章

状態を表す形容詞

- 表示狀態的形容詞 -

4-1 相対的なことば /
意思相對的詞

01 | あつい【熱い】
形 （溫度）熱的，燙的
例 熱いお茶を飲む。
譯 喝熱茶。

02 | つめたい【冷たい】
形 冷，涼；冷淡，不熱情
例 風が冷たい。
譯 寒風冷冽。

03 | あたらしい【新しい】
形 新的；新鮮的；時髦的
例 新しい家に住む。
譯 入住新家。

04 | ふるい【古い】
形 以往；老舊，年久，老式
例 古い服で作った。
譯 用舊衣服做的。

05 | あつい【厚い】
形 厚；（感情，友情）深厚，優厚
例 厚いコートを着る。
譯 穿厚的外套。

06 | うすい【薄い】
形 薄；淡，淺；待人冷淡；稀少
例 薄い紙がいい。
譯 我要薄的紙。

07 | あまい【甘い】
形 甜的；甜蜜的
例 甘い菓子が食べたい。
譯 想吃甜點。

08 | からい【辛い・鹹い】
形 辣，辛辣；鹹的；嚴格
例 辛い料理が食べたい。
譯 我想吃辣的菜。

09 | いい・よい【良い】
形 好，佳，良好；可以
例 良い人が多い。
譯 好人很多。

10 | わるい【悪い】
形 不好，壞的；不對，錯誤
例 頭が悪い。
譯 頭腦差。

11 | いそがしい【忙しい】
形 忙，忙碌

例 仕事が忙しい。

譯 工作繁忙。

---

12 ｜ひま【暇】

(名・形動) 時間，功夫；空閒時間，暇餘

例 暇がある。

譯 有空。

---

13 ｜きらい【嫌い】

(形動) 嫌惡，厭惡，不喜歡

例 勉強が嫌い。

譯 討厭唸書。

---

14 ｜すき【好き】

(名・形動) 喜好，愛好；愛，產生感情

例 運動が好きだ。

譯 喜歡運動。

---

15 ｜おいしい【美味しい】

(形) 美味的，可口的，好吃的

例 美味しい料理を食べた。

譯 吃了美味的佳餚。

---

16 ｜まずい【不味い】

(形) 不好吃，難吃

例 食事がまずい。

譯 菜很難吃。

---

17 ｜おおい【多い】

(形) 多，多的

例 宿題が多い。

譯 功課很多。

---

18 ｜すくない【少ない】

(形) 少，不多

例 友達が少ない。

譯 朋友很少。

---

19 ｜おおきい【大きい】

(形) (數量，體積，身高等)大，巨大；(程度，範圍等)大，廣大

例 大きい家がほしい。

譯 我想要有間大房子。

---

20 ｜ちいさい【小さい】

(形) 小的；微少，輕微；幼小的

例 小さい子供がいる。

譯 有年幼的小孩。

---

21 ｜おもい【重い】

(形) (份量)重，沉重

例 荷物はとても重い。

譯 行李很重。

---

22 ｜かるい【軽い】

(形) 輕的，輕快的；(程度)輕微的；輕鬆的

例 軽いほうがいい。

譯 我要輕的。

---

23 ｜おもしろい【面白い】

(形) 好玩；有趣，新奇 ；可笑的

例 漫画が面白い。

譯 漫畫很有趣。

24 ｜つまらない

(形) 無趣，沒意思；無意義

例 テレビがつまらない。

譯 電視很無趣。

25 ｜きたない【汚い】

(形) 骯髒；(看上去)雜亂無章，亂七八糟

例 手が汚い。

譯 手很髒。

26 ｜きれい【綺麗】

(形動) 漂亮，好看；整潔，乾淨

例 花がきれいだね。

譯 這花真美啊！

27 ｜しずか【静か】

(形動) 靜止；平靜，沈穩；慢慢，輕輕

例 静かになる。

譯 變安靜。

28 ｜にぎやか【賑やか】

(形動) 熱鬧，繁華；有説有笑，鬧哄哄

例 にぎやかな町がある。

譯 有熱鬧的大街。

29 ｜じょうず【上手】

(名・形動) (某種技術等)擅長，高明，厲害

例 料理が上手だ。

譯 很會作菜。

30 ｜へた【下手】

(名・形動) (技術等)不高明，不擅長，笨拙

例 字が下手だ。

譯 寫字不好看。

31 ｜せまい【狭い】

(形) 狹窄，狹小，狹隘

例 部屋が狭い。

譯 房間很窄小。

32 ｜ひろい【広い】

(形) (面積，空間)廣大，寬廣；(幅度)寬闊；(範圍)廣泛

例 庭が広い。

譯 庭院很大。

33 ｜たかい【高い】

(形) (價錢)貴；(程度，數量，身材等)高，高的

例 山が高い。

譯 山很高。

34 ｜ひくい【低い】

(形) 低，矮；卑微，低賤

例 背が低い。

譯 個子矮小。

35 ｜ちかい【近い】

(形) (距離，時間)近，接近，靠近

例 駅に近い。

譯 離車站近。

36 ｜とおい【遠い】

(形) (距離)遠；(關係)遠，疏遠；(時間間隔)久遠

例 <ruby>学校<rt>がっこう</rt></ruby>に<ruby>遠<rt>とお</rt></ruby>い。
譯 離學校遠。

37 ｜つよい【強い】

㊒ 強悍，有力；強壯，結實；擅長的
例 <ruby>強<rt>つよ</rt></ruby>く<ruby>押<rt>お</rt></ruby>してください。
譯 請用力往下按壓。

38 ｜よわい【弱い】

㊒ 弱的；不擅長
例 <ruby>体<rt>からだ</rt></ruby>が<ruby>弱<rt>よわ</rt></ruby>い。
譯 身體虛弱。

39 ｜ながい【長い】

㊒ （時間、距離）長，長久，長遠
例 スカートを<ruby>長<rt>なが</rt></ruby>くする。
譯 把裙子放長。

40 ｜みじかい【短い】

㊒ （時間）短少；（距離，長度等）短，近
例 <ruby>髪<rt>かみ</rt></ruby>が<ruby>短<rt>みじか</rt></ruby>い。
譯 頭髮短。

41 ｜ふとい【太い】

㊒ 粗，肥胖
例 <ruby>線<rt>せん</rt></ruby>が<ruby>太<rt>ふと</rt></ruby>い。
譯 線條粗。

42 ｜ほそい【細い】

㊒ 細，細小；狹窄
例 <ruby>体<rt>からだ</rt></ruby>が<ruby>細<rt>ほそ</rt></ruby>い。
譯 身材纖細。

43 ｜むずかしい【難しい】

㊒ 難，困難，難辦；麻煩，複雜
例 <ruby>問題<rt>もんだい</rt></ruby>が<ruby>難<rt>むずか</rt></ruby>しい。
譯 問題很難。

44 ｜やさしい【易しい】

㊒ 簡單，容易，易懂
例 やさしい<ruby>本<rt>ほん</rt></ruby>が<ruby>出<rt>で</rt></ruby>ている。
譯 簡單易懂的書出版了。

45 ｜あかるい【明るい】

㊒ 明亮；光明，明朗 ；鮮豔
例 <ruby>部屋<rt>へや</rt></ruby>が<ruby>明<rt>あか</rt></ruby>るい。
譯 明亮的房間。

46 ｜くらい【暗い】

㊒ （光線）暗，黑暗；（顏色）發暗，發黑
例 <ruby>部屋<rt>へや</rt></ruby>が<ruby>暗<rt>くら</rt></ruby>い。
譯 房間陰暗。

47 ｜はやい【速い】

㊒ （速度等）快速
例 <ruby>速<rt>はや</rt></ruby>く<ruby>走<rt>はし</rt></ruby>る。
譯 快跑。

48 ｜おそい【遅い】

㊒ （速度上）慢，緩慢；（時間上）遲的，晚到的；趕不上
例 <ruby>足<rt>あし</rt></ruby>が<ruby>遅<rt>おそ</rt></ruby>い。
譯 走路慢。

4-2 その他の形容詞 /
其他形容詞

01 ｜あたたかい【暖かい】

形 溫暖的；溫和的

例 暖かい天気が好きだ。

譯 我喜歡暖和的天氣。

02 ｜あぶない【危ない】

形 危險，不安全；令人擔心；（形勢，病情等）危急

例 子供が危ない。

譯 孩子有危險。

03 ｜いたい【痛い】

形 疼痛；（因為遭受打擊而）痛苦，難過

例 お腹が痛い。

譯 肚子痛。

04 ｜かわいい【可愛い】

形 可愛，討人喜愛；小巧玲瓏

例 人形がかわいい。

譯 娃娃很可愛。

05 ｜たのしい【楽しい】

形 快樂，愉快，高興

例 楽しい時間をありがとう。

譯 謝謝和你度過歡樂的時光。

06 ｜ない【無い】

形 沒，沒有；無，不在

例 お金がない。

譯 沒錢。

07 ｜はやい【早い】

形 （時間等）快，早；（動作等）迅速

例 電車のほうが早い。

譯 電車比較快。

08 ｜まるい【丸い・円い】

形 圓形，球形

例 月が丸い。

譯 月圓。

09 ｜やすい【安い】

形 便宜，（價錢）低廉

例 値段が安い。

譯 價錢便宜。

10 ｜わかい【若い】

形 年輕；年紀小；有朝氣

例 若くて綺麗だ。

譯 年輕又漂亮。

4-3 その他の形容動詞 /
其他形容動詞

01 ｜いや【嫌】

形動 討厭，不喜歡，不願意；厭煩

例 いやな奴が来た。

譯 討人厭的傢伙來了。

02 ｜いろいろ【色々】

名・形動・副 各種各樣，各式各樣，形形色色

例 いろいろな物があるね。

譯 有各式各樣的物品呢！

03 ｜ おなじ【同じ】

（名・連體・副）相同的，一樣的，同等的；同
一個

例 同じ服を着ている。

譯 穿著同樣的衣服。

04 ｜ けっこう【結構】

（形動・副）很好，出色；可以，足夠；（表
示否定）不要；相當

例 結構な物をありがとう。

譯 謝謝你送我這麼好的禮物。

05 ｜ げんき【元気】

（名・形動）精神，朝氣；健康

例 元気を出しなさい。

譯 拿出精神來。

06 ｜ じょうぶ【丈夫】

（形動）（身體）健壯，健康；堅固，結實

例 体が丈夫になる。

譯 身體變強壯。

07 ｜ だいじょうぶ【大丈夫】

（形動）牢固，可靠；放心，沒問題，沒關係

例 食べても大丈夫だ。

譯 可以放心食用。

08 ｜ だいすき【大好き】

（形動）非常喜歡，最喜好

例 甘いものが大好きだ。

譯 最喜歡甜食。

09 ｜ たいせつ【大切】

（形動）重要，要緊；心愛，珍惜

例 大切にする。

譯 珍惜。

10 ｜ たいへん【大変】

（副・形動）很，非常，太；不得了

例 大変な雨だった。

譯 一場好大的雨。

11 ｜ べんり【便利】

（形動）方便，便利

例 車は電車より便利だ。

譯 汽車比電車方便。

12 ｜ ほんとう【本当】

（名・形動）真正

例 その話は本当だ。

譯 這話是真的。

13 ｜ ゆうめい【有名】

（形動）有名，聞名，著名

例 ここは有名なレストランです。

譯 這是一家著名的餐廳。

14 ｜ りっぱ【立派】

（形動）了不起，出色，優秀；漂亮，美觀

例 立派な建物に住む。

譯 我住在一棟氣派的建築物裡。

パート **5** 第五章

動作を表す動詞
- 表示動作的動詞 -

5-1 相対的なことば /
意思相對的詞

01 ｜とぶ【飛ぶ】
(自五) 飛，飛行，飛翔
例 飛行機が飛ぶ。
譯 飛機飛行。

02 ｜あるく【歩く】
(自五) 走路，步行
例 駅まで歩く。
譯 走到車站。

03 ｜いれる【入れる】
(他下一) 放入，裝進；送進，收容；計算進去
例 箱に入れる。
譯 放入箱內。

04 ｜だす【出す】
(他五) 拿出，取出；提出；寄出
例 お金を出す。
譯 出錢。

05 ｜いく・ゆく【行く】
(自五) 去，往；離去；經過，走過
例 会社へ行く。
譯 去公司。

06 ｜くる【来る】
(自力) （空間，時間上的）來；到來
例 電車が来る。
譯 電車抵達。

07 ｜うる【売る】
(他五) 賣，販賣；出賣
例 車を売る。
譯 銷售汽車。

08 ｜かう【買う】
(他五) 購買
例 本を買う。
譯 買書。

09 ｜おす【押す】
(他五) 推，擠；壓，按；蓋章
例 ボタンを押す。
譯 按按鈕。

10 ｜ひく【引く】
(他五) 拉，拖；翻查；感染（傷風感冒）
例 線を引く。
譯 拉線。

11 ｜おりる【下りる・降りる】
(自上一)【下りる】（從高處）下來，降落；（霜雪等）落下；【降りる】（從車，船等）下來

例 バスから降りる。
譯 從公車上下來。

12 ｜のる【乗る】

(自五) 騎乘，坐；登上
例 車に乗る。
譯 坐車。

13 ｜かす【貸す】

(他五) 借出，借給；出租；提供幫助（智慧與力量）
例 お金を貸す。
譯 借錢給別人。

14 ｜かりる【借りる】

(他上一) 借進（錢、東西等）；借助
例 本を借りる。
譯 借書。

15 ｜すわる【座る】

(自五) 坐，跪座
例 床に座る。
譯 坐在地板上。

16 ｜たつ【立つ】

(自五) 站立；冒，升；出發
例 席を立つ。
譯 離開座位。

17 ｜たべる【食べる】

(他下一) 吃
例 ご飯を食べる。
譯 吃飯。

18 ｜のむ【飲む】

(他五) 喝，吞，嚥，吃(藥)
例 薬を飲む。
譯 吃藥。

19 ｜でかける【出掛ける】

(自下一) 出去，出門，到…去；要出去
例 姉と出かける。
譯 跟妹妹出門。

20 ｜かえる【帰る】

(自五) 回來，回家；歸去；歸還
例 家に帰る。
譯 回家。

21 ｜でる【出る】

(自下一) 出來，出去；離開
例 電話に出る。
譯 接電話。

22 ｜はいる【入る】

(自五) 進，進入；裝入，放入
例 耳に入る。
譯 聽到。

23 ｜おきる【起きる】

(自上一) （倒著的東西）起來，立起來，坐起來；起床
例 6時に起きる。
譯 六點起床。

24 | ねる【寝る】

(自下一) 睡覺，就寝；躺下，臥

例 よく寝る。

譯 睡得好。

25 | ぬぐ【脱ぐ】

(他五) 脱去，脱掉，摘掉

例 靴を脱ぐ。

譯 脱鞋子。

26 | きる【着る】

(他上一)（穿）衣服

例 上着を着る。

譯 穿外套。

27 | やすむ【休む】

(他五·自五) 休息，歇息；停歇；睡，就寝；請假，缺勤

例 部屋で休もうか。

譯 進房休息一下吧。

28 | はたらく【働く】

(自五) 工作，勞動，做工

例 会社で働く。

譯 在公司上班。

29 | うまれる【生まれる】

(自下一) 出生；出現

例 子供が生まれる。

譯 孩子出生。

30 | しぬ【死ぬ】

(自五) 死亡

例 病院で死ぬ。

譯 在醫院過世。

31 | おぼえる【覚える】

(他下一) 記住，記得；學會，掌握

例 単語を覚える。

譯 背單字。

32 | わすれる【忘れる】

(他下一) 忘記，忘掉；忘懷，忘卻；遺忘

例 宿題を忘れる。

譯 忘記寫功課。

33 | おしえる【教える】

(他下一) 教授；指導；教訓；告訴

例 日本語を教える。

譯 教日語。

34 | ならう【習う】

(他五) 學習；練習

例 先生に習う。

譯 向老師學習。

35 | よむ【読む】

(他五) 閱讀，看；唸，朗讀

例 小説を読む。

譯 看小説。

36 | かく【書く】

(他五) 寫，書寫；作(畫)；寫作(文章等)

例 手紙を書く。

譯 寫信。

37 ｜わかる【分かる】

(自五) 知道，明白；懂得，理解

例 意味がわかる。

譯 明白意思。

38 ｜こまる【困る】

(自五) 感到傷腦筋，困擾；難受，苦惱；沒有辦法

例 お金がなくて困る。

譯 沒有錢，傷透腦筋。

39 ｜きく【聞く】

(他五) 聽，聽到；聽從，答應；詢問

例 話を聞く。

譯 聽對方講話。

40 ｜はなす【話す】

(他五) 説，講；談話；告訴（別人）

例 英語で話す。

譯 用英語説。

41 ｜かく【描く】

(他五) 畫，繪製；描寫，描繪

例 絵を描く。

譯 畫圖。

N5 ● 5-2

5-2 自動詞、他動詞 /
自動詞、他動詞

01 ｜あく【開く】

(自五) 開，打開；開始，開業

例 窓が開く。

譯 窗戶打開了。

02 ｜あける【開ける】

(他下一) 打開，開(著)；開業

例 箱を開ける。

譯 打開箱子。

03 ｜かかる【掛かる】

(自五) 懸掛，掛上；覆蓋；花費

例 壁に掛かる。

譯 掛在牆上。

04 ｜かける【掛ける】

(他下一) 掛在(牆壁)；戴上(眼鏡)；捆上，打(電話)

例 壁に絵を掛ける。

譯 把畫掛在牆上。

05 ｜きえる【消える】

(自下一) (燈，火等)熄滅；(雪等)融化；消失，看不見

例 火が消える。

譯 火熄滅。

06 ｜けす【消す】

(他五) 熄掉，撲滅；關掉；弄滅；消失，抹去

例 電気を消す。

譯 關電燈。

07 ｜しまる【閉まる】

(自五) 關閉；關門，停止營業

例 ドアが閉まる。

譯 門關了起來。

08 | しめる【閉める】

(他下一) 關閉，合上；繫緊，束緊
例 窓を閉める。
譯 關窗戶。

09 | ならぶ【並ぶ】

(自五) 並排，並列，列隊
例 1時間も並ぶ。
譯 足足排了一個小時。

10 | ならべる【並べる】

(他下一) 排列；並排；陳列；擺，擺放
例 靴を並べる。
譯 擺放靴子。

11 | はじまる【始まる】

(自五) 開始，開頭；發生
例 授業が始まる。
譯 開始上課。

12 | はじめる【始める】

(他下一) 開始，創始
例 仕事を始める。
譯 開始工作。

5-3 する動詞 /
する動詞

01 | する

(自・他サ) 做，進行
例 料理をする。
譯 做料理。

02 | せんたく【洗濯】

(名・他サ) 洗衣服，清洗，洗滌
例 洗濯をする。
譯 洗衣服。

03 | そうじ【掃除】

(名・他サ) 打掃，清掃，掃除
例 庭を掃除する。
譯 清掃庭院。

04 | りょこう【旅行】

(名・自サ) 旅行，旅遊，遊歷
例 世界を旅行する。
譯 環遊世界。

05 | さんぽ【散步】

(名・自サ) 散步，隨便走走
例 公園を散步する。
譯 在公園散步。

06 | べんきょう【勉強】

(名・自他サ) 努力學習，唸書
例 勉強ができる。
譯 會讀書。

07 | れんしゅう【練習】

(名・他サ) 練習，反覆學習
例 カラオケの練習をする。
譯 練習卡拉 OK。

08 | けっこん【結婚】

(名・自サ) 結婚

例 私と結婚してください。
譯 請跟我結婚。

---

09 ｜しつもん【質問】

(名・自サ) 提問，詢問
例 質問に答える。
譯 回答問題。

5-4 その他の動詞 /
其他動詞

01 ｜あう【会う】

(自五) 見面，會面；偶遇，碰見
例 両親に会う。
譯 跟父母親見面。

---

02 ｜あげる【上げる】

(他下一) 舉起；抬起
例 手を上げる。
譯 舉手。

---

03 ｜あそぶ【遊ぶ】

(自五) 遊玩；閒著；旅行；沒工作
例 京都で遊ぶ。
譯 遊京都。

---

04 ｜あびる【浴びる】

(他上一) 淋，浴，澆；照，曬
例 シャワーを浴びる。
譯 淋浴。

---

05 ｜あらう【洗う】

(他五) 沖洗，清洗；洗滌

例 顔を洗う。
譯 洗臉。

---

06 ｜ある【在る】

(自五) 在，存在
例 台所にある。
譯 在廚房。

---

07 ｜ある【有る】

(自五) 有，持有，具有
例 お金がある。
譯 有錢。

---

08 ｜いう【言う】

(自・他五) 説，講；説話，講話
例 お礼を言う。
譯 道謝。

---

09 ｜いる【居る】

(自上一) （人或動物的存在）有，在；居住在
例 子供がいる。
譯 有小孩。

---

10 ｜いる【要る】

(自五) 要，需要，必要
例 時間がいる。
譯 需要花時間。

---

11 ｜うたう【歌う】

(他五) 唱歌；歌頌
例 歌を歌う。
譯 唱歌。

12 ｜おく【置く】

(他五) 放，放置；放下，留下，丟下

例 テーブルにおく。

譯 放在桌上。

13 ｜およぐ【泳ぐ】

(自五) （人，魚等在水中）游泳；穿過，擠過

例 海で泳ぐ。

譯 在海中游泳。

14 ｜おわる【終わる】

(自五) 完畢，結束，終了

例 １日が終わる。

譯 一天結束了。

15 ｜かえす【返す】

(他五) 還，歸還，退還；送回（原處）

例 本を返す。

譯 歸還書籍。

16 ｜かぶる【被る】

(他五) 戴（帽子等）；(從頭上)蒙，蓋（被子）；(從頭上)套，穿

例 帽子をかぶる。

譯 戴帽子。

17 ｜きる【切る】

(他五) 切，剪，裁剪；切傷

例 髪を切る。

譯 剪頭髮。

18 ｜ください【下さい】

(補助) （表請求對方作）請給（我）；請…

例 手紙をください。

譯 請寫信給我。

19 ｜こたえる【答える】

(自下一) 回答，答覆；解答

例 問題に答える。

譯 回答問題。

20 ｜さく【咲く】

(自五) 開（花）

例 花が咲く。

譯 開花。

21 ｜さす【差す】

(他五) 撐（傘等）；插

例 傘をさす。

譯 撐傘。

22 ｜しめる【締める】

(他下一) 勒緊；繫著；關閉

例 ネクタイを締める。

譯 打領帶。

23 ｜しる【知る】

(他五) 知道，得知；理解；認識；學會

例 何も知りません。

譯 什麼都不知道。

24 ｜すう【吸う】

(他五) 吸，抽；啜；吸收

例 <ruby>煙草<rt>たばこ</rt></ruby>を<ruby>吸<rt>す</rt></ruby>う。
譯 抽煙。

---

25 ｜すむ【住む】

自五 住，居住；（動物）棲息，生存
例 アパートに<ruby>住<rt>す</rt></ruby>む。
譯 住公寓。

---

26 ｜たのむ【頼む】

他五 請求，要求；委託，託付；依靠
例 <ruby>仕事<rt>しごと</rt></ruby>を<ruby>頼<rt>たの</rt></ruby>む。
譯 委託工作。

---

27 ｜ちがう【違う】

自五 不同，差異；錯誤；違反，不符
例 <ruby>意味<rt>いみ</rt></ruby>が<ruby>違<rt>ちが</rt></ruby>う。
譯 意思不同。

---

28 ｜つかう【使う】

他五 使用；雇傭；花費
例 <ruby>頭<rt>あたま</rt></ruby>を<ruby>使<rt>つか</rt></ruby>う。
譯 動腦。

---

29 ｜つかれる【疲れる】

自下一 疲倦，疲勞
例 <ruby>体<rt>からだ</rt></ruby>が<ruby>疲<rt>つか</rt></ruby>れる。
譯 身體疲累。

---

30 ｜つく【着く】

自五 到，到達，抵達；寄到
例 <ruby>空港<rt>くうこう</rt></ruby>に<ruby>着<rt>つ</rt></ruby>く。
譯 抵達機場。

---

31 ｜つくる【作る】

他五 做，造；創造；寫，創作
例 <ruby>紙<rt>かみ</rt></ruby>で<ruby>箱<rt>はこ</rt></ruby>を<ruby>作<rt>つく</rt></ruby>る。
譯 用紙張做箱子。

---

32 ｜つける【点ける】

他下一 點(火)，點燃；扭開(開關)，打開
例 <ruby>火<rt>ひ</rt></ruby>をつける。
譯 點火。

---

33 ｜つとめる【勤める】

他下一 工作，任職；擔任(某職務)
例 <ruby>会社<rt>かいしゃ</rt></ruby>に<ruby>勤<rt>つと</rt></ruby>める。
譯 在公司上班。

---

34 ｜できる【出来る】

自上一 能，可以，辦得到；做好，做完
例 <ruby>英語<rt>えいご</rt></ruby>ができる。
譯 我會英語。

---

35 ｜とまる【止まる】

自五 停，停止，停靠；停頓；中斷
例 <ruby>時計<rt>とけい</rt></ruby>が<ruby>止<rt>と</rt></ruby>まる。
譯 時鐘停了。

---

36 ｜とる【取る】

他五 拿取，執，握；採取，摘；(用手)操控
例 <ruby>辞書<rt>じしょ</rt></ruby>を<ruby>取<rt>と</rt></ruby>ってください。
譯 請拿辭典。

N5
5
表示動作的動詞

其他動詞 ｜ 53

37 ｜とる【撮る】

他五 拍照，拍攝

例 写真を撮る。

譯 照相。

38 ｜なく【鳴く】

自五 （鳥，獸，虫等）叫，鳴

例 鳥が鳴く。

譯 鳥叫。

39 ｜なくす【無くす】

他五 丟失；消除

例 財布をなくす。

譯 弄丟錢包。

40 ｜なる【為る】

自五 成為，變成；當（上）

例 金持ちになる。

譯 變成有錢人。

41 ｜のぼる【登る】

自五 登，上；攀登（山）

例 山に登る。

譯 爬山。

42 ｜はく【履く・穿く】

他五 穿（鞋，襪；褲子等）

例 靴を履く。

譯 穿鞋子。

43 ｜はしる【走る】

自五 （人，動物）跑步，奔跑；（車，船等）行駛

例 一生懸命に走る。

譯 拼命地跑。

44 ｜はる【貼る・張る】

他五 貼上，糊上，黏上

例 切手を貼る。

譯 貼郵票。

45 ｜ひく【弾く】

他五 彈，彈奏，彈撥

例 ピアノを弾く。

譯 彈鋼琴。

46 ｜ふく【吹く】

自五 （風）刮，吹；（緊縮嘴唇）吹氣

例 風が吹く。

譯 颳風。

47 ｜ふる【降る】

自五 落，下，降（雨，雪，霜等）

例 雨が降る。

譯 下雨。

48 ｜まがる【曲がる】

自五 彎曲；拐彎

例 左に曲がる。

譯 左轉。

49 ｜まつ【待つ】

他五 等候，等待；期待，指望

例 バスを待つ。

譯 等公車。

50 ｜みがく【磨く】

(他五) 刷洗，擦亮；研磨，琢磨

例 歯を磨く。

譯 刷牙。

---

51 ｜みせる【見せる】

(他下一) 讓…看，給…看

例 定期券を見せる。

譯 出示月票。

---

52 ｜みる【見る】

(他上一) 看，觀看，察看；照料；參觀

例 テレビを見る。

譯 看電視。

---

53 ｜もうす【申す】

(他五) 叫做，稱；説，告訴

例 山田と申します。

譯 （我）叫做山田。

---

54 ｜もつ【持つ】

(他五) 拿，帶，持，攜帶

例 荷物を持つ。

譯 拿行李。

---

55 ｜やる

(他五) 做，進行；派遣；給予

例 宿題をやる。

譯 做作業。

---

56 ｜よぶ【呼ぶ】

(他五) 呼叫，招呼；邀請；叫來；叫做，稱為

例 タクシーを呼ぶ。

譯 叫計程車。

---

57 ｜わたる【渡る】

(自五) 渡，過（河）；（從海外）渡來

例 道を渡る。

譯 過馬路。

---

58 ｜わたす【渡す】

(他五) 交給，交付

例 本を渡す。

譯 交付書籍。

6-1 時間、時 /
時間、時候

01 ｜おととい【一昨日】

名 前天

例 一昨日の朝に卵を食べた。

譯 前天早上吃了雞蛋。

02 ｜きのう【昨日】

名 昨天；近來，最近；過去

例 昨日は雨だ。

譯 昨天下雨。

03 ｜きょう【今日】

名 今天

例 今日は晴れだ。

譯 今天天晴。

04 ｜いま【今】

名 現在，此刻

副 （表最近的將來）馬上；剛才

例 今は使わない。

譯 現在不使用。

05 ｜あした【明日】

名 明天

例 明日は朝が早い。

譯 明天早上要早起。

06 ｜あさって【明後日】

名 後天

例 明後日帰る。

譯 後天回去。

07 ｜まいにち【毎日】

名 每天，每日，天天

例 毎日プールで泳ぐ。

譯 每天都在游泳池游泳。

08 ｜あさ【朝】

名 早上，早晨；早上，午前

例 朝になる。

譯 天亮。

09 ｜けさ【今朝】

名 今天早上

例 今朝届く。

譯 今天早上送達。

10 ｜まいあさ【毎朝】

名 每天早上

例 毎朝散歩する。

譯 每天早上散步。

11 ｜ひる【昼】

名 中午；白天，白晝；午飯

例 昼休みに銀行へ行く。

譯 午休去銀行。

12 ｜ごぜん【午前】

名 上午，午前
例 午前中だけ働く。
譯 只有上午上班。

13 ｜ごご【午後】

名 下午，午後，後半天
例 午後につく。
譯 下午到達。

14 ｜ゆうがた【夕方】

名 傍晚
例 夕方になる。
譯 到了傍晚。

15 ｜ばん【晩】

名 晚，晚上
例 朝から晩まで働く。
譯 從早工作到晚。

16 ｜よる【夜】

名 晚上，夜裡
例 夜になる。
譯 晚上了。

17 ｜ゆうべ【夕べ】

名 昨天晚上，昨夜；傍晚
例 夕べから熱がある。
譯 從昨晚就開始發燒。

18 ｜こんばん【今晩】

名 今天晚上，今夜

例 今晩は泊まる。
譯 今天晚上住下。

19 ｜まいばん【毎晩】

名 每天晚上
例 毎晩帰りが遅い。
譯 每晚都晚歸。

20 ｜あと【後】

名 (地點)後面；(時間)以後；(順序)之後；
(將來的事)以後
例 後から行く。
譯 隨後就去。

21 ｜はじめ【初め】

名 開始，起頭；起因
例 初めて食べた。
譯 第一次嘗到。

22 ｜じかん【時間】

名 時間，功夫；時刻，鐘點
例 時間に遅れる。
譯 遲到。

23 ｜じかん【時間】

接尾 …小時，…點鐘
例 ２４時間かかる。
譯 需花費二十四小時。

24 ｜いつ【何時】

代 何時，幾時，什麼時候；平時
例 いつ来る。
譯 什麼時候來？

6-2 年、月 /
年、月份

01 ｜せんげつ【先月】
名 上個月
例 先月十日に会った。
譯 上個月10號碰過面。

02 ｜こんげつ【今月】
名 這個月
例 今月は休みが少ない。
譯 這個月休假較少。

03 ｜らいげつ【来月】
名 下個月
例 来月から始まる。
譯 下個月開始。

04 ｜まいげつ・まいつき【毎月】
名 每個月
例 毎月服の雑誌を買う。
譯 每月都購買服飾雜誌。

05 ｜ひとつき【一月】
名 一個月
例 一月休む。
譯 休息一個月。

06 ｜おととし【一昨年】
名 前年
例 一昨年日本に旅行に行った。
譯 前年去日本旅行。

07 ｜きょねん【去年】
名 去年
例 去年来た。
譯 去年來的。

08 ｜ことし【今年】
名 今年
例 今年は結婚する。
譯 今年要結婚。

09 ｜らいねん【来年】
名 明年
例 来年のカレンダーをもらう。
譯 拿到明年月曆。

10 ｜さらいねん【再来年】
名 後年
例 再来年まで勉強します。
譯 讀到後年。

11 ｜まいとし・まいねん【毎年】
名 每年
例 毎年咲く。
譯 每年都綻放。

12 ｜とし【年】
名 年；年紀
例 年をとる。
譯 上年紀。

13 ｜とき【時】
名 （某個）時候
例 本を読むとき、音楽を聴く。
譯 看書的時候，聽音樂。

6-3 代名詞 /
代名詞

01 | これ
代 這個，此；這人；現在，此時
例 これは自転車だ。
譯 這是自行車。

02 | それ
代 那，那個；那時，那裡；那樣
例 それを見せてください。
譯 給我看那個。

03 | あれ
代 那，那個；那時；那裡
例 あれがほしい。
譯 想要那個。

04 | どれ
代 哪個
例 どれがいい。
譯 哪一個比較好？

05 | ここ
代 這裡；（表時間）最近，目前
例 ここに置く。
譯 放這裡。

06 | そこ
代 那兒，那邊
例 そこで待つ。
譯 在那邊等。

07 | あそこ
代 那邊，那裡
例 あそこにある。
譯 在那裡。

08 | どこ
代 何處，哪兒，哪裡
例 どこへ行く。
譯 要去哪裡？

09 | こちら
代 這邊，這裡，這方面；這位；我，我們（口語為「こっち」）
例 こちらが山田さんです。
譯 這位是山田小姐。

10 | そちら
代 那兒，那裡；那位，那個；府上，貴處（口語為「そっち」）
例 そちらはどんな天気ですか。
譯 你那邊天氣如何呢？

11 | あちら
代 那兒，那裡；那個；那位
例 あちらへ行く。
譯 去那裡。

12 | どちら
代 （方向，地點，事物，人等）哪裡，哪個，哪位（口語為「どっち」）
例 どちらでも良い。
譯 哪一個都好。

13 | この

(連體) 這…，這個…

例 このボタンを押す。

譯 按下這個按鈕。

14 | その

(連體) 那…，那個…

例 その時出かけた。

譯 那個時候外出了。

15 | あの

(連體) (表第三人稱，離説話雙方都距離遠的)那，那裡，那個

例 あの店で働く。

譯 在那家店工作。

16 | どの

(連體) 哪個，哪…

例 どの席がいい。

譯 哪個位子好呢？

17 | こんな

(連體) 這樣的，這種的

例 こんな時にすみません。

譯 在這種情況之下真是抱歉。

18 | どんな

(連體) 什麼樣的

例 どんな時も楽しくやる。

譯 無論何時都要玩得開心。

19 | だれ【誰】

(代) 誰，哪位

例 誰もいない。

譯 沒有人。

20 | だれか【誰か】

(代) 某人；有人

例 誰か来た。

譯 有誰來了。

21 | どなた

(代) 哪位，誰

例 どなた様ですか。

譯 請問是哪位？

22 | なに・なん【何】

(代) 什麼；任何

例 これは何ですか。

譯 這是什麼？

6-4 感嘆詞、接続詞 /
感嘆詞、接續詞

01 | ああ

(感) (表驚訝等)啊，唉呀；(表肯定)哦；嗯

例 ああ、そうですか。

譯 啊！是嗎！

02 | あのう

(感) 那個，請問，喂；啊，嗯(招呼人時，説話躊躇或不能馬上説出下文時)

例 あのう、すみません。

譯 不好意思，請問一下。

03 | いいえ

(感) (用於否定)不是，不對，沒有

例 いいえ、まだです。
譯 不，還沒有。

04 ｜ええ

感 （用降調表示肯定）是的，嗯；（用升調表示驚訝）哎呀，啊

例 ええ、そうです。
譯 嗯，是的。

05 ｜さあ

感 （表示勸誘，催促）來；表躊躇，遲疑的聲音

例 さあ、行こう。
譯 來，走吧。

06 ｜じゃ・じゃあ

感 那麼（就）

例 じゃ、さようなら。
譯 那麼，再見。

07 ｜そう

感 （回答）是，沒錯

例 そうです。私が佐藤です。
譯 是的，我是佐藤。

08 ｜では

接續 那麼，那麼說，要是那樣

例 では、失礼します。
譯 那麼，先告辭了。

09 ｜はい

感 （回答）有，到；（表示同意）是的

例 はい、そうです。
譯 是，沒錯。

10 ｜もしもし

感 （打電話）喂；喂（叫住對方）

例 もしもし、田中です。
譯 喂，我是田中。

11 ｜しかし

接續 然而，但是，可是

例 このラーメンはおいしい。しかし、あのラーメンはまずい。
譯 這碗拉麵很好吃，但是那碗很難吃。

12 ｜そうして・そして

接續 然後；而且；於是；又

例 このパンはおいしい。そして、あのパンもおいしい。
譯 這麵包好吃，還有，那麵包也好吃。

13 ｜それから

接續 還有；其次，然後；（催促對方談話時）後來怎樣

例 風呂に入って、それから寝ました。
譯 先洗了澡，然後就睡了。

14 ｜それでは

接續 那麼，那就；如果那樣的話

例 それでは、さようなら。
譯 那麼，再見。

15 ｜でも

接續 可是，但是，不過；話雖如此

例 昨日はとても楽しかった。でも、疲れた。

譯 昨天實在玩得很開心，不過，也累壞了。

6-5 副詞、副助詞 ／
副詞、副助詞

01 ｜あまり【余り】

副 （後接否定）不太…，不怎麼…；過分，非常

例 あまり高くない。

譯 不太貴。

02 ｜いちいち【一々】

副 一一，一個一個；全部；詳細

例 いちいち聞く。

譯 一一詢問。

03 ｜いちばん【一番】

名・副 最初，第一；最好，最優秀

例 一番安いものを買う。

譯 買最便宜的。

04 ｜いつも【何時も】

副 經常，隨時，無論何時

例 いつも家にいない。

譯 經常不在家。

05 ｜すぐ

副 馬上，立刻；（距離）很近

例 すぐ行く。

譯 馬上去。

06 ｜すこし【少し】

副 一下子；少量，稍微，一點

例 もう少しやさしい本がいい。

譯 再容易一點的書籍比較好。

07 ｜ぜんぶ【全部】

名 全部，總共

例 全部答える。

譯 全部回答。

08 ｜たいてい【大抵】

副 大部分，差不多；（下接推量）多半；（接否定）一般

例 大抵分かる。

譯 大概都知道。

09 ｜たいへん【大変】

副・形動 很，非常，太；不得了

例 大変な雨だった。

譯 一場好大的雨。

10 ｜たくさん【沢山】

名・形動・副 很多，大量；足夠，不再需要

例 たくさんある。

譯 有很多。

11 ｜たぶん【多分】

副 大概，或許；恐怕

例 たぶん大丈夫だろう。

譯 應該沒問題吧。

12 | だんだん【段々】

副 漸漸地

例 だんだん暖かくなる。

譯 漸漸地變暖和。

13 | ちょうど【丁度】

副 剛好，正好；正，整

例 今日でちょうど一月になる。

譯 到今天剛好滿一個月。

14 | ちょっと【一寸】

副・感 一下子；（下接否定）不太…，不太容易…；一點點

例 ちょっと待って。

譯 等一下。

15 | どう

副 怎麼，如何

例 温かいお茶はどう。

譯 喝杯溫茶如何？

16 | どうして

副 為什麼，何故

例 どうして休んだの。

譯 為什麼沒來呢？

17 | どうぞ

副 （表勸誘，請求，委託）請；（表承認，同意）可以，請

例 どうぞこちらへ。

譯 請往這邊走。

18 | どうも

副 怎麼也；總覺得；實在是，真是；謝謝

例 どうもすみません。

譯 實在對不起。

19 | ときどき【時々】

副 有時，偶爾

例 曇りで時々雨が降る。

譯 多雲偶陣雨。

20 | とても

副 很，非常；（下接否定）無論如何也…

例 とても面白い。

譯 非常有趣。

21 | なぜ【何故】

副 為何，為什麼

例 なぜ来ないのか。

譯 為什麼沒來？

22 | はじめて【初めて】

副 最初，初次，第一次

例 初めて飛行機に乗る。

譯 初次搭乘飛機。

23 | ほんとうに【本当に】

副 真正，真實

例 本当にありがとう。

譯 真的很謝謝您。

24 ｜また【又】

副 還，又，再；也，亦；同時

例 また会おう。

譯 再見。

25 ｜まだ【未だ】

副 還，尚；仍然；才，不過

例 まだ来ない。

譯 還沒來。

26 ｜まっすぐ【真っ直ぐ】

副・形動 筆直，不彎曲；一直，直接

例 まっすぐな道を走る。

譯 走筆直的道路。

27 ｜もう

副 另外，再

例 もう少し食べる。

譯 再吃一點。

28 ｜もう

副 已經；馬上就要

例 もう着きました。

譯 已經到了。

29 ｜もっと

副 更，再，進一步

例 もっとください。

譯 請再給我多一些。

30 ｜ゆっくり

副 慢，不著急

例 ゆっくり食べる。

譯 慢慢吃。

31 ｜よく

副 經常，常常

例 よく考える。

譯 充分考慮。

32 ｜いかが【如何】

副・形動 如何，怎麼樣

例 お一ついかがですか。

譯 來一個如何？

33 ｜くらい・ぐらい【位】

副助 （數量或程度上的推測）大概，左右，上下

例 1時間ぐらい遅くなる。

譯 遲到約一個小時左右。

34 ｜ずつ

副助 （表示均攤）每…，各…；表示反覆多次

例 1日に3回ずつ。

譯 每天各三次。

35 ｜だけ

副助 只有…

例 生徒が一人だけだ。

譯 只有一學生。

36 ｜ながら

接助 邊…邊…，一面…一面…

例 歩きながら考える。

譯 邊走邊想。

6-6 接頭詞、接尾詞、その他 ／
接頭詞、接尾詞、其他

01 ｜お・おん【御】

(接頭) 您(的)…，貴…；放在字首，表示尊敬語及美化語

例 お友達の家へ行く。

譯 去朋友家。

02 ｜じ【時】

(名) …時

例 6時に閉まる。

譯 六點關門。

03 ｜はん【半】

(名・接尾) …半；一半

例 3時半から始まる。

譯 從三點半開始。

04 ｜ふん・ぷん【分】

(接尾) (時間)…分；(角度)分

例 1時 15 分に着く。

譯 1點15分抵達。

05 ｜にち【日】

(名) 號，日，天(計算日數)

例 今月の 19日が誕生日です。

譯 這個月的十九號是我的生日。

06 ｜じゅう【中】

(名・接尾) 整個，全；(表示整個期間或區域)期間

例 世界中の人が知っている。

譯 全世界的人都知道。

07 ｜ちゅう【中】

(名・接尾) 中央，中間；…期間，正在…當中；在…之中

例 午前中に届く。

譯 上午送達。

08 ｜がつ【月】

(接尾) …月

例 9月に生まれる。

譯 九月出生。

09 ｜かげつ【ヶ月】

(接尾) …個月

例 あと3ヶ月でお母さんになる。

譯 再過三個月我就要為人母了。

10 ｜ねん【年】

(名) 年(也用於計算年數)

例 来年日本へ行く。

譯 明年要去日本。

11 ｜ころ・ごろ【頃】

(名・接尾) (表示時間)左右，時候，時期；正好的時候

例 昼頃駅で会う。

譯 中午時在車站碰面。

12 ｜すぎ【過ぎ】

(接尾) 超過…，過了…，過度

例 1時過ぎに会う。

譯 我們一點多碰面。

13 ｜そば【側・傍】

(名) 旁邊，側邊；附近

例 そばに置く。

譯 放在身邊。

14 ｜たち【達】

(接尾) （表示人的複數）…們，…等

例 私たちも行く。

譯 我們也前往。

15 ｜や【屋】

(名・接尾) 房屋；…店，商店或工作人員

例 八百屋でトマトを買う。

譯 在蔬果店買番茄。

16 ｜ご【語】

(名・接尾) 語言；…語

例 日本語の手紙を書く。

譯 用日語寫信。

17 ｜がる

(接尾) 想，覺得；故做

例 妹が私の服を欲しがる。

譯 妹妹想要我的衣服。

18 ｜じん【人】

(接尾) …人

例 外国人の先生がいる。

譯 有外國老師。

19 ｜など【等】

(副助) （表示概括，列舉）…等

例 赤や黄色などがある。

譯 有紅色跟黃色等等。

20 ｜ど【度】

(名・接尾) …次；…度（溫度，角度等單位）

例 ３８度ある。

譯 有38度。

21 ｜まえ【前】

(名) （空間的）前，前面

例 ドアの前に立つ。

譯 站在門前。

22 ｜えん【円】

(名・接尾) 日圓（日本的貨幣單位）；圓（形）

例 ２時間で１万円だ。

譯 兩小時一萬元日圓。

23 ｜みんな

(代) 大家，全部，全體

例 みんな足が長い。

譯 大家腳都很長。

24 ｜ほう【方】

(名) 方向；方面；（用於並列或比較屬於哪一）部類，類型

例 大きい方がいい。

譯 大的比較好。

25 ｜ほか【外】

(名・副助) 其他，另外；旁邊，外部；（下接否定）只好，只有

例 ほかの物を買う。

譯 買別的東西。

必 勝

N4

情境分類單字

パート 1 第一章

地理、場所
- 地理、場所 -

1-1 場所、空間、範囲／
場所、空間、範囲

01 ｜うら【裏】
⑧ 裡面，背後；內部；內幕，幕後；內情
例 裏を見る。
譯 看背面。

02 ｜おもて【表】
⑧ 表面；正面；外觀；外面
例 表を飾る。
譯 裝飾外表。

03 ｜いがい【以外】
⑧ 除外，以外
例 日本以外行きたくない。
譯 除了日本以外我哪裡都不去。

04 ｜うち【内】
⑧ …之內；…之中
例 内からかぎをかける。
譯 從裡面上鎖。

05 ｜まんなか【真ん中】
⑧ 正中間
例 テーブルの真ん中に置く。
譯 擺在餐桌的正中央。

06 ｜まわり【周り】
⑧ 周圍，周邊
例 学校の周りを走る。
譯 在學校附近跑步。

07 ｜あいだ【間】
⑧ 期間；間隔，距離；中間；關係；空隙
例 家と家の間に細い道がある。
譯 房子之間有小路。

08 ｜すみ【隅】
⑧ 角落
例 隅から隅まで探す。
譯 找遍了各個角落。

09 ｜てまえ【手前】
名·代 眼前；靠近自己這一邊；（當著…的）面前；我（自謙）；你（同輩或以下）
例 手前にある箸を取る。
譯 拿起自己面前的筷子。

10 ｜てもと【手元】
⑧ 身邊，手頭；膝下；生活，生計
例 手元にない。
譯 手邊沒有。

11 ｜こっち【此方】

㊂ 這裡，這邊

例 こっちの方がいい。

譯 這邊比較好。

12 ｜どっち【何方】

㊣ 哪一個

例 どっちへ行こうかな。

譯 去哪一邊好呢？

13 ｜とおく【遠く】

㊂ 遠處；很遠

例 遠くから人が来る。

譯 有人從遠處來。

14 ｜ほう【方】

㊂ …方，邊；方面；方向

例 庭が広いほうを買う。

譯 買院子比較大的。

15 ｜あく【空く】

㊇ 空著；(職位)空缺；空隙；閒著；有空

例 席が空く。

譯 空出位子。

N4 ● 1-2

1-2 地域 /
地域

01 ｜ちり【地理】

㊂ 地理

例 地理を研究する。

譯 研究地理。

02 ｜しゃかい【社会】

㊂ 社會，世間

例 社会に出る。

譯 出社會。

03 ｜せいよう【西洋】

㊂ 西洋

例 西洋文明を学ぶ。

譯 學習西方文明。

04 ｜せかい【世界】

㊂ 世界；天地

例 世界に知られている。

譯 聞名世界。

05 ｜こくない【国内】

㊂ 該國內部，國內

例 国内旅行をする。

譯 國內旅遊。

06 ｜むら【村】

㊂ 村莊，村落；鄉

例 小さな村に住む。

譯 住小村莊。

07 ｜いなか【田舎】

㊂ 鄉下，農村；故鄉，老家

例 田舎に帰る。

譯 回家鄉。

08 ｜こうがい【郊外】

㊙ 郊外

例 郊外に住む。

譯 住在城外。

---

09 ｜しま【島】

㊙ 島嶼

例 島へ渡る。

譯 遠渡島上。

---

10 ｜かいがん【海岸】

㊙ 海岸

例 海岸で釣りをする。

譯 海邊釣魚。

---

11 ｜みずうみ【湖】

㊙ 湖，湖泊

例 大きい湖がたくさんある。

譯 有許多廣大的湖。

---

12 ｜あさい【浅い】

㊙ 淺的；(事物程度)微少；淡的；薄的

例 浅い川で泳ぐ。

譯 在淺水河流游泳。

---

13 ｜アジア【Asia】

㊙ 亞洲

例 アジアに住む。

譯 住在亞洲。

---

14 ｜アフリカ【Africa】

㊙ 非洲

例 アフリカに遊びに行く。

譯 去非洲玩。

---

15 ｜アメリカ【America】

㊙ 美國

例 アメリカへ行く。

譯 去美國。

---

16 ｜けん【県】

㊙ 縣

例 神奈川県へ行く。

譯 去神奈川縣。

---

17 ｜し【市】

㊙ …市

例 台北市を訪ねる。

譯 拜訪台北市。

---

18 ｜ちょう【町】

㊙ 名・漢造 鎮

例 石川町に住んでいた。

譯 住過石川町。

---

19 ｜さか【坂】

㊙ 斜坡

例 坂を下りる。

譯 下坡。

パート 2 時間
第二章 - 時間 -

2-1 過去、現在、未来 /
過去、現在、未來

01 ｜さっき
(名・副) 剛剛，剛才
例 さっきから待っている。
譯 從剛才就在等著你。

02 ｜ゆうべ【夕べ】
(名) 昨晩；傍晚
例 夕べはありがとうございました。
譯 昨晚謝謝您。

03 ｜このあいだ【この間】
(副) 最近；前幾天
例 この間借りたお金を返す。
譯 歸還上次借的錢。

04 ｜さいきん【最近】
(名・副) 最近
例 彼は最近結婚した。
譯 他最近結婚了。

05 ｜さいご【最後】
(名) 最後
例 最後に帰る。
譯 最後離開。

06 ｜さいしょ【最初】
(名) 最初，首先
例 最初に校長の挨拶がある。
譯 首先校長將致詞。

07 ｜むかし【昔】
(名) 以前
例 昔の友達と会う。
譯 跟以前的朋友碰面。

08 ｜ただいま【唯今・只今】
(副) 現在；馬上，剛才；我回來了
例 ただいまお調べします。
譯 現在立刻為您查詢。

09 ｜こんや【今夜】
(名) 今晚
例 今夜はホテルに泊まる。
譯 今晚住飯店。

10 ｜あす【明日】
(名) 明天
例 明日の朝出発する。
譯 明天早上出發。

11 ｜こんど【今度】

(名) 這次；下次；以後

例 今度お宅に遊びに行ってもいいですか。

譯 下次可以到府上玩嗎？

12 ｜さらいしゅう【再来週】

(名) 下下星期

例 再来週まで待つ。

譯 等到下下週為止。

13 ｜さらいげつ【再来月】

(名) 下下個月

例 再来月また会う。

譯 下下個月再見。

14 ｜しょうらい【将来】

(名) 將來

例 将来は外国で働くつもりです。

譯 我將來打算到國外工作。

2-2 時間、時、時刻 ／
時間、時候、時刻

01 ｜とき【時】

(名) …時，時候

例 あの時はごめんなさい。

譯 當時真的很抱歉。

02 ｜ひ【日】

(名) 天，日子

例 日が経つのが早い。

譯 時間過得真快。

03 ｜とし【年】

(名) 年齡；一年

例 私も年をとりました。

譯 我也老了。

04 ｜はじめる【始める】

(他下一) 開始；開創；發（老毛病）

例 昨日から日本語の勉強を始めました。

譯 從昨天開始學日文。

05 ｜おわり【終わり】

(名) 結束，最後

例 番組は今月で終わる。

譯 節目將在這個月結束。

06 ｜いそぐ【急ぐ】

(自五) 快，急忙，趕緊

例 急いで逃げる。

譯 趕緊逃跑。

07 ｜すぐに【直ぐに】

(副) 馬上

例 すぐに帰る。

譯 馬上回來。

08 ｜まにあう【間に合う】

(自五) 來得及，趕得上；夠用

例 飛行機に間に合う。
譯 趕上飛機。

09 ｜あさねぼう【朝寝坊】

名・自サ 賴床；愛賴床的人
例 朝寝坊して遅刻してしまった。
譯 早上睡過頭，遲到了。

10 ｜おこす【起こす】

他五 扶起；叫醒；發生；引起；翻起
例 明日7時に起こしてください。
譯 請明天七點叫我起來。

11 ｜ひるま【昼間】

名 白天
例 昼間働いている。
譯 白天都在工作。

12 ｜くれる【暮れる】

自下一 日暮，天黑；到了尾聲，年終
例 秋が暮れる。
譯 秋暮。

13 ｜このごろ【此の頃】

副 最近
例 このごろ元気がないね。
譯 最近看起來怎麼沒什麼精神呢。

14 ｜じだい【時代】

名 時代；潮流；歷史
例 時代が違う。
譯 時代不同。

Memo

日常の挨拶、人物

- 日常招呼、人物 -

3-1 挨拶言葉 /
寒暄用語

01 ｜いってまいります【行って参ります】

(寒暄) 我走了

例 では、行って参ります。

譯 那我走了。

02 ｜いってらっしゃい

(寒暄) 路上小心，慢走，好走

例 気をつけていってらっしゃい。

譯 小心慢走。

03 ｜おかえりなさい【お帰りなさい】

(寒暄)（你）回來了

例 お帰りなさいと大きな声で言った。

譯 大聲説回來啦！

04 ｜よくいらっしゃいました

(寒暄) 歡迎光臨

例 暑いのに、よくいらっしゃいましたね。

譯 這麼熱，感謝您能蒞臨。

05 ｜おかげ【お陰】

(寒暄) 託福；承蒙關照

例 あなたのおかげです。

譯 託你的福。

06 ｜おかげさまで【お陰様で】

(寒暄) 託福，多虧

例 おかげさまで元気です。

譯 托你的福，我很好。

07 ｜おだいじに【お大事に】

(寒暄) 珍重，請多保重

例 風邪が早く治るといいですね。お大事に。

譯 希望你感冒能快好起來。多保重啊！

08 ｜かしこまりました【畏まりました】

(寒暄) 知道，了解(「わかる」謙讓語)

例 はい、かしこまりました。

譯 好，知道了。

09 ｜おまたせしました【お待たせしました】

(寒暄) 讓您久等了

例 お待たせしました。お入りください。

譯 讓您久等了。請進。

10 ｜おめでとうございます【お目出度うございます】

(寒暄) 恭喜

例 ご結婚おめでとうございます。

譯 結婚恭喜恭喜！

11 | それはいけませんね

(寒暄) 那可不行

例 それはいけませんね。お<ruby>大事<rt>だい じ</rt></ruby>にしてね。

譯 (生病啦)那可不得了了。多保重啊！

12 | ようこそ

(寒暄) 歡迎

例 ようこそ、おいで<ruby>下<rt>くだ</rt></ruby>さいました。

譯 衷心歡迎您的到來。

N4 ● 3-2

3-2 いろいろな人を表す言葉／
各種人物的稱呼

01 | おこさん【お子さん】

名 您孩子，令郎，令嬡

例 お<ruby>子<rt>こ</rt></ruby>さんはおいくつですか。

譯 您的孩子幾歲了呢？

02 | むすこさん【息子さん】

名 (尊稱他人的)令郎

例 ご<ruby>立派<rt>りっ ぱ</rt></ruby>な<ruby>息子<rt>むす こ</rt></ruby>さんですね。

譯 您兒子真是出色啊！

03 | むすめさん【娘さん】

名 您女兒，令嬡

例 <ruby>娘<rt>むすめ</rt></ruby>さんはあなたに<ruby>似<rt>に</rt></ruby>ている。

譯 令千金長得像您。

04 | おじょうさん【お嬢さん】

名 您女兒，令嬡；小姐；千金小姐

例 お<ruby>嬢<rt>じょう</rt></ruby>さんはとても<ruby>美<rt>うつく</rt></ruby>しい。

譯 令千金長得真美。

05 | こうこうせい【高校生】

名 高中生

例 <ruby>高校生<rt>こうこうせい</rt></ruby>を<ruby>対象<rt>たいしょう</rt></ruby>にする。

譯 以高中生為對象。

06 | だいがくせい【大学生】

名 大學生

例 <ruby>大学生<rt>だいがくせい</rt></ruby>になる。

譯 成為大學生。

07 | せんぱい【先輩】

名 學姐，學長；老前輩

例 <ruby>先輩<rt>せんぱい</rt></ruby>におごってもらった。

譯 讓學長破費了。

08 | きゃく【客】

名 客人；顧客

例 <ruby>客<rt>きゃく</rt></ruby>を<ruby>迎<rt>むか</rt></ruby>える。

譯 迎接客人。

09 | てんいん【店員】

名 店員

例 <ruby>店員<rt>てんいん</rt></ruby>を<ruby>呼<rt>よ</rt></ruby>ぶ。

譯 叫喚店員。

10 | しゃちょう【社長】

名 社長

例 <ruby>社長<rt>しゃちょう</rt></ruby>になる。

譯 當上社長。

11 | おかねもち【お金持ち】

名 有錢人

例 お<ruby>金持<rt>かね も</rt></ruby>ちになる。

譯 變成有錢人。

12 ｜しみん【市民】

名 市民，公民
例 市民の生活を守る。
譯 捍衛市民的生活。

13 ｜きみ【君】

名 你（男性對同輩以下的親密稱呼）
例 君にあげる。
譯 給你。

14 ｜いん【員】

名 人員；人數；成員；…員
例 公務員になりたい。
譯 想當公務員。

15 ｜かた【方】

名 （敬）人
例 あちらの方はどなたですか。
譯 那是那位呢？

3-3 男女／
男女

01 ｜だんせい【男性】

名 男性
例 男性の服は本館の４階だ。
譯 紳士服專櫃位於本館四樓。

02 ｜じょせい【女性】

名 女性
例 美しい女性を連れている。
譯 帶著漂亮女生。

03 ｜かのじょ【彼女】

名 她；女朋友

例 彼女ができる。
譯 交到女友。

04 ｜かれ【彼】

名·代 他；男朋友
例 それは彼の物だ。
譯 那是他的東西。

05 ｜かれし【彼氏】

名·代 男朋友；他
例 彼氏がいる。
譯 我有男朋友。

06 ｜かれら【彼等】

名·代 他們
例 彼らは兄弟だ。
譯 他們是兄弟。

07 ｜じんこう【人口】

名 人口
例 人口が多い。
譯 人口很多。

08 ｜みな【皆】

名 大家；所有的
例 皆が集まる。
譯 大家齊聚一堂。

09 ｜あつまる【集まる】

自五 聚集，集合
例 女性が集まってくる。
譯 女性聚集過來。

10 ｜あつめる【集める】

他下一 集合；收集；集中

例 男性の視線を集める。
譯 聚集男性的視線。

11 | つれる【連れる】

(他下一) 帶領，帶著
例 友達を連れて来る。
譯 帶朋友來。

12 | かける【欠ける】

(自下一) 缺損；缺少
例 女が 1 名欠ける。
譯 缺一位女性。

3-4 老人、子供、家族 /
老人、小孩、家人

01 | そふ【祖父】

(名) 祖父，外祖父
例 祖父に会う。
譯 和祖父見面。

02 | そぼ【祖母】

(名) 祖母，外祖母，奶奶，外婆
例 祖母が亡くなる。
譯 祖母過世。

03 | おや【親】

(名) 父母；祖先；主根；始祖
例 親の仕送りを受ける。
譯 讓父母寄送生活費。

04 | おっと【夫】

(名) 丈夫
例 夫の帰りを待つ。
譯 等待丈夫回家。

05 | しゅじん【主人】

(名) 老公，(我)丈夫，先生；主人
例 主人を支える。
譯 支持丈夫。

06 | つま【妻】

(名) (對外稱自己的)妻子，太太
例 妻と喧嘩する。
譯 跟妻子吵架。

07 | かない【家内】

(名) 妻子
例 家内に相談する。
譯 和妻子討論。

08 | こ【子】

(名) 孩子
例 子を生む。
譯 生小孩。

09 | あかちゃん【赤ちゃん】

(名) 嬰兒
例 赤ちゃんはよく泣く。
譯 小寶寶很愛哭。

10 | あかんぼう【赤ん坊】

(名) 嬰兒；不暗世故的人
例 赤ん坊みたいだ。
譯 像嬰兒似的。

11 | そだてる【育てる】

(他下一) 撫育，培植；培養
例 子供を育てる。
譯 培育子女。

12 │ こそだて【子育て】

(名・自サ) 養育小孩，育兒

例 子育てが終わる。

譯 完成了養育小孩的任務。

13 │ にる【似る】

(自上一) 相像，類似

例 性格が似ている。

譯 個性相似。

14 │ ぼく【僕】

(名) 我（男性用）

例 僕には僕の夢がある。

譯 我有我的理想。

3-5 態度、性格 /
態度、性格

01 │ しんせつ【親切】

(名・形動) 親切，客氣

例 親切になる。

譯 變得親切。

02 │ ていねい【丁寧】

(名・形動) 客氣；仔細；尊敬

例 丁寧に読む。

譯 仔細閱讀。

03 │ ねっしん【熱心】

(名・形動) 專注，熱衷；熱心；熱衷；熱情

例 仕事に熱心だ。

譯 熱衷於工作。

04 │ まじめ【真面目】

(名・形動) 認真；誠實

例 真面目な人が多い。

譯 有很多認真的人。

05 │ いっしょうけんめい【一生懸命】

(副・形動) 拼命地，努力地；一心

例 一生懸命に働く。

譯 拼命地工作。

06 │ やさしい【優しい】

(形) 溫柔的，體貼的；柔和的；親切的

例 人にやさしくする。

譯 殷切待人。

07 │ てきとう【適当】

(名・自サ・形動) 適當；適度；隨便

例 適当な機会に行う。

譯 在適當的機會舉辦。

08 │ おかしい【可笑しい】

(形) 奇怪的，可笑的；可疑的，不正常的

例 頭がおかしい。

譯 腦子不正常。

09 │ こまかい【細かい】

(形) 細小；仔細；無微不至

例 考えが細かい。

譯 想得仔細。

10 │ さわぐ【騒ぐ】

(自五) 吵鬧，喧囂；慌亂，慌張；激動

例 胸が騒ぐ。

譯 心慌意亂。

11 │ ひどい【酷い】

(形) 殘酷；過分；非常；嚴重，猛烈

例 彼は酷い人だ。
かれ ひど ひと

譯 他是個殘酷的人。

3-6 人間関係 /
人際關係

01 ｜かんけい【関係】

（名）關係；影響

例 関係がある。
かんけい

譯 有關係；有影響；發生關係。

02 ｜しょうかい【紹介】

（名・他サ）介紹

例 両親に紹介する。
りょうしん しょうかい

譯 介紹給父母。

03 ｜せわ【世話】

（名・他サ）幫忙；照顧，照料

例 世話になる。
せ わ

譯 受到照顧。

04 ｜わかれる【別れる】

（自下一）分別，分開

例 恋人と別れた。
こいびと わか

譯 和情人分手了。

05 ｜あいさつ【挨拶】

（名・自サ）寒暄，打招呼，拜訪；致詞

例 帽子をとって挨拶する。
ぼう し あいさつ

譯 脫帽致意。

06 ｜けんか【喧嘩】

（名・自サ）吵架；打架

例 喧嘩が始まる。
けん か はじ

譯 開始吵架。

07 ｜えんりょ【遠慮】

（名・自他サ）客氣；謝絕

例 遠慮がない。
えんりょ

譯 不客氣，不拘束。

08 ｜しつれい【失礼】

（名・形動・自サ）失禮，沒禮貌；失陪

例 失礼なことを言う。
しつれい い

譯 説失禮的話。

09 ｜ほめる【褒める】

（他下一）誇獎

例 先生に褒められた。
せんせい ほ

譯 被老師稱讚。

10 ｜じゆう【自由】

（名・形動）自由，隨便

例 自由がない。
じ ゆう

譯 沒有自由。

11 ｜しゅうかん【習慣】

（名）習慣

例 習慣が変わる。
しゅうかん か

譯 習慣改變；習俗特別。

12 ｜ちから【力】

（名）力氣；能力

例 力になる。
ちから

譯 幫助；有依靠。

体、病気、スポーツ

- 人體、疾病、運動 -

4-1 身体 /
人體

01 ｜かっこう【格好・恰好】
名 外表，裝扮
例 綺麗な格好で出かける。
譯 打扮得美美的出門了。

02 ｜かみ【髪】
名 頭髮
例 髪型が変わる。
譯 髮型變了。

03 ｜け【毛】
名 頭髮，汗毛
例 髪の毛は細くてやわらかい。
譯 頭髮又細又軟。

04 ｜ひげ
名 鬍鬚
例 私の父はひげが濃い。
譯 我爸爸的鬍鬚很濃密

05 ｜くび【首】
名 頸部，脖子；頭部，腦袋
例 首にマフラーを巻く。
譯 在脖子裏上圍巾。

06 ｜のど【喉】
名 喉嚨
例 のどが渇く。
譯 口渴。

07 ｜せなか【背中】
名 背部
例 背中を丸くする。
譯 弓起背來。

08 ｜うで【腕】
名 胳臂；本領；托架，扶手
例 腕を組む。
譯 挽著胳臂。

09 ｜ゆび【指】
名 手指
例 ゆびで指す。
譯 用手指。

10 ｜つめ【爪】
名 指甲
例 爪を切る。
譯 剪指甲。

11 | ち【血】

名 血；血緣

例 血が出ている。

譯 流血了。

12 | おなら

名 屁

例 おならをする。

譯 放屁。

4-2 生死、体質 /
生死、體質

01 | いきる【生きる】

自上一 活，生存；生活；致力於…；生動

例 生きて帰る。

譯 生還。

02 | なくなる【亡くなる】

他五 去世，死亡

例 先生が亡くなる。

譯 老師過世。

03 | うごく【動く】

自五 變動，移動；擺動；改變；行動，
運動；感動，動搖

例 動くのが好きだ。

譯 我喜歡動。

04 | さわる【触る】

自五 碰觸，觸摸；接觸；觸怒，觸犯

例 触ると痒くなる。

譯 一觸摸就發癢。

05 | ねむい【眠い】

形 睏

例 いつも眠い。

譯 我總是想睡覺。

06 | ねむる【眠る】

自五 睡覺

例 暑いと眠れない。

譯 一熱就睡不著。

07 | かわく【乾く】

自五 乾；口渴

例 肌が乾く。

譯 皮膚乾燥。

08 | ふとる【太る】

自五 胖，肥胖；增加

例 運動してないので太った。

譯 因為沒有運動而肥胖。

09 | やせる【痩せる】

自下一 瘦；貧瘠

例 病気で痩せる。

譯 因生病而消瘦。

10 | ダイエット【diet】

名・自サ （為治療或調節體重）規定飲食；
減重療法；減重，減肥

例 ダイエットを始めた。

譯 開始減肥。

11 ｜よわい【弱い】

形 虚弱；不擅長，不高明

例 体が弱い。

譯 身體虛弱。

4-3 病気、治療 /
疾病、治療

01 ｜おる【折る】

他五 摺疊；折斷

例 骨を折る。

譯 骨折。

02 ｜ねつ【熱】

名 高溫；熱；發燒

例 熱がある。

譯 發燒。

03 ｜インフルエンザ【influenza】

名 流行性感冒

例 インフルエンザにかかる。

譯 得了流感。

04 ｜けが【怪我】

名・自サ 受傷；損失，過失

例 怪我がない。

譯 沒有受傷。

05 ｜かふんしょう【花粉症】

名 花粉症，因花粉而引起的過敏鼻炎，結膜炎

例 花粉症になる。

譯 得花粉症。

06 ｜たおれる【倒れる】

自下一 倒下；垮台；死亡

例 叔父が病気で倒れた。

譯 叔叔病倒了。

07 ｜にゅういん【入院】

名・自サ 住院

例 入院費を払う。

譯 支付住院費。

08 ｜ちゅうしゃ【注射】

名・他サ 打針

例 注射を受ける。

譯 打預防針。

09 ｜ぬる【塗る】

他五 塗抹，塗上

例 薬を塗る。

譯 上藥。

10 ｜おみまい【お見舞い】

名 探望，探病

例 明日お見舞いに行く。

譯 明天去探病。

11 ｜ぐあい【具合】

名 （健康等）狀況；方便，合適；方法

例 具合がよくなる。

譯 情況好轉。

12 | なおる【治る】

(自五) 治癒，痊癒

例 病気が治る。

譯 病痊癒了。

---

13 | たいいん【退院】

(名・自サ) 出院

例 退院をさせてもらう。

譯 讓我出院。

---

14 | やめる【止める】

(他下一) 停止

例 たばこをやめる。

譯 戒煙。

---

15 | ヘルパー【helper】

(名) 幫傭；看護

例 ホームヘルパーを頼む。

譯 請家庭看護。

---

16 | おいしゃさん【お医者さん】

(名) 醫生

例 彼はお医者さんです。

譯 他是醫生。

---

17 | てしまう

(補動) 強調某一狀態或動作完了；懊悔

例 怪我で動かなくなってしまった。

譯 因受傷而無法動彈。

4-4 体育、試合 /
體育、競賽

01 | うんどう【運動】

(名・自サ) 運動；活動

例 毎日運動する。

譯 每天運動。

---

02 | テニス【tennis】

(名) 網球

例 テニスをやる。

譯 打網球。

---

03 | テニスコート【tennis court】

(名) 網球場

例 テニスコートでテニスをやる。

譯 在網球場打網球。

---

04 | じゅうどう【柔道】

(名) 柔道

例 柔道を習う。

譯 學柔道。

---

05 | すいえい【水泳】

(名・自サ) 游泳

例 水泳が上手だ。

譯 擅長游泳。

---

06 | かける【駆ける・駈ける】

(自下一) 奔跑，快跑

例 学校まで駆ける。

譯 快跑到學校。

07 ｜うつ【打つ】

(他五) 打撃，打；標記

例 ホームランを打つ。

譯 打全壘打。

- -

08 ｜すべる【滑る】

(自下一) 滑(倒)；滑動；(手)滑；不及格，
落榜；下跌

例 道が滑る。

譯 路滑。

- -

09 ｜なげる【投げる】

(自下一) 丟，抛；摔；提供；投射；放棄

例 ボールを投げる。

譯 丟球。

- -

10 ｜しあい【試合】

(名・自サ) 比賽

例 試合が終わる。

譯 比賽結束。

- -

11 ｜きょうそう【競争】

(名・自他サ) 競爭，競賽

例 競争に負ける。

譯 競爭失敗。

- -

12 ｜かつ【勝つ】

(自五) 贏，勝利；克服

例 試合に勝つ。

譯 比賽獲勝。

13 ｜しっぱい【失敗】

(名・自サ) 失敗

例 失敗ばかりで気分が悪い。

譯 一直出錯心情很糟。

- -

14 ｜まける【負ける】

(自下一) 輸；屈服

例 試合に負ける。

譯 比賽輸了。

5-1 自然、気象 /
自然、氣象

01 ｜えだ【枝】

⒜ 樹枝；分枝

例 木の枝を折る。

譯 折下樹枝。

02 ｜くさ【草】

⒜ 草

例 草を取る。

譯 清除雜草。

03 ｜は【葉】

⒜ 葉子，樹葉

例 葉が美しい。

譯 葉子很美。

04 ｜ひらく【開く】

⒜·他五 綻放；打開；拉開；開拓；開設；開導

例 夏の頃花を開く。

譯 夏天開花。

05 ｜みどり【緑】

⒜ 緑色，翠緑；樹的嫩芽

例 山の緑がきれいだ。

譯 翠緑的山巒景色優美。

06 ｜ふかい【深い】

⒝ 深的；濃的；晚的 ；(情感)深的；(關係)密切的

例 日本一深い湖を訪れる。

譯 探訪日本最深的湖泊。

07 ｜うえる【植える】

⒜他下一 種植；培養

例 木を植える。

譯 種樹。

08 ｜おれる【折れる】

⒜自下一 折彎；折斷；拐彎；屈服

例 風で枝が折れる。

譯 樹枝被風吹斷。

09 ｜くも【雲】

⒜ 雲

例 雲の間から月が出てきた。

譯 月亮從雲隙間出現了。

10 ｜つき【月】

⒜ 月亮

例 月がのぼった。

譯 月亮升起來了。

11 ｜ほし【星】

名 星星
例 星がある。
譯 有星星。

12 ｜じしん【地震】

名 地震
例 地震が起きる。
譯 發生地震。

13 ｜たいふう【台風】

名 颱風
例 台風に遭う。
譯 遭遇颱風。

14 ｜きせつ【季節】

名 季節
例 季節を楽しむ。
譯 享受季節變化的樂趣。

15 ｜ひえる【冷える】

自下一 變冷；變冷淡
例 体が冷える。
譯 身體感到寒冷。

16 ｜やむ【止む】

自五 停止
例 風が止む。
譯 風停了。

17 ｜さがる【下がる】

自五 下降；下垂；降低（價格、程度、溫度等）；衰退

例 気温が下がる。
譯 氣溫下降。

18 ｜はやし【林】

名 樹林；林立；（轉）事物集中貌
例 林の中で虫を取る。
譯 在林間抓蟲子。

19 ｜もり【森】

名 樹林
例 森に入る。
譯 走進森林。

20 ｜ひかり【光】

名 光亮，光線；（喻）光明，希望；威力，光榮
例 月の光が美しい。
譯 月光美極了。

21 ｜ひかる【光る】

自五 發光，發亮；出眾
例 星が光る。
譯 星光閃耀。

22 ｜うつる【映る】

自五 反射，映照；相襯
例 水に映る。
譯 倒映水面。

23 ｜どんどん

副 連續不斷，接二連三；（炮鼓等連續不斷的聲音）咚咚；（進展）順利；（氣勢）旺盛

例 水がどんどん上がってくる。
譯 水嘩啦嘩啦不斷地往上流。

5-2 いろいろな物質 /
各種物質

01 ｜くうき【空気】
⒜ 空氣；氣氛
例 空気が悪い。
譯 空氣不好。

02 ｜ひ【火】
⒜ 火
例 火が消える。
譯 火熄滅。

03 ｜いし【石】
⒜ 石頭，岩石；(猜拳) 石頭，結石；鑽石；堅硬
例 石で作る。
譯 用石頭做的。

04 ｜すな【砂】
⒜ 沙
例 砂が目に入る。
譯 沙子掉進眼睛裡。

05 ｜ガソリン【gasoline】
⒜ 汽油
例 ガソリンを入れる。
譯 加入汽油。

06 ｜ガラス【(荷) glas】
⒜ 玻璃

例 ガラスを割る。
譯 打破玻璃。

07 ｜きぬ【絹】
⒜ 絲
例 絹のハンカチを送る。
譯 送絲綢手帕。

08 ｜ナイロン【nylon】
⒜ 尼龍
例 ナイロンのストッキングはすぐ破れる。
譯 尼龍絲襪很快就抽絲了。

09 ｜もめん【木綿】
⒜ 棉
例 木綿のシャツを探している。
譯 正在找棉質襯衫。

10 ｜ごみ
⒜ 垃圾
例 あとでごみを捨てる。
譯 等一下丟垃圾。

11 ｜すてる【捨てる】
(他下一) 丟掉，拋棄；放棄
例 古いラジオを捨てる。
譯 扔了舊的收音機。

12 ｜かたい【固い・硬い・堅い】
(形) 堅硬；結實；堅定；可靠；嚴厲；固執
例 石のように硬い。
譯 如石頭般堅硬。

飲食
- 飲食 -

6-1 料理、味 /
烹調、味道

01 ｜つける【漬ける】

(他下一) 浸泡；醃
例 梅を漬ける。
譯 醃梅子。

02 ｜つつむ【包む】

(他五) 包住，包起來；隱藏，隱瞞
例 肉を餃子の皮で包む。
譯 用餃子皮包肉。

03 ｜やく【焼く】

(他五) 焚燒；烤；曬；嫉妒
例 魚を焼く。
譯 烤魚。

04 ｜やける【焼ける】

(自下一) 烤熟；（被）烤熟；曬黑；燥熱；
發紅；添麻煩；感到嫉妒
例 肉が焼ける。
譯 肉烤熟。

05 ｜わかす【沸かす】

(他五) 煮沸；使沸騰
例 お湯を沸かす。
譯 把水煮沸。

06 ｜わく【沸く】

(自五) 煮沸，煮開；興奮
例 お湯が沸く。
譯 熱水沸騰。

07 ｜あじ【味】

(名) 味道；趣味；滋味
例 味がいい。
譯 好吃，美味；富有情趣。

08 ｜あじみ【味見】

(名・自サ) 試吃，嚐味道
例 スープの味見をする。
譯 嚐嚐湯的味道。

09 ｜におい【匂い】

(名) 味道；風貌
例 匂いがする。
譯 發出味道。

10 ｜にがい【苦い】

(形) 苦；痛苦
例 苦くて食べられない。
譯 苦得難以下嚥。

11 ｜やわらかい【柔らかい】

(形) 柔軟的

例 柔らかい肉を選ぶ。
譯 選擇柔軟的肉。

例 支度ができる。
譯 準備好。

12 | おおさじ【大匙】

(名) 大匙，湯匙
例 大匙 2 杯の塩を入れる。
譯 放入兩大匙的鹽。

03 | じゅんび【準備】

(名・他サ) 準備
例 準備が足りない。
譯 準備不夠。

13 | こさじ【小匙】

(名) 小匙，茶匙
例 小匙 1 杯の砂糖を入れる。
譯 放入一茶匙的砂糖。

04 | よう
い【用意】

(名・他サ) 準備；注意
例 夕食の用意をしていた。
譯 在準備晚餐。

14 | コーヒーカップ【coffee cup】

(名) 咖啡杯
例 可愛いコーヒーカップを買った。
譯 買了可愛的咖啡杯。

05 | しょくじ【食事】

(名・自サ) 用餐，吃飯；餐點
例 食事が終わる。
譯 吃完飯。

15 | ラップ【wrap】

(名・他サ) 保鮮膜；包裝，包裹
例 野菜をラップする。
譯 用保鮮膜將蔬菜包起來。

06 | かむ【噛む】

(他五) 咬
例 ご飯をよく噛んで食べなさい。
譯 吃飯要細嚼慢嚥。

N4 ● 6-2

6-2 食事、食べ物 /
用餐、食物

07 | のこる【残る】

(自五) 剩餘，剩下；遺留
例 食べ物が残る。
譯 食物剩下來。

01 | ゆうはん【夕飯】

(名) 晚飯
例 友達と夕飯を食べる。
譯 跟朋友吃晚飯。

08 | しょくりょうひん【食料品】

(名) 食品
例 母から食料品が送られてきた。
譯 媽媽寄來了食物。

02 | したく【支度】

(名・自他サ) 準備；打扮；準備用餐

09 | こめ【米】

名 米

例 米の輸出が増える。

譯 稻米的外銷量增加了。

10 | みそ【味噌】

名 味噌

例 みそ汁を作る。

譯 做味噌湯。

11 | ジャム【jam】

名 果醬

例 パンにジャムをつける。

譯 在麵包上塗果醬。

12 | ゆ【湯】

名 開水，熱水；浴池；溫泉；洗澡水

例 お湯を沸かす。

譯 燒開水。

13 | ぶどう【葡萄】

名 葡萄

例 葡萄酒を楽しむ。

譯 享受喝葡萄酒的樂趣。

6-3 外食 /
餐廳用餐

01 | がいしょく【外食】

名・自サ 外食，在外用餐

例 外食をする。

譯 吃外食。

02 | ごちそう【御馳走】

名・他サ 請客；豐盛佳餚

例 ご馳走になる。

譯 被請吃飯。

03 | きつえんせき【喫煙席】

名 吸煙席，吸煙區

例 喫煙席を頼む。

譯 要求吸菸區。

04 | きんえんせき【禁煙席】

名 禁煙席，禁煙區

例 禁煙席に座る。

譯 坐在禁煙區。

05 | あく【空く】

自五 空著；(職位)空缺；空隙；閒著；
有空

例 席が空く。

譯 空出位子。

06 | えんかい【宴会】

名 宴會，酒宴

例 宴会を開く。

譯 擺桌請客。

07 | ごうコン【合コン】

名 聯誼

例 合コンで恋人ができた。

譯 在聯誼活動中交到了男(女)朋友。

08 | かんげいかい【歓迎会】

名 歡迎會，迎新會

例 歓迎会を開く。
譯 開歡迎會。

09 ｜そうべつかい【送別会】

名 送別會
例 送別会を開く。
譯 舉辦送別會。

10 ｜たべほうだい【食べ放題】

名 吃到飽，盡量吃，隨意吃
例 食べ放題に行こう。
譯 我們去吃吃到飽吧。

11 ｜のみほうだい【飲み放題】

名 喝到飽，無限暢飲
例 ビールが飲み放題だ。
譯 啤酒無限暢飲。

12 ｜おつまみ

名 下酒菜，小菜
例 おつまみを食べない。
譯 不吃下酒菜。

13 ｜サンドイッチ【sandwich】

名 三明治
例 ハムサンドイッチを頼む。
譯 點火腿三明治。

14 ｜ケーキ【cake】

名 蛋糕
例 食後にケーキを頂く。
譯 飯後吃蛋糕。

15 ｜サラダ【salad】

名 沙拉
例 サラダを先に食べる。
譯 先吃沙拉。

16 ｜ステーキ【steak】

名 牛排
例 ステーキを切る。
譯 切牛排。

17 ｜てんぷら【天ぷら】

名 天婦羅
例 天ぷらを揚げる
譯 油炸天婦羅。

18 ｜だいきらい【大嫌い】

形動 極不喜歡，最討厭
例 外食は大嫌いだ。
譯 最討厭外食。

19 ｜かわりに【代わりに】

接續 代替，替代；交換
例 酒の代わりに水を飲む。
譯 不是喝酒，而是喝水。

20 ｜レジ【register 之略】

名 收銀台
例 レジの仕事をする。
譯 做結帳收銀的工作。

服装、装身具、素材

- 服装、配件、素材 -

01 ｜きもの【着物】

㊂ 衣服；和服

例 着物を脱ぐ。

譯 脱衣服。

02 ｜したぎ【下着】

㊂ 內衣，貼身衣物

例 下着を取り替える。

譯 換貼身衣物。

03 ｜てぶくろ【手袋】

㊂ 手套

例 手袋を取る。

譯 拿下手套。

04 ｜イヤリング【earring】

㊂ 耳環

例 イヤリングをつける。

譯 戴耳環。

05 ｜さいふ【財布】

㊂ 錢包

例 古い財布を捨てる。

譯 丟掉舊錢包。

06 ｜ぬれる【濡れる】

㊀下一 淋濕

例 雨に服が濡れる。

譯 衣服被雨淋濕。

07 ｜よごれる【汚れる】

㊀下一 髒污；齷齪

例 シャツが汚れた。

譯 襯衫髒了。

08 ｜サンダル【sandal】

㊂ 涼鞋

例 サンダルを履く。

譯 穿涼鞋。

09 ｜はく【履く】

㊂五 穿（鞋、襪）

例 厚い靴下を履く。

譯 穿厚襪子。

10 ｜ゆびわ【指輪】

㊂ 戒指

例 指輪をつける。

譯 戴戒指。

11 ｜いと【糸】

㊂ 線；（三弦琴的）弦；魚線；線狀

例 針に糸を通す。

譯 把針穿上線。

12 | け【毛】

㊂ 羊毛，毛線，毛織物

例 毛 100 % の服を洗う。

譯 洗滌百分之百羊毛的衣物。

13 | アクセサリー【accessary】

㊂ 飾品，裝飾品；零件

例 アクセサリーをつける。

譯 戴上飾品。

14 | スーツ【suit】

㊂ 套裝

例 スーツを着る。

譯 穿套裝。

15 | ソフト【soft】

㊂・形動 柔軟；溫柔；軟體

例 ソフトな感じがする。

譯 柔和的感覺。

16 | ハンドバッグ【handbag】

㊂ 手提包

例 ハンドバッグを買う。

譯 買手提包。

17 | つける【付ける】

他下一 裝上，附上；塗上

例 耳にイヤリングをつける。

譯 把耳環穿入耳朵。

8-1 部屋、設備 /
房間、設備

01 ｜おくじょう【屋上】
ⓝ 屋頂（上）
例 屋上に上がる。
譯 爬上屋頂。

02 ｜かべ【壁】
ⓝ 牆壁；障礙
例 壁に時計をかける。
譯 將時鐘掛到牆上。

03 ｜すいどう【水道】
ⓝ 自來水管
例 水道を引く。
譯 安裝自來水。

04 ｜おうせつま【応接間】
ⓝ 客廳；會客室
例 応接間に案内する。
譯 領到客廳。

05 ｜たたみ【畳】
ⓝ 榻榻米
例 畳の上で寝る。
譯 睡在榻榻米上。

06 ｜おしいれ【押し入れ・押入れ】
ⓝ （日式的）壁櫥
例 押入れにしまう。
譯 收入壁櫥。

07 ｜ひきだし【引き出し】
ⓝ 抽屜
例 引き出しを開ける。
譯 拉開抽屜。

08 ｜ふとん【布団】
ⓝ 被子，床墊
例 布団を掛ける。
譯 蓋被子。

09 ｜カーテン【curtain】
ⓝ 窗簾；布幕
例 カーテンを開ける。
譯 打開窗簾。

10 ｜かける【掛ける】
他下一 懸掛；坐；蓋上；放在…之上；
提交；澆；開動；花費；寄託；鎖上；
（數學）乘；使…負擔（如給人添麻煩）
例 家具にお金をかける。
譯 花大筆錢在家具上。

11 ｜かざる【飾る】

他五 擺飾，裝飾；粉飾，潤色
例 部屋を飾る。
譯 裝飾房間。

12 ｜むかう【向かう】

自五 面向
例 鏡に向かう。
譯 對著鏡子。

N4 ● 8-2

8-2 住む /
居住

01 ｜たてる【建てる】

他下一 建造
例 家を建てる。
譯 蓋房子。

02 ｜ビル【building 之略】

名 高樓，大廈
例 駅前の高いビルに住む。
譯 住在車站前的大樓。

03 ｜エスカレーター【escalator】

名 自動手扶梯
例 エスカレーターに乗る。
譯 搭乘手扶梯。

04 ｜おたく【お宅】

名 您府上，貴府；宅男（女），對於某事物過度熱忠者
例 お宅はどちらですか。
譯 請問您家在哪？

05 ｜じゅうしょ【住所】

名 地址
例 住所はカタカナで書く。
譯 以片假名填寫住址。

06 ｜きんじょ【近所】

名 附近；鄰居
例 近所に住んでいる。
譯 住在這附近。

07 ｜るす【留守】

名 不在家；看家
例 家を留守にする。
譯 看家。

08 ｜うつる【移る】

自五 移動；變心；傳染；時光流逝；轉移
例 新しい町へ移る。
譯 搬到新的市鎮去。

09 ｜ひっこす【引っ越す】

自五 搬家
例 京都へ引っ越す。
譯 搬去京都。

10 ｜げしゅく【下宿】

名・自サ 寄宿，借宿
例 下宿を探す。
譯 尋找公寓。

11 ｜せいかつ【生活】

名・自サ 生活
例 生活に困る。
譯 無法維持生活。

---

12 ｜なまごみ【生ごみ】

名 廚餘，有機垃圾
例 生ゴミを片付ける。
譯 收拾廚餘。

---

13 ｜もえるごみ【燃えるごみ】

名 可燃垃圾
例 明日は燃えるごみの日だ。
譯 明天是丟棄可燃垃圾的日子。

---

14 ｜いっぱん【一般】

名・形動 一般，普通
例 電池を一般ゴミに混ぜないで。
譯 電池不要丟進一般垃圾裡。

---

15 ｜ふべん【不便】

形動 不方便
例 この辺は交通が不便だ。
譯 這附近交通不方便。

---

16 ｜にかいだて【二階建て】

名 二層建築
例 二階建ての家に住みたい。
譯 想住兩層樓的房子。

8-3 家具、電気機器 /
家具、電器

01 ｜かがみ【鏡】

名 鏡子
例 鏡を見る。
譯 照鏡子。

---

02 ｜たな【棚】

名 架子，棚架
例 棚に上げる。
譯 擺到架上；佯裝不知。

---

03 ｜スーツケース【suitcase】

名 手提旅行箱
例 スーツケースを買う。
譯 買行李箱。

---

04 ｜れいぼう【冷房】

名・他サ 冷氣
例 冷房を点ける。
譯 開冷氣。

---

05 ｜だんぼう【暖房】

名 暖氣
例 暖房を点ける。
譯 開暖氣。

---

06 ｜でんとう【電灯】

名 電燈
例 電灯をつけた。
譯 把燈打開。

---

07 │ガスコンロ【(荷)gas+焜炉】

名 瓦斯爐，煤氣爐

例 ガスコンロで料理をする。

譯 用瓦斯爐做菜

08 │かんそうき【乾燥機】

名 乾燥機，烘乾機

例 服を乾燥機に入れる。

譯 把衣服放進烘乾機。

09 │コインランドリー【coin-operated laundry】

名 自助洗衣店

例 コインランドリーで洗濯する。

譯 在自助洗衣店洗衣服。

10 │ステレオ【stereo】

名 音響

例 ステレオで音楽を聴く。

譯 開音響聽音樂。

11 │けいたいでんわ【携帯電話】

名 手機，行動電話

例 携帯電話を使う。

譯 使用手機。

12 │ベル【bell】

名 鈴聲

例 ベルを押す。

譯 按鈴。

13 │なる【鳴る】

自五 響，叫

例 時計が鳴る。

譯 鬧鐘響了。

14 │タイプ【type】

名 款式；類型；打字

例 薄いタイプのパソコンがほしい。

譯 想要一台薄型電腦。

8-4 道具 /
道具

01 │どうぐ【道具】

名 工具；手段

例 道具を使う。

譯 使用道具。

02 │きかい【機械】

名 機械

例 機械を使う。

譯 操作機器。

03 │つける【点ける】

他下一 打開(家電類)；點燃

例 電気を点ける。

譯 開燈。

04 │つく【点く】

自五 點上，(火)點著

例 電灯が点いた。

譯 電燈亮了。

05 | まわる【回る】

(自五) 轉動；走動；旋轉；繞道；轉移

例 時計が回る。
とけい　まわ

譯 時鐘轉動。

06 | はこぶ【運ぶ】

(自・他五) 運送，搬運；進行

例 大きなものを運ぶ。
おお　　　　　　　はこ

譯 載運大宗物品。

07 | こしょう【故障】

(名・自サ) 故障

例 機械が故障した。
きかい　　こしょう

譯 機器故障。

08 | こわれる【壊れる】

(自下一) 壞掉，損壞；故障

例 電話が壊れている。
でんわ　　こわ

譯 電話壞了。

09 | われる【割れる】

(自下一) 破掉，破裂；分裂；暴露；整除

例 窓は割れやすい。
まど　　わ

譯 窗戶容易碎裂。

10 | なくなる【無くなる】

(自五) 不見，遺失；用光了

例 ガスが無くなった。
な

譯 瓦斯沒有了。

11 | とりかえる【取り替える】

(他下一) 交換；更換

例 電球を取り替える。
でんきゅう　と　か

譯 更換電燈泡。

12 | なおす【直す】

(他五) 修理；改正；整理；更改

例 自転車を直す。
じてんしゃ　なお

譯 修理腳踏車。

13 | なおる【直る】

(自五) 改正；修理；回復；變更

例 壊れていた PC が直る。
こわ　　　　　　　　なお

譯 把壞了的電腦修好了。

施設、機関、交通

- 設施、機構、交通 -

9-1 いろいろな機関、施設 /
各種機構、設施

01 | とこや【床屋】

名 理髪店；理髪室
例 床屋へ行く。
譯 去理髮廳。

02 | こうどう【講堂】

名 禮堂
例 講堂に集まる。
譯 齊聚在講堂裡。

03 | かいじょう【会場】

名 會場
例 会場に入る。
譯 進入會場。

04 | じむしょ【事務所】

名 辦公室
例 事務所を開く。
譯 設有辦事處。

05 | きょうかい【教会】

名 教會
例 教会で祈る。
譯 在教堂祈禱。

06 | じんじゃ【神社】

名 神社
例 神社に参る。
譯 參拜神社。

07 | てら【寺】

名 寺廟
例 寺に参る。
譯 拜佛。

08 | どうぶつえん【動物園】

名 動物園
例 動物園に行く。
譯 去動物園。

09 | びじゅつかん【美術館】

名 美術館
例 美術館に行く。
譯 去美術館。

10 | ちゅうしゃじょう【駐車場】

名 停車場
例 駐車場を探す。
譯 找停車場。

11 ｜くうこう【空港】

(名) 機場

例 空港に到着する。

譯 抵達機場。

---

12 ｜ひこうじょう【飛行場】

(名) 機場

例 飛行場へ迎えに行く。

譯 去接機。

---

13 ｜こくさい【国際】

(名) 國際

例 国際空港に着く。

譯 抵達國際機場。

---

14 ｜みなと【港】

(名) 港口，碼頭

例 港に寄る。

譯 停靠碼頭。

---

15 ｜こうじょう【工場】

(名) 工廠

例 新しい工場を建てる。

譯 建造新工廠。

---

16 ｜スーパー【supermarket 之略】

(名) 超級市場

例 スーパーで肉を買う。

譯 在超市買肉。

9-2 いろいろな乗り物、交通 /
各種交通工具、交通

01 ｜のりもの【乗り物】

(名) 交通工具

例 乗り物に乗る。

譯 乘車。

---

02 ｜オートバイ【auto bicycle】

(名) 摩托車

例 オートバイに乗れる。

譯 會騎機車。

---

03 ｜きしゃ【汽車】

(名) 火車

例 汽車が駅に着く。

譯 火車到達車站。

---

04 ｜ふつう【普通】

(名・形動) 普通，平凡；普通車

例 私は普通電車で通勤している。

譯 我搭普通車通勤。

---

05 ｜きゅうこう【急行】

(名・自サ) 急行；快車

例 急行電車に間に合う。

譯 趕上快速電車。

---

06 ｜とっきゅう【特急】

(名) 特急列車；火速

例 特急で東京へたつ。

譯 坐特快車到東京。

07 ｜ふね【船・舟】

名 船；舟，小型船
例 船が揺れる。
譯 船隻搖晃。

08 ｜ガソリンスタンド【(和製英語) gasoline+stand】

名 加油站
例 ガソリンスタンドでバイトする。
譯 在加油站打工。

09 ｜こうつう【交通】

名 交通
例 交通が便利になった。
譯 交通變得很方便。

10 ｜とおり【通り】

名 道路，街道
例 広い通りに出る。
譯 走到大馬路。

11 ｜じこ【事故】

名 意外，事故
例 事故が起こる。
譯 發生事故。

12 ｜こうじちゅう【工事中】

名 施工中；(網頁)建製中
例 工事中となる。
譯 施工中。

13 ｜わすれもの【忘れ物】

名 遺忘物品，遺失物

例 忘れ物をする。
譯 遺失東西。

14 ｜かえり【帰り】

名 回來；回家途中
例 帰りを急ぐ。
譯 急著回去。

15 ｜ばんせん【番線】

名 軌道線編號，月台編號
例 5番線の列車が来た。
譯 五號月台的列車進站了。

9-3 交通関係 /
交通相關

01 ｜いっぽうつうこう【一方通行】

名 單行道；單向傳達
例 一方通行で通れない。
譯 單行道不能進入。

02 ｜うちがわ【内側】

名 內部，內側，裡面
例 内側へ開く。
譯 往裡開。

03 ｜そとがわ【外側】

名 外部，外面，外側
例 道の外側を走る。
譯 沿著道路外側跑。

04 ｜ちかみち【近道】

名 捷徑，近路
例 近道をする。
譯 抄近路。

05 ｜おうだんほどう【横断歩道】

名 斑馬線
例 横断歩道を渡る。
譯 跨越斑馬線。

06 ｜せき【席】

名 座位；職位
例 席がない。
譯 沒有空位。

07 ｜うんてんせき【運転席】

名 駕駛座
例 運転席で運転する。
譯 在駕駛座開車。

08 ｜していせき【指定席】

名 劃位座，對號入座
例 指定席を予約する。
譯 預約對號座位。

09 ｜じゆうせき【自由席】

名 自由座
例 自由席に乗る。
譯 坐自由座。

10 ｜つうこうどめ【通行止め】

名 禁止通行，無路可走

例 通行止めになる。
譯 規定禁止通行。

11 ｜きゅうブレーキ【急 brake】

名 緊急煞車
例 急ブレーキで止まる。
譯 因緊急煞車而停下。

12 ｜しゅうでん【終電】

名 最後一班電車，末班車
例 終電に乗り遅れる。
譯 沒趕上末班車。

13 ｜しんごうむし【信号無視】

名 違反交通號誌，闖紅(黃)燈
例 信号無視をする。
譯 違反交通號誌。

14 ｜ちゅうしゃいはん【駐車違反】

名 違規停車
例 駐車違反で罰金を取られた。
譯 違規停車被罰款。

9-4 乗り物に関する言葉／
交通相關的詞

01 ｜うんてん【運転】

名・自他サ 開車，駕駛；運轉；周轉
例 運転を習う。
譯 學開車。

02 ｜とおる【通る】

自五 經過；通過；穿透；合格；知名；
了解；進來

例 バスが通る。
譯 巴士經過。

---

03 | のりかえる【乗り換える】

（他下一・自下一）轉乘，換車；改變
例 別のバスに乗り換える。
譯 改搭別的公車。

---

04 | しゃないアナウンス【車内 announce】

（名）車廂內廣播
例 車内アナウンスが聞こえる。
譯 聽到車廂內廣播。

---

05 | ふむ【踏む】

（他五）踩住，踩到；踏上；實踐
例 ブレーキを踏む。
譯 踩煞車。

---

06 | とまる【止まる】

（自五）停止；止住；堵塞
例 赤信号で止まる。
譯 停紅燈。

---

07 | ひろう【拾う】

（他五）撿拾；挑出；接；叫車
例 タクシーを拾う。
譯 叫計程車。

---

08 | おりる【下りる・降りる】

（自上一）下來；下車；退位
例 車を下りる。
譯 下車。

---

09 | ちゅうい【注意】

（名・自サ）注意，小心
例 足元に注意しましょう。
譯 小心腳滑。

---

10 | かよう【通う】

（自五）來往，往來（兩地間）；通連，相通
例 学校に通う。
譯 上學。

---

11 | もどる【戻る】

（自五）回到；折回
例 家に戻る。
譯 回到家。

---

12 | よる【寄る】

（自五）順道去…；接近；增多
例 近くに寄って見る。
譯 靠近看。

---

13 | ゆれる【揺れる】

（自下一）搖動；動搖
例 車が揺れる。
譯 車子晃動。

10-1 レジャー、旅行 /
休閒、旅遊

01 ｜あそび【遊び】
(名) 遊玩，玩耍；不做事；間隙；閒遊；
餘裕
例 家に遊びに来てください。
譯 來我家玩。

02 ｜おもちゃ【玩具】
(名) 玩具
例 玩具を買う。
譯 買玩具。

03 ｜ことり【小鳥】
(名) 小鳥
例 小鳥を飼う。
譯 養小鳥。

04 ｜めずらしい【珍しい】
(形) 少見，稀奇
例 珍しい絵がある。
譯 有珍貴的畫作。

05 ｜つる【釣る】
(他五) 釣魚；引誘
例 魚を釣る。
譯 釣魚。

06 ｜よやく【予約】
(名・他サ) 預約
例 予約を取る。
譯 預約。

07 ｜しゅっぱつ【出発】
(名・自サ) 出發；起步，開始
例 出発が遅れる。
譯 出發延遲。

08 ｜あんない【案内】
(名・他サ) 引導； 陪同遊覽，帶路；傳達
例 案内を頼む。
譯 請人帶路。

09 ｜けんぶつ【見物】
(名・他サ) 觀光，參觀
例 見物に出かける。
譯 外出遊覽。

10 ｜たのしむ【楽しむ】
(他五) 享受，欣賞，快樂；以…為消遣；
期待，盼望
例 音楽を楽しむ。
譯 欣賞音樂。

11 ｜けしき【景色】
(名) 景色，風景
例 景色がよい。
譯 景色宜人。

12 | みえる【見える】

(自下一) 看見；看得見；看起來

例 星が見える。

譯 看得見星星。

13 | りょかん【旅館】

(名) 旅館

例 旅館の予約をとる。

譯 訂旅館。

14 | とまる【泊まる】

(自五) 住宿，過夜；(船)停泊

例 ホテルに泊まる。

譯 住飯店。

15 | おみやげ【お土産】

(名) 當地名產；禮物

例 お土産を買う。

譯 買當地名產。

10-2 文芸 /
藝文活動

01 | しゅみ【趣味】

(名) 嗜好；趣味

例 趣味が多い。

譯 興趣廣泛。

02 | ばんぐみ【番組】

(名) 節目

例 番組が始まる。

譯 節目開始播放(開始的時間)。

03 | てんらんかい【展覧会】

(名) 展覽會

例 美術展覧会を開く。

譯 舉辦美術展覽。

04 | はなみ【花見】

(名) 賞花(常指賞櫻)

例 花見に出かける。

譯 外出賞花。

05 | にんぎょう【人形】

(名) 娃娃，人偶

例 ひな祭りの人形を飾る。

譯 擺放女兒節的人偶。

06 | ピアノ【piano】

(名) 鋼琴

例 ピアノを弾く。

譯 彈鋼琴。

07 | コンサート【concert】

(名) 音樂會

例 コンサートを開く。

譯 開演唱會。

08 | ラップ【rap】

(名) 饒舌樂，饒舌歌

例 ラップを聞く。

譯 聽饒舌音樂。

09 | おと【音】

(名) (物體發出的)聲音 ；音訊

例 音がいい。

譯 音質好。

10 | きこえる【聞こえる】

(自下一) 聽聽見，能聽到；聽起來像是…；聞名

例 音楽が聞こえてくる。

譯 聽得見音樂。

11 ｜おどり【踊り】

名 舞蹈
例 踊りがうまい。
譯 舞跳得好。

12 ｜おどる【踊る】

自五 跳舞，舞蹈
例 お酒を飲んで踊る。
譯 喝酒邊跳舞。

13 ｜うまい

形 高明，拿手；好吃；巧妙；有好處
例 ピアノがうまい。
譯 鋼琴彈奏的好。

10-3 年中行事 /
節日

01 ｜しょうがつ【正月】

名 正月，新年
例 正月を迎える。
譯 迎新年。

02 ｜おまつり【お祭り】

名 慶典，祭典，廟會
例 お祭り気分になる。
譯 充滿節日氣氛。

03 ｜おこなう【行う・行なう】

他五 舉行，舉辦；修行
例 お祭りを行う。
譯 舉辦慶典。

04 ｜おいわい【お祝い】

名 慶祝，祝福；祝賀禮品

例 お祝いに花をもらった。
譯 收到花作為賀禮。

05 ｜いのる【祈る】

他五 祈禱；祝福
例 安全を祈る。
譯 祈求安全。

06 ｜プレゼント【present】

名 禮物
例 プレゼントをもらう。
譯 收到禮物。

07 ｜おくりもの【贈り物】

名 贈品，禮物
例 贈り物を贈る。
譯 贈送禮物。

08 ｜うつくしい【美しい】

形 美好的；美麗的，好看的
例 月が美しい。
譯 美麗的月亮。

09 ｜あげる【上げる】

他下一 給；送；交出；獻出
例 子供にお菓子をあげる。
譯 給小孩零食。

10 ｜しょうたい【招待】

名・他サ 邀請
例 招待を受ける。
譯 接受邀請。

11 ｜おれい【お礼】

名 謝辭，謝禮
例 お礼を言う。
譯 道謝。

パート
11
第十一章

教育
- 教育 -

11-1 学校、科目 /
學校、科目

01 ｜ きょういく【教育】
(名・他サ) 教育
例 教育を受ける。
譯 接受教育。

02 ｜ しょうがっこう【小学校】
(名) 小學
例 小学校に上がる。
譯 上小學。

03 ｜ ちゅうがっこう【中学校】
(名) 中學
例 中学校に入る。
譯 上中學。

04 ｜ こうこう・こうとうがっこう【高校・高等学校】
(名) 高中
例 高校一年生になる。
譯 成為高中一年級生。

05 ｜ がくぶ【学部】
(名) …科系；…院系
例 理学部に入る。
譯 進入理學院。

06 ｜ せんもん【専門】
(名) 專門，專業

例 歴史学を専門にする。
譯 專攻歷史學。

07 ｜ げんごがく【言語学】
(名) 語言學
例 言語学の研究を続ける。
譯 持續研究語言學。

08 ｜ けいざいがく【経済学】
(名) 經濟學
例 経済学の勉強を始める。
譯 開始研讀經濟學。

09 ｜ いがく【医学】
(名) 醫學
例 医学部に入る。
譯 考上醫學系。

10 ｜ けんきゅうしつ【研究室】
(名) 研究室
例 研究室で仕事をする。
譯 在研究室工作。

11 ｜ かがく【科学】
(名) 科學
例 科学者になりたい。
譯 想當科學家。

12 ｜ すうがく【数学】
(名) 數學
例 英語は一番だが、数学はだめだ。
譯 我英文是第一，但是數學不行。

13 ｜ れきし【歴史】

名 歴史

例 ワインの歴史に詳しい。

訳 精通紅葡萄酒歴史。

14 ｜ けんきゅう【研究】

名・他サ 研究

例 文学を研究する。

訳 研究文學。

11-2 学生生活 (1) ／
學生生活(1)

01 ｜ にゅうがく【入学】

名・自サ 入學

例 大学に入学する。

訳 上大學。

02 ｜ よしゅう【予習】

名・他サ 預習

例 明日の数学を予習する。

訳 預習明天的數學。

03 ｜ ふくしゅう【復習】

名・他サ 複習

例 復習が足りない。

訳 複習做得不夠。

04 ｜ けしゴム【消し＋ (荷) gom】

名 橡皮擦

例 消しゴムで消す。

訳 用橡皮擦擦掉。

05 ｜ こうぎ【講義】

名・他サ 講義，上課，大學課程

例 講義に出る。

訳 上課。

06 ｜ じてん【辞典】

名 字典

例 辞典を引く。

訳 查字典。

07 ｜ ひるやすみ【昼休み】

名 午休

例 昼休みを取る。

訳 午休。

08 ｜ しけん【試験】

名・他サ 試驗；考試

例 試験がうまくいく。

訳 考試順利，考得好。

09 ｜ レポート【report】

名・他サ 報告

例 レポートを書く。

訳 寫報告。

10 ｜ ぜんき【前期】

名 初期，前期，上半期

例 前期の授業が終わった。

訳 上學期的課程結束了。

11 ｜ こうき【後期】

名 後期，下半期，後半期

例 後期に入る。

訳 進入後期。

12 ｜ そつぎょう【卒業】

名・自サ 畢業

例 大学を卒業する。

訳 大學畢業。

13 ｜ そつぎょうしき【卒業式】

名 畢業典禮

例 卒業式に出る。
そつぎょうしき で

譯 參加畢業典禮。

11-2 学生生活 (2) /
學生生活 (2)

14 | えいかいわ【英会話】
名 英語會話
例 英会話を身につける。
えいかい わ み

譯 學會英語會話。

15 | しょしんしゃ【初心者】
名 初學者
例 テニスの初心者に向ける。
しょしんしゃ む

譯 以網球初學者為對象。

16 | にゅうもんこうざ【入門講座】
名 入門課程，初級課程
例 入門講座を終える。
にゅうもんこう ざ お

譯 結束入門課程。

17 | かんたん【簡単】
形動 簡單；輕易；簡便
例 簡単になる。
かんたん

譯 變得簡單。

18 | こたえ【答え】
名 回答；答覆；答案
例 答えが合う。
こた あ

譯 答案正確。

19 | まちがえる【間違える】
他下一 錯；弄錯
例 同じところを間違える。
おな まちが

譯 錯同樣的地方。

20 | うつす【写す】
他五 抄；照相；描寫，描繪
例 ノートを写す。
うつ

譯 抄筆記。

21 | せん【線】
名 線；線路；界限
例 線を引く。
せん ひ

譯 畫條線。

22 | てん【点】
名 點；方面；(得)分
例 点を取る。
てん と

譯 得分。

23 | おちる【落ちる】
自上一 落下；掉落；降低，下降；落選
例 2階の教室から落ちる。
に かい きょうしつ お

譯 從二樓的教室摔下來。

24 | りよう【利用】
名・他サ 利用
例 機会を利用する。
き かい り よう

譯 利用機會。

25 | いじめる【苛める】
他下一 欺負，虐待；捉弄；折磨
例 新入生を苛める。
しんにゅうせい いじ

譯 欺負新生。

26 | ねむたい【眠たい】
形 昏昏欲睡，睏倦
例 眠たくてお布団に入りたい。
ねむ ふ とん はい

譯 覺得睏好想鑽到被子裡。

パート 12 第十二章 職業、仕事
- 職業、工作 -

12-1 職業、事業 /
職業、事業

01 │うけつけ【受付】
名 詢問處；受理；接待員
例 受付で名前などを書く。
譯 在櫃臺填寫姓名等資料。

02 │うんてんしゅ【運転手】
名 司機
例 電車の運転手になる。
譯 成為電車的駕駛員。

03 │かんごし【看護師】
名 護理師，護士
例 看護師になる。
譯 成為護士。

04 │けいかん【警官】
名 警察；巡警
例 兄は警官になった。
譯 哥哥當上警察了。

05 │けいさつ【警察】
名 警察；警察局
例 警察を呼ぶ。
譯 叫警察。

06 │こうちょう【校長】
名 校長
例 校長先生が話されます。
譯 校長要致詞了。

07 │こうむいん【公務員】
名 公務員
例 公務員試験を受ける。
譯 報考公務員考試。

08 │はいしゃ【歯医者】
名 牙醫
例 歯医者に行く。
譯 看牙醫。

09 │アルバイト【(德)arbeit 之略】
名 打工，副業
例 書店でアルバイトをする。
譯 在書店打工。

10 │しんぶんしゃ【新聞社】
名 報社
例 新聞社に勤める。
譯 在報社上班。

11 │こうぎょう【工業】
名 工業
例 工業を盛んにする。
譯 振興工業。

12 ｜じきゅう【時給】

名 時薪
例 時給 900 円の仕事を選ぶ。
譯 選擇時薪 900 圓的工作。

13 ｜みつける【見付ける】

他下一 找到，發現；目睹
例 仕事を見つける。
譯 找工作。

14 ｜さがす【探す・捜す】

他五 尋找，找尋
例 アルバイトを探す。
譯 尋找課餘打工的工作。

N4● 12-2

12-2 仕事 / 職場工作

01 ｜けいかく【計画】

名・他サ 計劃
例 計画を立てる。
譯 制定計畫。

02 ｜よてい【予定】

名・他サ 預定
例 予定が変わる。
譯 改變預定計劃。

03 ｜とちゅう【途中】

名 半路上，中途；半途
例 途中で止める。
譯 中途停下來。

04 ｜かたづける【片付ける】

他下一 收拾，打掃；解決
例 ファイルを片付ける。
譯 整理檔案。

05 ｜たずねる【訪ねる】

他下一 拜訪，訪問
例 お客さんを訪ねる。
譯 拜訪顧客。

06 ｜よう【用】

名 事情；用途
例 用がすむ。
譯 工作結束。

07 ｜ようじ【用事】

名 事情；工作
例 用事がある。
譯 有事。

08 ｜りょうほう【両方】

名 兩方，兩種
例 両方の意見を聞く。
譯 聽取雙方意見。

09 ｜つごう【都合】

名 情況，方便度
例 都合が悪い。
譯 不方便。

10 ｜てつだう【手伝う】

自他五 幫忙
例 イベントを手伝う。
譯 幫忙做活動。

11 ｜かいぎ【会議】

名 會議

例 会議が始まる。

譯 會議開始。

12 ｜ぎじゅつ【技術】

名 技術

例 技術が進む。

譯 技術更進一步。

13 ｜うりば【売り場】

名 賣場，出售處；出售好時機

例 売り場へ行く。

譯 去賣場。

14 ｜オフ【off】

名 （開關）關；休假；休賽；折扣

例 ２５パーセントオフにする。

譯 打七五折。

12-3 職場での生活 ／
職場生活

01 ｜おくれる【遅れる】

自下一 遲到；緩慢

例 会社に遅れる。

譯 上班遲到。

02 ｜がんばる【頑張る】

自五 努力，加油；堅持

例 最後まで頑張るぞ。

譯 要堅持到底啊。

03 ｜きびしい【厳しい】

形 嚴格；嚴重；嚴酷

例 仕事が厳しい。

譯 工作艱苦。

04 ｜なれる【慣れる】

自下一 習慣；熟悉

例 新しい仕事に慣れる。

譯 習慣新的工作。

05 ｜できる【出来る】

自上一 完成；能夠；做出；發生；出色

例 計画ができた。

譯 計畫完成了。

06 ｜しかる【叱る】

他五 責備，責罵

例 部長に叱られた。

譯 被部長罵了。

07 ｜あやまる【謝る】

自五 道歉，謝罪；認錯；謝絕

例 君に謝る。

譯 向你道歉。

08 ｜さげる【下げる】

他下一 降低，向下；掛；躲開；整理，收拾

例 頭を下げる。

譯 低下頭。

09 ｜やめる【辞める】

他下一 停止；取消；離職

例 仕事を辞める。

譯 辭去工作。

---

10 ｜きかい【機会】

名 機會

例 機会を得る。

譯 得到機會。

---

11 ｜いちど【一度】

名・副 一次，一回；一旦

例 もう一度説明してください。

譯 請再説明一次。

---

12 ｜つづく【続く】

自五 繼續；接連；跟著

例 彼は続いてそれを説明した。

譯 他接下來就那件事進行説明。

---

13 ｜つづける【続ける】

他下一 持續，繼續；接著

例 話を続ける。

譯 繼續講。

---

14 ｜ゆめ【夢】

名 夢

例 夢を見る。

譯 做夢。

---

15 ｜パート【part】

名 打工；部分，篇，章；職責，(扮演的)角色；分得的一份

例 パートで働く。

譯 打零工。

---

16 ｜てつだい【手伝い】

名 幫助；幫手；幫傭

例 手伝いを頼む。

譯 請求幫忙。

---

17 ｜かいぎしつ【会議室】

名 會議室

例 会議室に入る。

譯 進入會議室。

---

18 ｜ぶちょう【部長】

名 部長

例 部長は厳しい人だ。

譯 部長是個很嚴格的人。

---

19 ｜かちょう【課長】

名 課長，科長

例 課長になる。

譯 成為課長。

---

20 ｜すすむ【進む】

自五 進展，前進；上升(級別等)；進步；(鐘)快；引起食慾；(程度)提高

例 仕事が進む。

譯 工作進展下去。

---

21 ｜チェック【check】

名・他サ 檢查

例 チェックが厳しい。

譯 檢驗嚴格。

22 | べつ【別】

(名・形動) 別外，別的；區別

例 別の機会に会おう。

譯 找別的機會碰面吧。

23 | むかえる【迎える】

(他下一) 迎接；邀請；娶，招；迎合

例 客を迎える。

譯 迎接客人。

24 | すむ【済む】

(自五)(事情)完結，結束；過得去，沒問題；(問題)解決，(事情)了結

例 用事が済んだ。

譯 辦完事了。

25 | ねぼう【寝坊】

(名・形動・自サ) 睡懶覺，貪睡晚起的人

例 寝坊して会社に遅れた。

譯 睡過頭，上班遲到。

12-4 パソコン関係 (1) /
電腦相關 (1)

01 | ノートパソコン【notebook personal computer 之略】

(名) 筆記型電腦

例 ノートパソコンを買う。

譯 買筆電。

02 | デスクトップパソコン 【desktop personal computer】

(名) 桌上型電腦

例 デスクトップパソコンを買う。

譯 購買桌上型電腦。

03 | キーボード【keyboard】

(名) 鍵盤；電腦鍵盤；電子琴

例 キーボードが壊れる。

譯 鍵盤壞掉了。

04 | マウス【mouse】

(名) 滑鼠；老鼠

例 マウスを動かす。

譯 移動滑鼠。

05 | スタートボタン【start button】

(名)(微軟作業系統的)開機鈕

例 スタートボタンを押す。

譯 按開機鈕。

06 | クリック【click】

(名・他サ) 喀嚓聲；按下(按鍵)

例 ボタンをクリックする。

譯 按按鍵。

07 | にゅうりょく【入力】

(名・他サ) 輸入；輸入數據

例 名字を平仮名で入力する。

譯 姓名以平假名鍵入。

08 | (インター)ネット【internet】

(名) 網際網路

例 インターネットの普及。

譯 網際網路的普及。

09 ｜ホームページ【homepage】

②名 網站首頁；網頁（總稱）

例 ホームページを作<ruby>る<rt>つく</rt></ruby>。

譯 製作網頁。

10 ｜ブログ【blog】

②名 部落格

例 ブログに写真を<ruby>載<rt>の</rt></ruby>せる。

譯 在部落格裡貼照片。

11 ｜インストール【install】

他サ 安裝（電腦軟體）

例 ソフトをインストールする。

譯 安裝軟體。

12 ｜じゅしん【受信】

名・他サ （郵件、電報等）接收；收聽

例 ここでは<ruby>受信<rt>じゅしん</rt></ruby>できない。

譯 這裡接收不到。

13 ｜しんきさくせい【新規作成】

名・他サ 新作，從頭做起；（電腦檔案）開新檔案

例 ファイルを<ruby>新規作成<rt>しんきさくせい</rt></ruby>する。

譯 開新檔案。

14 ｜とうろく【登録】

名・他サ 登記；（法）登記，註冊；記錄

例 パソコンで<ruby>登録<rt>とうろく</rt></ruby>する。

譯 用電腦註冊。

12-4 パソコン関係（2）／
電腦相關（2）

15 ｜メール【mail】

②名 電子郵件；信息；郵件

例 メールを<ruby>送<rt>おく</rt></ruby>る。

譯 送信。

16 ｜メールアドレス【mail address】

②名 電子信箱地址，電子郵件地址

例 メールアドレスを<ruby>教<rt>おし</rt></ruby>える。

譯 把電子郵件地址留給你。

17 ｜アドレス【address】

②名 住址，地址；（電子信箱）地址；（高爾夫）擊球前姿勢

例 アドレス<ruby>帳<rt>ちょう</rt></ruby>を<ruby>開<rt>ひら</rt></ruby>く。

譯 打開通訊簿。

18 ｜あてさき【宛先】

②名 收件人姓名地址，送件地址

例 あて<ruby>先<rt>さき</rt></ruby>を<ruby>間違<rt>まちが</rt></ruby>えた。

譯 寫錯收信人的地址。

19 ｜けんめい【件名】

②名 （電腦）郵件主旨；項目名稱；類別

例 <ruby>件名<rt>けんめい</rt></ruby>をつける。

譯 寫上主旨。

20 ｜そうにゅう【挿入】

名・他サ 插入，裝入

例 <ruby>図<rt>ず</rt></ruby>を<ruby>挿入<rt>そうにゅう</rt></ruby>する。

譯 插入圖片。

21 ｜さしだしにん【差出人】

⑧ 發信人，寄件人

例 差出人の住所を書く。

譯 填上寄件人地址。

---

22 ｜てんぷ【添付】

(名・他サ) 添上，附上；（電子郵件）附加檔案

例 ファイルを添付する。

譯 附上文件。

---

23 ｜そうしん【送信】

(名・自サ) 發送（電子郵件）；（電）發報，播送，發射

例 メールを送信する。

譯 寄電子郵件。

---

24 ｜てんそう【転送】

(名・他サ) 轉送，轉寄，轉遞

例 お客様に転送する。

譯 轉寄給客戶。

---

25 ｜キャンセル【cancel】

(名・他サ) 取消，作廢；廢除

例 予約をキャンセルする。

譯 取消預約

---

26 ｜ファイル【file】

⑧ 文件夾；合訂本，卷宗；（電腦）檔案

例 ファイルをコピーする。

譯 影印文件；備份檔案。

---

27 ｜ほぞん【保存】

(名・他サ) 保存；儲存（電腦檔案）

例 PC に資料を保存する。

譯 把資料存在 PC 裡。

---

28 ｜へんしん【返信】

(名・自サ) 回信，回電

例 返信を待つ。

譯 等待回信。

---

29 ｜コンピューター【computer】

⑧ 電腦

例 コンピューターを使う。

譯 使用電腦。

---

30 ｜スクリーン【screen】

⑧ 螢幕

例 スクリーンの前に立つ。

譯 出現在螢幕上。

---

31 ｜パソコン【personal computer 之略】

⑧ 個人電腦

例 パソコンが動かなくなってしまった。

譯 電腦當機了。

---

32 ｜ワープロ【word processor 之略】

⑧ 文字處理機

例 ワープロを打つ。

譯 打文字處理機。

パート 13 第十三章 経済、政治、法律
- 経済、政治、法律 -

13-1 経済、取引 /
経済、交易

01 ｜けいざい【経済】
㊝ 經濟
例 経済をよくする。
譯 讓經濟好起來。

02 ｜ぼうえき【貿易】
㊝ 國際貿易
例 貿易を行う。
譯 進行貿易。

03 ｜さかん【盛ん】
㊙ 繁盛，興盛
例 有機農業が盛んに行われている。
譯 有機農業非常盛行。

04 ｜ゆしゅつ【輸出】
㊝・他サ 出口
例 米の輸出が増えた。
譯 稻米的外銷量增加了。

05 ｜しなもの【品物】
㊝ 物品，東西；貨品
例 品物を紹介する。
譯 介紹商品。

06 ｜とくばいひん【特売品】
㊝ 特賣商品，特價商品
例 特売品を買う。
譯 買特價商品。

07 ｜バーゲン【bargain sale 之略】
㊝ 特價，出清；特賣
例 バーゲンセールで買った。
譯 在特賣會購買的。

08 ｜ねだん【値段】
㊝ 價錢
例 値段を上げる。
譯 提高價格。

09 ｜あがる【上がる】
㊙ 登上；升高，上升；發出(聲音)；(從水中)出來；(事情)完成
例 値段が上がる。
譯 漲價。

10 ｜くれる【呉れる】
㊙ 給我
例 考える機会をくれる。
譯 給我思考的機會。

11 ｜もらう【貰う】

他五 收到，拿到

例 いいアイディアを貰う。

譯 得到好點子。

---

12 ｜やる【遣る】

他五 派；給，給予；做

例 会議をやる。

譯 開會。

---

13 ｜ちゅうし【中止】

名・他サ 中止

例 交渉が中止された。

譯 交涉被停止了

13-2 金融 ／
金融

01 ｜つうちょうきにゅう【通帳記入】

名 補登錄存摺

例 通帳記入をする。

譯 補登錄存摺。

---

02 ｜あんしょうばんごう【暗証番号】

名 密碼

例 暗証番号を忘れた。

譯 忘記密碼。

---

03 ｜キャッシュカード【cash card】

名 金融卡，提款卡

例 キャッシュカードを拾う。

譯 撿到金融卡。

---

04 ｜クレジットカード【credit card】

名 信用卡

例 クレジットカードで支払う。

譯 用信用卡支付。

---

05 ｜こうきょうりょうきん【公共料金】

名 公共費用

例 公共料金を支払う。

譯 支付公共費用。

---

06 ｜しおくり【仕送り】

名・自他サ 匯寄生活費或學費

例 家に仕送りする。

譯 給家裡寄生活費。

---

07 ｜せいきゅうしょ【請求書】

名 帳單，繳費單

例 請求書が届く。

譯 收到繳費通知單。

---

08 ｜おく【億】

名 億；數量眾多

例 1億を超えた。

譯 已經超過一億了。

---

09 ｜はらう【払う】

他五 付錢；除去；處裡；驅趕；揮去

例 お金を払う。

譯 付錢。

---

10 ｜おつり【お釣り】

名 找零

例 お釣りを下さい。
譯 請找我錢。

11 ｜せいさん【生産】

(名・他サ) 生産
例 生産が間に合わない。
譯 來不及生產。

12 ｜さんぎょう【産業】

(名) 産業
例 外食産業が盛んだ。
譯 外食產業蓬勃發展。

13 ｜わりあい【割合】

(名) 比，比例
例 割合を調べる。
譯 調查比例。

N4 ● 13-3

13-3 政治、法律 /
政治、法律

01 ｜せいじ【政治】

(名) 政治
例 政治に関係する。
譯 參與政治。

02 ｜えらぶ【選ぶ】

(他五) 選擇
例 正しいものを選びなさい。
譯 請挑選正確的事物。

03 ｜しゅっせき【出席】

(名・自サ) 出席
例 出席を求める。
譯 請求出席。

04 ｜せんそう【戦争】

(名・自サ) 戰爭；打仗
例 戦争になる。
譯 開戰。

05 ｜きそく【規則】

(名) 規則，規定
例 規則を作る。
譯 訂立規則。

06 ｜ほうりつ【法律】

(名) 法律
例 法律を守る。
譯 守法。

07 ｜やくそく【約束】

(名・他サ) 約定，規定
例 約束を守る。
譯 守約。

08 ｜きめる【決める】

(他下一) 決定；規定；認定
例 値段を決めた。
譯 決定價錢。

09 ｜たてる【立てる】

(他下一) 立起，訂立；揚起；維持

例 １年の計画を立てる。

譯 規劃一年的計畫。

10 ｜もうひとつ【もう一つ】

(連語) 再一個；還差一點

例 もう一つ考えられる。

譯 還有一點可以思考。

13-4 犯罪、トラブル／
犯罪、遇難

01 ｜ちかん【痴漢】

(名) 色狼

例 電車で痴漢にあった。

譯 在電車上遇到色狼了。

02 ｜ストーカー【stalker】

(名) 跟蹤狂

例 ストーカーにあう。

譯 遇到跟蹤事件。

03 ｜すり

(名) 扒手

例 すりに財布をやられた。

譯 錢包被扒手扒走了。

04 ｜どろぼう【泥棒】

(名) 偷竊；小偷，竊賊

例 泥棒を捕まえた。

譯 捉住了小偷。

05 ｜ぬすむ【盗む】

(他五) 偷盜，盜竊

例 お金を盗む。

譯 偷錢。

06 ｜こわす【壊す】

(他五) 弄碎；破壞

例 鍵を壊す。

譯 破壞鑰匙。

07 ｜にげる【逃げる】

(自下一) 逃走，逃跑；逃避；領先（運動競賽）

例 警察から逃げる。

譯 從警局逃出。

08 ｜つかまえる【捕まえる】

(他下一) 逮捕，抓；握住

例 犯人を捕まえる。

譯 抓犯人。

09 ｜みつかる【見付かる】

(自五) 發現了；找到

例 落とし物が見つかる。

譯 找到遺失物品。

10 ｜なくす【無くす】

(他五) 弄丟，搞丟

例 鍵をなくす。

譯 弄丟鑰匙。

11 │おとす【落とす】

他五 掉下；弄掉
例 財布を落とす。
譯 錢包掉了。

12 │かじ【火事】

名 火災
例 火事にあう。
譯 遇到火災。

13 │きけん【危険】

名・形動 危険
例 この先危険。入るな。
譯 前方危險，禁止進入！

14 │あんぜん【安全】

名・形動 安全；平安
例 安全な場所に逃げよう。
譯 逃往安全的場所吧。

Memo

数量、図形、大小
- 數量、圖形、大小 -

01 ｜ いか【以下】 N4 ● 14
㈴ 以下，不到…；在…以下；以後
例 重さは 10 キロ以下にする。
譯 重量調整在10公斤以下。

02 ｜ いない【以内】
㈴ 不超過…；以內
例 1 時間以内で行ける。
譯 一小時內可以到。

03 ｜ いじょう【以上】
㈴ 以上，不止，超過，以外；上述
例 20 分以上遅れた。
譯 遲到超過 20分鐘。

04 ｜ たす【足す】
㈤ 補足，增加
例 すこし塩を足してください。
譯 請再加一點鹽巴。

05 ｜ たりる【足りる】
㈦ 足夠；可湊合
例 お金は十分足りる。
譯 錢很充裕。

06 ｜ おおい【多い】
㈢ 多的

例 宿題が多い。
譯 功課很多。

07 ｜ すくない【少ない】
㈢ 少
例 休みが少ない。
譯 休假不多。

08 ｜ ふえる【増える】
㈪ 增加
例 お金が増える。
譯 錢增加了。

09 ｜ かたち【形】
㈴ 形狀；形，樣子；形式上的；形式
例 形が変わる。
譯 變形。

10 ｜ おおきな【大きな】
㈩ 大，大的
例 学校に大きな木がある。
譯 學校有一棵大樹。

11 ｜ ちいさな【小さな】
㈩ 小，小的；年齡幼小
例 小さな子供がいる。
譯 有小孩。

心理、思考、言語
- 心理、思考、語言 -

N4 ● 15-1

15-1 心理、感情 /
心理、感情

01 ｜こころ【心】
名 內心；心情
例 心が痛む。
譯 感到痛心難過。

02 ｜き【気】
名 氣，氣息；心思；意識；性質
例 気に入る。
譯 喜歡、中意。

03 ｜きぶん【気分】
名 情緒；氣氛；身體狀況
例 気分がいい。
譯 好心情。

04 ｜きもち【気持ち】
名 心情；感覺；身體狀況
例 気持ちが悪い。
譯 感到噁心。

05 ｜きょうみ【興味】
名 興趣
例 興味がない。
譯 沒興趣。

06 ｜あんしん【安心】
名・自サ 放心，安心
例 彼と一緒だと安心する。
譯 和他一起，便感到安心。

07 ｜すごい【凄い】
形 厲害，很棒；非常
例 すごい人気だった。
譯 超人氣。

08 ｜すばらしい【素晴らしい】
形 出色，很好
例 素晴らしい景色。
譯 景色優美。

09 ｜こわい【怖い】
形 可怕，害怕
例 怖い夢を見た。
譯 做了一個非常可怕的夢。

10 ｜じゃま【邪魔】
名・形動・他サ 妨礙，阻擾；拜訪
例 ビルが邪魔で花火が見えない。
譯 大樓擋到了，看不道煙火。

11 ｜しんぱい【心配】

(名・自他サ) 擔心，操心
例 ご心配をお掛けしました。
譯 讓各位擔心了。

12 ｜はずかしい【恥ずかしい】

(形) 丟臉，害羞；難為情
例 恥ずかしくなる。
譯 感到害羞。

13 ｜ふくざつ【複雑】

(名・形動) 複雑
例 複雑になる。
譯 變得複雑。

14 ｜もてる【持てる】

(自下一) 能拿，能保持；受歡迎，吃香
例 学生にもてる。
譯 受學生歡迎。

15 ｜ラブラブ【lovelove】

(形動) （情侶，愛人等）甜蜜，如膠似漆
例 彼氏とラブラブです。
譯 與男朋友甜甜密密。

15-2 喜怒哀楽 /
喜怒哀樂

01 ｜うれしい【嬉しい】

(形) 高興，喜悦
例 孫たちが訪ねてきて嬉しい。
譯 孫兒來探望很開心！

02 ｜たのしみ【楽しみ】

(名・形動) 期待，快樂
例 釣りを楽しみとする。
譯 以釣魚為樂。

03 ｜よろこぶ【喜ぶ】

(自五) 高興
例 卒業を喜ぶ。
譯 為畢業而喜悦。

04 ｜わらう【笑う】

(自五) 笑；譏笑
例 テレビを見て笑っている。
譯 一邊看電視一邊笑。

05 ｜ユーモア【humor】

(名) 幽默，滑稽，詼諧
例 ユーモアのある人が好きだ。
譯 我喜歡具有幽默感的人。

06 ｜うるさい【煩い】

(形) 吵鬧，煩人的；囉唆；厭惡
例 電車の音がうるさい。
譯 電車聲很吵。

07 ｜おこる【怒る】

(自五) 生氣；斥責
例 母に怒られる。
譯 挨了媽媽的責罵。

08 ｜おどろく【驚く】

(自五) 驚嚇，吃驚，驚奇

例 肩をたたかれて驚いた。

譯 有人拍我肩膀，嚇了我一跳。

09 ｜かなしい【悲しい】

形 悲傷，悲哀

例 悲しい思いをする。

譯 感到悲傷。

10 ｜さびしい【寂しい】

形 孤單；寂寞；荒涼，冷清；空虛

例 一人で寂しい。

譯 一個人很寂寞。

11 ｜ざんねん【残念】

名・形動 遺憾，可惜，懊悔

例 残念に思う。

譯 感到遺憾。

12 ｜なく【泣く】

自五 哭泣

例 大きな声で泣く。

譯 大聲哭泣。

13 ｜びっくり

副・自サ 驚嚇，吃驚

例 びっくりして起きた。

譯 嚇醒過來。

N4 ● 15-3

15-3 伝達、通知、報道 /
傳達、通知、報導

01 ｜でんぽう【電報】

名 電報

例 電報が来る。

譯 打來電報。

02 ｜とどける【届ける】

他下一 送達；送交；申報，報告

例 荷物を届ける。

譯 把行李送到。

03 ｜おくる【送る】

他五 寄送；派；送行；度過；標上（假名）

例 お礼の手紙を送る。

譯 寄了信道謝。

04 ｜しらせる【知らせる】

他下一 通知，讓對方知道

例 警察に知らせる。

譯 報警。

05 ｜つたえる【伝える】

他下一 傳達，轉告；傳導

例 孫の代まで伝える。

譯 傳承到子孫這一代。

06 ｜れんらく【連絡】

名・自他サ 聯繫，聯絡；通知

例 連絡を取る。

譯 取得連繫。

07 ｜たずねる【尋ねる】

他下一 問，打聽；詢問

例 道を尋ねる。

譯 問路。

08 ｜へんじ【返事】

(名・自サ) 回答，回覆

例 返事をしなさい。

譯 回答我啊。

09 ｜てんきよほう【天気予報】

(名) 天氣預報

例 ラジオの天気予報を聞く。

譯 聽收音機的氣象預報。

10 ｜ほうそう【放送】

(名・他サ) 播映，播放

例 有料放送を見る。

譯 收看收費節目。

15-4 思考、判断 ／
思考、判断

01 ｜おもいだす【思い出す】

(他五) 想起來，回想

例 幼い頃を思い出す。

譯 回想起小時候。

02 ｜おもう【思う】

(他五) 想，思考；覺得，認為；相信；猜想；感覺；希望；掛念，懷念

例 仕事を探そうと思う。

譯 我想去找工作。

03 ｜かんがえる【考える】

(他下一) 想，思考；考慮；認為

例 深く考える。

譯 深思，思索。

04 ｜はず

(形式名詞) 應該；會；確實

例 明日きっと来るはずだ。

譯 明天一定會來。

05 ｜いけん【意見】

(名・自他サ) 意見；勸告；提意見

例 意見が合う。

譯 意見一致。

06 ｜しかた【仕方】

(名) 方法，做法

例 料理の仕方がわからない。

譯 不知道如何做菜。

07 ｜しらべる【調べる】

(他下一) 查閱，調查；檢查；搜查

例 辞書で調べる。

譯 查字典。

08 ｜まま

(名) 如實，照舊，…就…；隨意

例 思ったままを書く。

譯 照心中所想寫出。

09 ｜くらべる【比べる】

(他下一) 比較

例 値段を比べる。

譯 比較價格。

10 ｜ばあい【場合】

(名) 時候；狀況，情形

例 遅れた場合はどうなりますか。

譯 遲到的時候怎麼辦呢？

---

11 ｜へん【変】

(名・形動) 奇怪，怪異；變化；事變

例 変な味がする。

譯 味道怪怪的。

---

12 ｜とくべつ【特別】

(名・形動) 特別，特殊

例 今日だけ特別に寝坊を許す。

譯 今天破例允許睡晚一點。

---

13 ｜だいじ【大事】

(名・形動) 大事；保重，重要（「大事さ」為形容動詞的名詞形）

例 大事なことはメモしておく。

譯 重要的事會寫下來。

---

14 ｜そうだん【相談】

(名・自他サ) 商量

例 相談して決める。

譯 通過商討決定。

---

15 ｜によると【に拠ると】

(連語) 根據，依據

例 天気予報によると、雨らしい。

譯 根據氣象預報，可能會下雨。

---

16 ｜あんな

(連體) 那樣地

例 あんな家に住みたい。

譯 想住那種房子。

---

17 ｜そんな

(連體) 那樣的

例 そんなことはない。

譯 不會，哪裡。

15-5 理由、決定 /
理由、決定

01 ｜ため

(名) （表目的）為了；（表原因）因為

例 病気のために休む。

譯 因為有病而休息。

---

02 ｜なぜ【何故】

(副) 為什麼

例 何故わからないのですか。

譯 為什麼不懂？

---

03 ｜げんいん【原因】

(名) 原因

例 原因はまだわからない。

譯 原因目前尚未查明。

---

04 ｜りゆう【理由】

(名) 理由，原因

例 理由がある。

譯 有理由。

---

05 ｜わけ【訳】

(名) 原因，理由；意思

例 訳が分かる。

譯 知道意思；知道原因；明白事理。

06 ｜ ただしい【正しい】

㊜ 正確；端正

例 正しい答えを選ぶ。

譯 選擇正確的答案。

07 ｜ あう【合う】

㊉ 合；一致，合適；相配；符合；正確

例 話しが合う。

譯 談話很投機。

08 ｜ ひつよう【必要】

㊐ 需要

例 必要がある。

譯 有必要。

09 ｜ よろしい【宜しい】

㊜ 好，可以

例 どちらでもよろしい。

譯 哪一個都好，怎樣都行。

10 ｜ むり【無理】

㊟ 勉強；不講理；逞強；強求；無法辦到

例 無理を言うな。

譯 別無理取鬧。

11 ｜ だめ【駄目】

㊂ 不行；沒用；無用

例 英語はだめだ。

譯 英語很差。

12 ｜ つもり

㊂ 打算；當作

例 彼に会うつもりはありません。

譯 不打算跟他見面。

13 ｜ きまる【決まる】

㊉ 決定；規定；決定勝負

例 会議は十日に決まった。

譯 會議訂在 10 號。

14 ｜ はんたい【反対】

㊂・自サ 相反；反對

例 彼の意見に反対する。

譯 反對他的看法。

15-6 理解 /
理解

01 ｜ けいけん【経験】

㊂・他サ 經驗，經歷

例 経験から学ぶ。

譯 從經驗中學習。

02 ｜ やくにたつ【役に立つ】

㊘ 有幫助，有用

例 日本語が役に立つ。

譯 會日語很有幫助。

03 ｜ こと【事】

㊂ 事情

例 一番大事な事は何ですか。

譯 最重要的是什麼事呢？

04 ｜ せつめい【説明】

㊂・他サ 説明

例 説明がたりない。
譯 解釋不夠充分。

05 ｜しょうち【承知】

(名・他サ) 知道，了解，同意；接受
例 キャンセルを承知しました。
譯 您要取消，我知道了。

06 ｜うける【受ける】

(自他下一) 接受，承接；受到；得到；遭受；
接受；應考
例 検査を受ける。
譯 接受檢查。

07 ｜かまう【構う】

(自他五) 在意，理會；逗弄
例 どうぞおかまいなく。
譯 請別那麼張羅。

08 ｜うそ【嘘】

(名) 謊話；不正確
例 嘘をつく。
譯 説謊。

09 ｜なるほど

(感・副) 的確，果然；原來如此
例 なるほど、面白い本だ。
譯 果然是本有趣的書。

10 ｜かえる【変える】

(他下一) 改變；變更
例 主張を変える。
譯 改變主張。

11 ｜かわる【変わる】

(自五) 變化，改變；奇怪；與眾不同
例 いつも変わらない。
譯 永不改變。

12 ｜あっ

(感) 啊（突然想起、吃驚的樣子）哎呀
例 あっ、わかった。
譯 啊！我懂了。

13 ｜おや

(感) 哎呀
例 おや、こういうことか。
譯 哎呀！原來是這個意思！

14 ｜うん

(感) 嗯；對，是；喔
例 うんと返事する。
譯 嗯了一聲作為回答。

15 ｜そう

(感・副) 那樣，這樣；是
例 本当にそうでしょうか。
譯 真的是那樣嗎？

16 ｜について

(連語) 關於
例 日本の風俗についての本を書く。
譯 撰寫有關日本的風俗。

15-7 言語、出版物 /
語言、出版品

01 ｜かいわ【会話】
名・自サ 會話，對話
例 会話が下手だ。
譯 不擅長與人對話。

02 ｜はつおん【発音】
名 發音
例 発音がはっきりしている。
譯 發音清楚。

03 ｜じ【字】
名 字，文字
例 字が見にくい。
譯 字看不清楚；字寫得難看

04 ｜ぶんぽう【文法】
名 文法
例 文法に合う。
譯 合乎語法。

05 ｜にっき【日記】
名 日記
例 日記に書く。
譯 寫入日記。

06 ｜ぶんか【文化】
名 文化；文明
例 日本の文化を紹介する。
譯 介紹日本文化。

07 ｜ぶんがく【文学】
名 文學
例 文学を味わう。
譯 鑑賞文學。

08 ｜しょうせつ【小説】
名 小説
例 小説を書く。
譯 寫小説。

09 ｜テキスト【text】
名 教科書
例 英語のテキストを探す。
譯 找英文教科書。

10 ｜まんが【漫画】
名 漫畫
例 全 28 巻の漫画を読む。
譯 看全套共 28 集的漫畫。

11 ｜ほんやく【翻訳】
名・他サ 翻譯
例 作品を翻訳する。
譯 翻譯作品。

パート 16
第十六章

副詞、その他の品詞
- 副詞與其他品詞 -

16-1 時間副詞 /
時間副詞

01 ｜きゅうに【急に】
＠ 突然
例 温度が急に下がった。
譯 溫度突然下降。

02 ｜これから
連語 接下來，現在起
例 これからどうしようか。
譯 接下來該怎麼辦呢？

03 ｜しばらく【暫く】
＠ 暫時，一會兒；好久
例 暫くお待ちください。
譯 請稍候。

04 ｜ずっと
＠ 更；一直
例 ずっと家にいる。
譯 一直待在家。

05 ｜そろそろ
＠ 快要；逐漸；緩慢
例 そろそろ帰ろう。
譯 差不多回家了吧。

06 ｜たまに【偶に】
＠ 偶爾
例 偶にゴルフをする。
譯 偶爾打高爾夫球。

07 ｜とうとう【到頭】
＠ 終於
例 とうとう読み終わった。
譯 終於讀完了。

08 ｜ひさしぶり【久しぶり】
名・形動 許久，隔了好久
例 久しぶりに食べた。
譯 過了許久才吃到了。

09 ｜まず【先ず】
＠ 首先，總之；大約；姑且
例 痛くなったら、まず薬を飲んでください。
譯 感覺疼痛的話，請先服藥。

10 ｜もうすぐ【もう直ぐ】
＠ 不久，馬上
例 もうすぐ春が来る。
譯 春天馬上就要到來。

11 ｜やっと

㊉ 終於，好不容易

例 やっと問題が分かる。

譯 終於知道問題所在了。

12 ｜きゅう【急】

㊇･㊟ 急迫；突然；陡

例 急な用事で休む。

譯 因急事請假。

16-2 程度副詞 ∕
程度副詞

01 ｜いくら…ても【幾ら…ても】

㊇･㊉ 無論…也不…

例 いくら説明してもわからない。

譯 無論怎麼說也不明白。

02 ｜いっぱい【一杯】

㊇･㊉ 一碗，一杯；充滿，很多

例 お腹いっぱい食べた。

譯 吃得肚子飽飽的。

03 ｜ずいぶん【随分】

㊉･㊟ 相當地，超越一般程度；不像話

例 随分よくなった。

譯 好很多。

04 ｜すっかり

㊉ 完全，全部

例 すっかり変わる。

譯 徹底改變。

05 ｜ぜんぜん【全然】

㊉（接否定）完全不…，一點也不…；非常

例 全然気にしていない。

譯 一點也不在乎。

06 ｜そんなに

㊉ 那麼，那樣

例 そんなに騒ぐな。

譯 別鬧成那樣。

07 ｜それほど【それ程】

㊉ 那麼地

例 それ程寒くない。

譯 沒有那麼冷。

08 ｜だいたい【大体】

㊉ 大部分；大致，大概

例 大体分かる。

譯 大致理解。

09 ｜だいぶ【大分】

㊉ 相當地

例 大分暖かくなった。

譯 相當暖和了。

10 ｜ちっとも

㊉ 一點也不…

例 ちっとも疲れていない。

譯 一點也不累。

11 ｜できるだけ【出来るだけ】

㊉ 盡可能地

例 できるだけ自分のことは自分でする。
譯 盡量自己的事情自己做。

---

12 ｜なかなか【中々】

(副・形動) 超出想像；頗，非常；(不)容易；
(後接否定)總是無法
例 なかなか面白い。
譯 很有趣。

---

13 ｜なるべく

(副) 盡量，盡可能
例 なるべく邪魔をしない。
譯 盡量不打擾別人。

---

14 ｜ばかり

(副助) 大約；光，淨；僅只；幾乎要
例 テレビばかり見ている。
譯 老愛看電視。

---

15 ｜ひじょうに【非常に】

(副) 非常，很
例 非常に疲れている。
譯 累極了。

---

16 ｜べつに【別に】

(副) 分開；額外；除外；(後接否定)(不)
特別，(不)特殊
例 別に予定はない。
譯 沒甚麼特別的行程。

---

17 ｜ほど【程】

(名・副助) …的程度；限度；越…越…
例 3日ほど高い熱が続く。
譯 連續高燒約三天。

18 ｜ほとんど【殆ど】

(名・副) 大部份；幾乎
例 殆ど意味がない。
譯 幾乎沒有意義。

---

19 ｜わりあいに【割合に】

(副) 比較地
例 値段の割合にものが良い。
譯 照價錢來看東西相對是不錯的。

---

20 ｜じゅうぶん【十分】

(副・形動) 充分，足夠
例 十分に休む。
譯 充分休息。

---

21 ｜もちろん

(副) 當然
例 もちろんあなたは正しい。
譯 當然你是對的。

---

22 ｜やはり

(副) 依然，仍然
例 子供はやはり子供だ。
譯 小孩終究是小孩。

N4 ● 16-3

16-3 思考、状態副詞 /
思考、狀態副詞

01 ｜ああ

(副) 那樣
例 ああ言えばこう言う。
譯 強詞奪理。

02 ｜たしか【確か】

(形動・副) 確實，可靠；大概

例 確かな数を言う。

譯 說出確切的數字。

03 ｜かならず【必ず】

(副) 一定，務必，必須

例 かならず来る。

譯 一定會來。

04 ｜かわり【代わり】

(名) 代替，替代；補償，報答；續(碗、杯等)

例 代わりの物を使う。

譯 使用替代物品。

05 ｜きっと

(副) 一定，務必

例 きっと来てください。

譯 請務必前來。

06 ｜けっして【決して】

(副) (後接否定)絕對(不)

例 彼は決して悪い人ではない。

譯 他絕不是個壞人。

07 ｜こう

(副) 如此；這樣，這麼

例 こうなるとは思わなかった。

譯 沒想到會變成這樣。

08 ｜しっかり【確り】

(副・自サ) 紮實；堅固；可靠；穩固

例 しっかり覚える。

譯 牢牢地記住。

09 ｜ぜひ【是非】

(副) 務必；好與壞

例 ぜひおいでください。

譯 請一定要來。

10 ｜たとえば【例えば】

(副) 例如

例 これは例えばの話だ。

譯 這只是個比喻而已。

11 ｜とくに【特に】

(副) 特地，特別

例 特に用事はない。

譯 沒有特別的事。

12 ｜はっきり

(副) 清楚；明確；爽快；直接

例 はっきり(と)見える。

譯 清晰可見。

13 ｜もし【若し】

(副) 如果，假如

例 もし雨が降ったら中止する。

譯 如果下雨的話就中止。

16-4 接続詞、接続助詞、接尾詞、接頭詞 /

接續詞、接助詞、接尾詞、接頭詞

01 ｜すると

(接續) 於是；這樣一來

例 すると急にまっ暗になった。

譯 突然整個變暗。

02 ｜それで

(接續) 後來，那麼

例 それでどうした。

譯 然後呢？

03 ｜それに

(接續) 而且，再者

例 晴れだし、それに風もない。

譯 晴朗而且無風。

04 ｜だから

(接續) 所以，因此

例 だから友達がたくさんいる。

譯 正因為那樣才有許多朋友。

05 ｜または【又は】

(接續) 或者

例 鉛筆またはボールペンを使う。

譯 使用鉛筆或原子筆。

06 ｜けれど・けれども

(接助) 但是

例 読めるけれども書けません。

譯 可以讀但是不會寫。

07 ｜おき【置き】

(接尾) 每隔…

例 1ヶ月おきに来る。

譯 每隔一個月會來。

08 ｜がつ【月】

(接尾) …月

例 7月に日本へ行く。

譯 七月要去日本。

09 ｜かい【会】

(名) …會，會議

例 音楽会へ行く。

譯 去聽音樂會。

10 ｜ばい【倍】

(名・接尾) 倍，加倍

例 3倍になる。

譯 成為三倍。

11 ｜けん・げん【軒】

(接尾) …間，…家

例 右から3軒目がホテルです。

譯 從右數來第三間是飯店。

12 ｜ちゃん

(接尾)（表親暱稱謂）小…

例 健ちゃん、ここに来て。

譯 小健，過來這邊。

13 | くん【君】

接尾 君

例 山田君が来る。

譯 山田君來了。

---

14 | さま【様】

接尾 先生，小姐

例 こちらが木村様です。

譯 這位是木村先生。

---

15 | め【目】

接尾 第…

例 2行目を見てください。

譯 請看第二行。

---

16 | か【家】

名・接尾 …家；家族，家庭；從事…的人

例 立派な音楽家になった。

譯 成了一位出色的音樂家。

---

17 | しき【式】

名・接尾 儀式，典禮；…典禮 ；方式；樣式；算式，公式

例 卒業式へ行く。

譯 去參加畢業典禮。

---

18 | せい【製】

名・接尾 …製

例 台湾製の靴を買う。

譯 買台灣製的鞋子。

---

19 | だい【代】

名・接尾 世代；（年齡範圍）…多歲；費用

例 十代の若者が多い。

譯 有許多十幾歲的年輕人。

---

20 | だす【出す】

接尾 開始…

例 彼女が泣き出す。

譯 她哭了起來。

---

21 | にくい【難い】

接尾 難以，不容易

例 薬は苦くて飲みにくい。

譯 藥很苦很難吞嚥。

---

22 | やすい

接尾 容易…

例 わかりやすく話す。

譯 説得簡單易懂。

---

23 | すぎる【過ぎる】

自上一 超過；過於；經過 接尾 過於…

例 50歳を過ぎる。

譯 過了50歲。

---

24 | ご【御】

接頭 貴（接在跟對方有關的事物、動作的漢字詞前）表示尊敬語、謙讓語

例 ご主人によろしく。

譯 請代我向您先生問好。

---

25 | ながら

接助 一邊…，同時…

例 ご飯を食べながらテレビを見る。

譯 邊吃飯邊看電視。

26 | かた【方】

接尾 …方法
例 作り方を学ぶ。
譯 學習做法。

N4 ● 16-5

16-5 尊敬語、謙譲語 /
尊敬語、謙譲語

01 | いらっしゃる

自五 來，去，在（尊敬語）
例 先生がいらっしゃった。
譯 老師來了。

02 | おいでになる

他五 來，去，在，光臨，駕臨（尊敬語）
例 よくおいでになりました。
譯 難得您來，歡迎歡迎。

03 | ごぞんじ【ご存知】

名 您知道（尊敬語）
例 いくらかかるかご存じですか。
譯 您知道要花費多少錢嗎？

04 | ごらんになる【ご覧になる】

他五 看，閱讀（尊敬語）
例 展覧会をごらんになりましたか。
譯 您看過展覽會了嗎？

05 | なさる

他五 做（「する」的尊敬語）
例 高橋様ご結婚なさるのですか。
譯 高橋小姐要結婚了嗎？

N4 16 副詞與其他品詞

06 | めしあがる【召し上がる】

他五 吃，喝（「食べる」、「飲む」的尊敬語）
例 コーヒーを召し上がってください。
譯 請喝咖啡。

07 | いたす【致す】

自他五・補動（「する」的謙恭説法）做，辦；致；有…，感覺…
例 私がいたします。
譯 由我來做。

08 | いただく【頂く・戴く】

他五 領受；領取；吃，喝；頂
例 遠慮なくいただきます。
譯 那我就不客氣拜領了。

09 | うかがう【伺う】

他五 拜訪；請教，打聽（謙讓語）
例 明日お宅に伺います。
譯 明天到府上拜訪您。

10 | おっしゃる

他五 説，講，叫
例 先生がおっしゃいました。
譯 老師説了。

11 | くださる【下さる】

他五 給，給予（「くれる」的尊敬語）
例 先生が来てくださった。
譯 老師特地前來。

12 | さしあげる【差し上げる】

(他下一) 給(「あげる」的謙讓語)

例 これをあなたに差し上げます。

譯 這個奉送給您。

---

13 | はいけん【拝見】

(名・他サ) 看，拜讀

例 お手紙拝見しました。

譯 已拜讀貴函。

---

14 | まいる【参る】

(自五) 來，去(「行く」、「来る」的謙讓語)；認輸；參拜

例 ただいま参ります。

譯 我馬上就去。

---

15 | もうしあげる【申し上げる】

(他下一) 説(「言う」的謙讓語)

例 お礼を申し上げます。

譯 向您致謝。

---

16 | もうす【申す】

(他五) 説，叫(「言う」的謙讓語)

例 私は山田と申します。

譯 我叫山田。

---

17 | ございます

(特殊形) 是，在(「ある」、「あります」的鄭重説法表示尊敬)

例 おめでとうございます。

譯 恭喜恭喜。

18 | でございます

(自・特殊形) 是(「だ」、「です」、「である」的鄭重説法)

例 山田産業の加藤でございます。

譯 我是山田産業的加藤。

---

19 | おる【居る】

(自五) 在，存在；有(「いる」的謙讓語)

例 社長は今おりません。

譯 社長現在不在。

---

20 | ぞんじあげる【存じ上げる】

(他下一) 知道(自謙語)

例 お名前は存じ上げております。

譯 久仰大名。

必　　勝

N3

情境分類單字

パート **1** 第一章

時間
- 時間 -

1-1 時、時間、時刻 /
時候、時間、時刻

01 ｜ あける【明ける】

(自下一)（天）明，亮；過年；(期間)結束，期滿

例 夜が明ける。

譯 天亮。

02 ｜ あっというま(に)【あっという間(に)】

(感) 一眨眼的功夫

例 休日はあっという間に終わった。

譯 假日一眨眼就結束了。

03 ｜ いそぎ【急ぎ】

(名・副) 急忙，匆忙，緊急

例 急ぎの旅になる。

譯 成為一趟匆忙的旅程。

04 ｜ うつる【移る】

(自五) 移動；推移；沾到

例 時が移る。

譯 時間推移；時代變遷。

05 ｜ おくれ【遅れ】

(名) 落後，晚；畏縮，怯懦

例 郵便に二日の遅れが出ている。

譯 郵件延遲兩天送達。

06 ｜ ぎりぎり

(名・副・他サ)（容量等）最大限度，極限；(摩擦的) 嘎吱聲

例 期限ぎりぎりまで待つ。

譯 等到最後的期限。

07 ｜ こうはん【後半】

(名) 後半，後一半

例 後半はミスが多くて負けた。

譯 後半因失誤過多而輸掉了。

08 ｜ しばらく

(副) 好久；暫時

例 しばらく会社を休む。

譯 暫時向公司請假。

09 ｜ しょうご【正午】

(名) 正午

例 正午になった。

譯 到了中午。

10 ｜ しんや【深夜】

(名) 深夜

例 試合が深夜まで続く。

譯 比賽打到深夜。

---

11 ｜ずっと

副 更；一直

例 ずっと待っている。

譯 一直等待著。

---

12 ｜せいき【世紀】

名 世紀，百代；時代，年代；百年一現，絕世

例 世紀の大発見になる。

譯 成為世紀的大發現。

---

13 ｜ぜんはん【前半】

名 前半，前半部

例 前半の戦いが終わった。

譯 上半場比賽結束。

---

14 ｜そうちょう【早朝】

名 早晨，清晨

例 早朝に勉強する。

譯 在早晨讀書。

---

15 ｜たつ【経つ】

自五 經，過；（炭火等）燒盡

例 時間が経つのが早い。

譯 時間過得真快。

---

16 ｜ちこく【遅刻】

名・自サ 遲到，晚到

例 待ち合わせに遅刻する。

譯 約會遲到。

---

17 ｜てつや【徹夜】

名・自サ 通宵，熬夜

例 徹夜で仕事する。

譯 徹夜工作。

---

18 ｜どうじに【同時に】

副 同時，一次；馬上，立刻

例 発売と同時に大ヒットした。

譯 一出售立即暢銷熱賣。

---

19 ｜とつぜん【突然】

副 突然

例 突然怒り出す。

譯 突然生氣。

---

20 ｜はじまり【始まり】

名 開始，開端；起源

例 近代医学の始まりである。

譯 為近代醫學的起源。

---

21 ｜はじめ【始め】

名・接尾 開始，開頭；起因，起源；以…為首

例 始めから終わりまで全部読む。

譯 從頭到尾全部閱讀。

22 | ふける【更ける】

<u>自下一</u>（秋）深；（夜）闌

例 夜が更ける。

譯 三更半夜。

23 | ぶり【振り】

<u>造語</u> 相隔

例 5年振りに会った。

譯 相隔五年之後又見面。

24 | へる【経る】

<u>自下一</u>（時間、空間、事物）經過，通過

例 3年を経た。

譯 經過了三年。

25 | まい【毎】

<u>接頭</u> 每

例 毎朝、牛乳を飲む。

譯 每天早上，喝牛奶。

26 | まえもって【前もって】

<u>副</u> 預先，事先

例 前もって知らせる。

譯 事先知會。

27 | まよなか【真夜中】

<u>名</u> 三更半夜，深夜

例 真夜中に目が覚めた。

譯 深夜醒來。

28 | やかん【夜間】

<u>名</u> 夜間，夜晚

例 夜間の勤務はきついなぁ。

譯 夜勤太累啦！

1-2 季節、年、月、週、日 /
季節、年、月、週、日

01 | いっさくじつ【一昨日】

<u>名</u> 前一天，前天

例 一昨日アメリカから帰ってきた。

譯 前天從美國回來了。

02 | いっさくねん【一昨年】

<u>造語</u> 前年

例 一昨年は雪が多かった。

譯 前年下了很多雪。

03 | か【日】

<u>漢造</u> 表示日期或天數

例 事故は三月二十日に起こった。

譯 事故發在三月二十日。

04 | きゅうじつ【休日】

<u>名</u> 假日，休息日

例 休日が続く。

譯 連續休假。

05 | げじゅん【下旬】

<u>名</u> 下旬

例 5月の下旬になる。

譯 在五月下旬。

06 | げつまつ【月末】

（名）月末、月底

例 料金は月末に払う。

譯 費用於月底支付。

07 | さく【昨】

（漢造）昨天；前一年，前一季；以前，過去

例 昨晩日本から帰ってきた。

譯 昨晚從日本回來了。

08 | さくじつ【昨日】

（名）（「きのう」的鄭重説法）昨日，昨天

例 昨日母から手紙が届いた。

譯 昨天收到了母親寫來的信。

09 | さくねん【昨年】

（名・副）去年

例 昨年と比べる。

譯 跟去年相比。

10 | じつ【日】

（漢造）太陽；日，一天，白天；每天

例 翌日にお届けします。

譯 隔日幫您送達。

11 | しゅう【週】

（名・漢造）星期；一圈

例 週に１回運動する。

譯 每周運動一次。

12 | しゅうまつ【週末】

（名）週末

例 週末に運動する。

譯 每逢週末就會去運動。

13 | じょうじゅん【上旬】

（名）上旬

例 来月上旬に旅行する。

譯 下個月的上旬要去旅行。

14 | せんじつ【先日】

（名）前天；前些日子

例 先日、田中さんに会った。

譯 前些日子，遇到了田中小姐。

15 | ぜんじつ【前日】

（名）前一天

例 入学式の前日は緊張した。

譯 參加入學典禮的前一天非常緊張。

16 | ちゅうじゅん【中旬】

（名）（一個月中的）中旬

例 ６月の中旬に戻る。

譯 在６月中旬回來。

17 | ねんし【年始】

（名）年初；賀年，拜年

例 年始のご挨拶に伺う。

譯 歲暮年初時節前往拜訪。

18 | ねんまつねんし【年末年始】

名 年底與新年

例 年末年始はハワイに行く。

譯 去夏威夷跨年。

---

19 | へいじつ【平日】

名 (星期日、節假日以外)平日;平常,平素

例 平日ダイヤで運行する。

譯 以平日的火車時刻表行駛。

---

20 | ほんじつ【本日】

名 本日,今日

例 本日のお薦めメニューはこちらです。

譯 這是今日的推薦菜單。

---

21 | ほんねん【本年】

名 本年,今年

例 本年もよろしく。

譯 今年還望您繼續關照。

---

22 | みょう【明】

接頭 (相對於「今」而言的)明

例 明日のご予定は。

譯 你明天的行程是?

---

23 | みょうごにち【明後日】

名 後天

例 明後日に延期する。

譯 延到後天。

24 | ようび【曜日】

名 星期

例 曜日によって色を変える。

譯 根據禮拜幾的不同而改變顏色。

---

25 | よく【翌】

漢造 次,翌,第二

例 翌日は休日だ。

譯 隔天是假日。

---

26 | よくじつ【翌日】

名 隔天,第二天

例 翌日の準備ができている。

譯 隔天的準備已完成。

1-3 過去、現在、未来 /
過去、現在、未來

01 | いご【以後】

名 今後,以後,將來;(接尾語用法)(在某時期)以後

例 以後気をつけます。

譯 以後會多加小心一點。

---

02 | いぜん【以前】

名 以前;更低階段(程度)的;(某時期)以前

例 以前の通りだ。

譯 和以前一樣。

---

03 | げんだい【現代】

名 現代,當代;(歷史)現代(日本史上指二次世界大戰後)

例 現代の社会が求める。
譯 現代社會所要求的。

04 | こんご【今後】

名 今後，以後，將來
例 今後のことを考える。
譯 為今後作打算。

05 | じご【事後】

名 事後
例 事後の計画を立てる。
譯 制訂事後計畫。

06 | じぜん【事前】

名 事前
例 事前に話し合う。
譯 事前討論。

07 | すぎる【過ぎる】

自上一 超過；過於；經過
例 ５時を過ぎた。
譯 已經五點多了。

08 | ぜん【前】

漢造 前方，前面；(時間)早；預先；從前
例 前首相が韓国を訪問する。
譯 前首相訪韓。

09 | ちょくご【直後】

名·副 (時間，距離)緊接著，剛…之後，
…之後不久

例 犯人は事件直後に逮捕された。
譯 犯人在事件發生後不久便遭逮捕。

10 | ちょくぜん【直前】

名 即將…之前，眼看就要…的時候；(時間，距離)之前，跟前，眼前
例 テストの直前に頑張って勉強する。
譯 在考前用功讀書。

11 | のち【後】

名 後，之後；今後，未來；死後，身後
例 晴れのち曇りが続く。
譯 天氣持續晴後陰。

12 | ふる【古】

名·漢造 舊東西；舊，舊的
例 読んだ本を古本屋に売った。
譯 把看過的書賣給二手書店。

13 | みらい【未来】

名 將來，未來；(佛)來世
例 未来を予測する。
譯 預測未來。

14 | らい【来】

接尾 以來
例 彼とは 10 年来の付き合いだ。
譯 我和他已經認識十年了。

1-4 期間、期限 /
期間、期限

01 ｜かん【間】

名・接尾 間，機會，間隙

例 五日間の京都旅行も終わった。

譯 五天的京都之旅已經結束。

02 ｜き【期】

漢造 時期；時機；季節；（預定的）時日

例 入学の時期が近い。

譯 開學時期將近。

03 ｜きかん【期間】

名 期間，期限內

例 期間が過ぎる。

譯 過期。

04 ｜きげん【期限】

名 期限

例 期限になる。

譯 到期。

05 ｜シーズン【season】

名 （盛行的）季節，時期

例 受験シーズンが始まった。

譯 考季開始了。

06 ｜しめきり【締め切り】

名 （時間、期限等）截止，屆滿；封死，封閉；截斷，斷流

例 締め切りが近づく。

譯 臨近截稿日期。

07 ｜ていき【定期】

名 定期，一定的期限

例 エレベーターは定期的に調べる。

譯 定期維修電梯。

08 ｜まにあわせる【間に合わせる】

連語 臨時湊合，就將；使來得及，趕出來

例 締切に間に合わせる。

譯 在截止期限之前繳交。

2-1 家、住む /
住家、居住

01 ｜うつす【移す】
(他五) 移，搬；使傳染；度過時間
例 住まいを移す。
譯 遷移住所。

02 ｜きたく【帰宅】
(名・自サ) 回家
例 会社から帰宅する。
譯 從公司回家。

03 ｜くらす【暮らす】
(自他五) 生活，度日
例 楽しく暮らす。
譯 過著快樂的生活。

04 ｜けん・げん【軒】
(漢造) 軒昂，高昂；屋簷；表房屋數量，書齋，商店等雅號
例 薬屋が３軒ある。
譯 有三家藥局。

05 ｜じょう【畳】
(接尾・漢造) (計算草蓆、席墊)塊，疊；重疊
例 ６畳のアパートに住んでいる。
譯 住在一間六鋪席大的公寓裡。

06 ｜すごす【過ごす】
(他五・接尾) 度(日子、時間)，過生活；過渡過量；放過，不管
例 休日は家で過ごす。
譯 假日在家過。

07 ｜せいけつ【清潔】
(名・形動) 乾淨的，清潔的；廉潔；純潔
例 清潔に保つ。
譯 保持乾淨。

08 ｜ひっこし【引っ越し】
(名) 搬家，遷居
例 引っ越しをする。
譯 搬家。

09 ｜マンション【mansion】
(名) 公寓大廈；(高級)公寓
例 高級マンションに住む。
譯 住高級大廈。

10 ｜るすばん【留守番】
(名) 看家，看家人
例 留守番をする。
譯 看家。

11 ｜わ【和】
(名) 日本
例 和室と洋室、どちらがいい。
譯 和室跟洋室哪個好呢？

12 │ わが【我が】

<kbd>連體</kbd> 我的，自己的，我們的

<kbd>例</kbd> 我が家へ、ようこそ。

<kbd>譯</kbd> 歡迎來到我家。

2-2 家の外側 /
住家的外側

01 │ とじる【閉じる】

<kbd>自上一</kbd> 閉，關閉；結束

<kbd>例</kbd> 戸が閉じた。

<kbd>譯</kbd> 門關上了。

02 │ ノック【knock】

<kbd>名·他サ</kbd> 敲打；（來訪者）敲門；打球

<kbd>例</kbd> ノックの音が聞こえる。

<kbd>譯</kbd> 聽見敲門聲。

03 │ ベランダ【veranda】

<kbd>名</kbd> 陽台；走廊

<kbd>例</kbd> ベランダの花が次々に咲く。

<kbd>譯</kbd> 陽台上的花接二連三的綻放。

04 │ やね【屋根】

<kbd>名</kbd> 屋頂

<kbd>例</kbd> 屋根から落ちる。

<kbd>譯</kbd> 從屋頂掉下來。

05 │ やぶる【破る】

<kbd>他五</kbd> 弄破；破壞；違反；打敗；打破(記錄)

<kbd>例</kbd> ドアを破って入った。

<kbd>譯</kbd> 破門而入。

06 │ ロック【lock】

<kbd>名·他サ</kbd> 鎖，鎖上，閉鎖

<kbd>例</kbd> ロックが壊れた。

<kbd>譯</kbd> 門鎖壞掉了。

2-3 部屋、設備 /
房間、設備

01 │ あたたまる【暖まる】

<kbd>自五</kbd> 暖，暖和；感到溫暖；手頭寬裕

<kbd>例</kbd> 部屋が暖まる。

<kbd>譯</kbd> 房間暖和起來。

02 │ いま【居間】

<kbd>名</kbd> 起居室

<kbd>例</kbd> 居間を掃除する。

<kbd>譯</kbd> 清掃客廳。

03 │ かざり【飾り】

<kbd>名</kbd> 裝飾（品）

<kbd>例</kbd> 飾りをつける。

<kbd>譯</kbd> 加上裝飾。

04 │ きく【効く】

<kbd>自五</kbd> 有效，奏效；好用，能幹；可以，能夠；起作用；（交通工具等）通，有

<kbd>例</kbd> 停電で冷房が効かない。

<kbd>譯</kbd> 停電了冷氣無法運轉。

05 │ キッチン【kitchen】

<kbd>名</kbd> 廚房

<kbd>例</kbd> ダイニングキッチンが人気だ。

<kbd>譯</kbd> 廚房兼飯廳裝潢很受歡迎。

06 ｜ しんしつ【寝室】

㉄ 寝室

例 寝室で休んだ。

譯 在臥房休息。

07 ｜ せんめんじょ【洗面所】

㉄ 化妝室，廁所

例 洗面所で顔を洗った。

譯 在化妝室洗臉。

08 ｜ ダイニング【dining】

㉄ 餐廳（「ダイニングルーム」之略稱）；
吃飯，用餐；西式餐館

例 ダイニングルームで食事をする。

譯 在西式餐廳用餐。

09 ｜ たな【棚】

㉄（放置東西的）隔板，架子，棚

例 お菓子を棚に置く。

譯 把糕點放在架子上。

10 ｜ つまる【詰まる】

㉃五 擠滿，塞滿；堵塞，不通；窘困，
窘迫；縮短，緊小；停頓，擱淺

例 トイレが詰まった。

譯 廁所排水管塞住了。

11 ｜ てんじょう【天井】

㉄ 天花板

例 天井の高い家がいい。

譯 我要天花板高的房子。

12 ｜ はしら【柱】

㉄・接尾（建）柱子；支柱；（轉）靠山

例 柱が倒れた。

譯 柱子倒下。

13 ｜ ブラインド【blind】

㉄ 百葉窗，窗簾，遮光物

例 ブラインドを下ろす。

譯 拉下百葉窗。

14 ｜ ふろ（ば）【風呂（場）】

㉄ 浴室，洗澡間，浴池

例 風呂に入る。

譯 泡澡。

15 ｜ まどり【間取り】

㉄（房子的）房間佈局，採間，平面佈局

例 間取りがいい。

譯 隔間還不錯。

16 ｜ もうふ【毛布】

㉄ 毛毯，毯子

例 毛布をかける。

譯 蓋上毛毯。

17 ｜ ゆか【床】

㉄ 地板

例 床を拭く。

譯 擦地板。

18 ｜ よわめる【弱める】

㉃下一 減弱，削弱

例 冷房を少し弱められますか。

譯 冷氣可以稍微轉弱嗎？

19 ｜ リビング【living】

㉄ 起居間，生活間

例 リビングには家具が並んでいる。

譯 客廳擺放著家具。

3-1 食事、味 /
用餐、味道

01 ｜あぶら【脂】

㊂ 脂肪，油脂；(喻)活動力，幹勁

例 脂があるからおいしい。

譯 富含油質所以好吃。

02 ｜うまい

㊛ 味道好，好吃；想法或做法巧妙，擅於；非常適宜，順利

例 空気がうまい。

譯 空氣新鮮。

03 ｜さげる【下げる】

(他下一) 向下；掛；收走

例 コップを下げる。

譯 收走杯子。

04 ｜さめる【冷める】

(自下一) (熱的東西)變冷，涼；(熱情、興趣等)降低，減退

例 スープが冷めてしまった。

譯 湯冷掉了。

05 ｜しょくご【食後】

㊂ 飯後，食後

例 食後に薬を飲む。

譯 藥必須在飯後服用。

06 ｜しょくぜん【食前】

㊂ 飯前

例 食前にちゃんと手を洗う。

譯 飯前把手洗乾淨。

07 ｜すっぱい【酸っぱい】

㊙ 酸，酸的

例 梅干しはすっぱいに決まっている。

譯 梅乾當然是酸的。

08 ｜マナー【manner】

㊂ 禮貌，規矩；態度舉止，風格

例 食事のマナーが悪い。

譯 用餐禮儀不好。

09 ｜メニュー【menu】

㊂ 菜單

例 ディナーのメニューをご覧ください。

譯 這是餐點的菜單，您請過目。

10 ｜ランチ【lunch】

㊂ 午餐

例 ランチタイムにラーメンを食べる。

譯 午餐時間吃拉麵。

3-2 食べ物 /
食物

01 ｜アイスクリーム【ice cream】
（名）冰淇淋
例 アイスクリームを食べる。
譯 吃冰淇淋。

02 ｜あぶら【油】
（名）脂肪，油脂
例 魚を油で揚げる。
譯 用油炸魚。

03 ｜インスタント【instant】
（名・形動）即席，稍加工即可的，速成
例 インスタントコーヒーを飲む。
譯 喝即溶咖啡。

04 ｜うどん【饂飩】
（名）烏龍麵條，烏龍麵
例 うどんをゆでて食べる。
譯 煮烏龍麵吃。

05 ｜オレンジ【orange】
（名）柳橙，柳丁；橙色
例 オレンジは全部食べた。
譯 橘子全都吃光了。

06 ｜ガム【(英) gum】
（名）口香糖；樹膠
例 ガムを噛む。
譯 嚼口香糖。

07 ｜かゆ【粥】
（名）粥，稀飯
例 粥を炊く。
譯 煮粥。

08 ｜かわ【皮】
（名）皮，表皮；皮革
例 皮をむく。
譯 剝皮。

09 ｜くさる【腐る】
（自五）腐臭，腐爛；金屬鏽，爛；墮落，腐敗；消沉，氣餒
例 味噌が腐る。
譯 味噌發臭。

10 ｜ケチャップ【ketchup】
（名）蕃茄醬
例 ケチャップをつける。
譯 沾蕃茄醬。

11 ｜こしょう【胡椒】
（名）胡椒
例 胡椒を入れる。
譯 灑上胡椒粉。

12 ｜さけ【酒】
（名）酒（的總稱），日本酒，清酒
例 酒を杯に入れる。
譯 將酒倒入杯子裡。

13 ｜しゅ【酒】

漢造 酒

例 葡萄酒を飲む。

譯 喝葡萄酒。

---

14 ｜ジュース【juice】

名 果汁，汁液，糖汁，肉汁

例 ジュースを飲む。

譯 喝果汁。

---

15 ｜しょくりょう【食料】

名 食品，食物

例 食料を保存する。

譯 保存食物。

---

16 ｜しょくりょう【食糧】

名 食糧，糧食

例 食糧を輸入する。

譯 輸入糧食。

---

17 ｜しんせん【新鮮】

名・形動 （食物）新鮮；清新乾淨；新穎，全新

例 新鮮な果物を食べる。

譯 吃新鮮的水果。

---

18 ｜す【酢】

名 醋

例 酢を入れる。

譯 加入醋。

---

19 ｜スープ【soup】

名 湯（多指西餐的湯）

例 スープを飲む。

譯 喝湯。

---

20 ｜ソース【sauce】

名 （西餐用）調味醬

例 ソースを作る。

譯 調製醬料。

---

21 ｜チーズ【cheese】

名 起司，乳酪

例 チーズを買う。

譯 買起司。

---

22 ｜チップ【chip】

名 （削木所留下的）片削；洋芋片

例 ポテトチップスを食べる。

譯 吃洋芋片。

---

23 ｜ちゃ【茶】

名・漢造 茶；茶樹；茶葉；茶水

例 茶を入れる。

譯 泡茶。

---

24 ｜デザート【dessert】

名 餐後點心，甜點（大多泛指較西式的甜點）

例 デザートを食べる。

譯 吃甜點。

---

25 ｜ドレッシング【dressing】

名 調味料，醬汁；服裝，裝飾

例 サラダにドレッシングをかける。

譯 把醬汁淋到沙拉上。

26 ｜どんぶり【丼】

㊅ 大碗公；大碗蓋飯

例 500円で鰻丼が食べられる。

譯 500圓就可以吃到鰻魚蓋飯。

27 ｜なま【生】

㊅·形動 （食物沒有煮過、烤過）生的；直接的，不加修飾的；不熟練，不到火候

例 生で食べる。

譯 生吃。

28 ｜ビール【(荷) bier】

㊅ 啤酒

例 ビールを飲む。

譯 喝啤酒。

29 ｜ファストフード【fast food】

㊅ 速食

例 ファストフードを食べすぎた。

譯 吃太多速食。

30 ｜べんとう【弁当】

㊅ 便當，飯盒

例 弁当を作る。

譯 做便當。

31 ｜まぜる【混ぜる】

他下一 混入；加上，加進，攪，攪拌

例 ビールとジュースを混ぜる。

譯 將啤酒和果汁加在一起。

32 ｜マヨネーズ【mayonnaise】

㊅ 美乃滋，蛋黃醬

例 パンにマヨネーズを塗る。

譯 在土司上塗抹美奶滋。

33 ｜みそしる【味噌汁】

㊅ 味噌湯

例 私の母は毎朝味噌汁を作る。

譯 我母親每天早上煮味噌湯。

34 ｜ミルク【milk】

㊅ 牛奶；煉乳

例 紅茶にはミルクを入れる。

譯 在紅茶裡加上牛奶。

35 ｜ワイン【wine】

㊅ 葡萄酒；水果酒；洋酒

例 白ワインが合います。

譯 白酒很搭。

3-3 調理、料理、クッキング／
調理、菜餚、烹調

01 ｜あげる【揚げる】

他下一 炸，油炸；舉，抬；提高；進步

例 天ぷらを揚げる。

譯 炸天婦羅。

02 ｜あたためる【温める】

他下一 溫，熱；擱置不發表

例 ご飯を温める。

譯 熱飯菜。

03 ｜こぼす【溢す】

（他五）灑，漏，溢（液體），落（粉末）；發牢騷，抱怨

例 コーヒーを溢す。

譯 咖啡溢出來了。

04 ｜たく【炊く】

（他五）點火，燒著；燃燒；煮飯，燒菜

例 ご飯を炊く。

譯 煮飯。

05 ｜たける【炊ける】

（自下一）燒成飯，做成飯

例 ご飯が炊けた。

譯 飯已經煮熟了。

06 ｜つよめる【強める】

（他下一）加強，增強

例 火を強める。

譯 把火力調大。

07 ｜てい【低】

（名・漢造）（位置）低；（價格等）低；變低

例 低温でゆっくり焼く。

譯 用低溫慢烤。

08 ｜にえる【煮える】

（自下一）煮熟，煮爛；水燒開；固體融化（成泥狀）；發怒，非常氣憤

例 芋は煮えました。

譯 芋頭已經煮熟了。

09 ｜にる【煮る】

（自五）煮，燉，熬

例 豆を煮る。

譯 煮豆子。

10 ｜ひやす【冷やす】

（他五）使變涼，冰鎮；（喻）使冷靜

例 冷蔵庫で冷やす。

譯 放在冰箱冷藏。

11 ｜むく【剥く】

（他五）剝，削

例 りんごを剥く。

譯 削蘋果皮。

12 ｜むす【蒸す】

（他五・自五）蒸，熱（涼的食品）；（天氣）悶熱

例 肉まんを蒸す。

譯 蒸肉包。

13 ｜ゆでる【茹でる】

（他下一）（用開水）煮，燙

例 よく茹でる。

譯 煮熟。

14 ｜わく【沸く】

（自五）煮沸，煮開；興奮

例 お湯が沸く。

譯 開水滾開。

15 ｜わる【割る】

（他五）打，劈開；用除法計算

例 卵を割る。

譯 打破蛋。

4-1 衣服、洋服、和服 /
衣服、西服、和服

01 ｜えり【襟】
㊑ (衣服的)領子；脖頸，後頸；(西裝的)硬領
例 襟を立てる。
譯 立起領子。

02 ｜オーバー(コート)【overcoat】
㊑ 大衣，外套，外衣
例 オーバーを着る。
譯 穿大衣。

03 ｜ジーンズ【jeans】
㊑ 牛仔褲
例 ジーンズをはく。
譯 穿牛仔褲。

04 ｜ジャケット【jacket】
㊑ 外套，短上衣；唱片封面
例 ジャケットを着る。
譯 穿外套。

05 ｜すそ【裾】
㊑ 下擺，下襟；山腳；(靠近頸部的)頭髮
例 ジーンズの裾が汚れた。
譯 牛仔褲的褲腳髒了。

06 ｜せいふく【制服】
㊑ 制服
例 制服を着る。
譯 穿制服。

07 ｜そで【袖】
㊑ 衣袖；(桌子)兩側抽屜，(大門)兩側的廂房，舞台的兩側，飛機(兩翼)
例 半袖を着る。
譯 穿短袖。

08 ｜タイプ【type】
㊑·他サ 型，形式，類型；典型，榜樣，樣本，標本；(印)鉛字，活字；打字(機)
例 このタイプの服にする。
譯 決定穿這種樣式的服裝。

09 ｜ティーシャツ【T-shirt】
㊑ 圓領衫，T恤
例 ティーシャツを着る。
譯 穿T恤。

10 ｜パンツ【pants】
㊑ 內褲；短褲；運動短褲
例 パンツをはく。
譯 穿褲子。

11 ｜ パンプス【pumps】

名 女用的高跟皮鞋，淑女包鞋

例 パンプスをはく。

譯 穿淑女包鞋。

12 ｜ ぴったり

副·自サ 緊緊地，嚴實地；恰好，正適合；説中，猜中

例 体にぴったりした背広をつくる。

譯 製作合身的西裝。

13 ｜ ブラウス【blouse】

名 （多半為女性穿的）罩衫，襯衫

例 ブラウスを洗濯する。

譯 洗襯衫。

14 ｜ ぼろぼろ

名·副·形動 （衣服等）破爛不堪；（粒狀物）散落貌

例 今でもぼろぼろの洋服を着ている。

譯 破破爛爛的衣服現在還在穿。

4-2 着る、装身具／
穿戴、服飾用品

01 ｜ きがえ【着替え】

名·自サ 換衣服；換洗衣物

例 急いで着替えを済ませる。

譯 急急忙忙地換好衣服。

02 ｜ きがえる・きかえる【着替える】

他下一 換衣服

例 着物を着替える。

譯 換衣服。

03 ｜ スカーフ【scarf】

名 圍巾，披肩；領結

例 スカーフを巻く。

譯 圍上圍巾。

04 ｜ ストッキング【stocking】

名 褲襪；長筒襪

例 ナイロンのストッキングを履く。

譯 穿尼龍絲襪。

05 ｜ スニーカー【sneakers】

名 球鞋，運動鞋

例 スニーカーで通勤する。

譯 穿球鞋上下班。

06 ｜ ぞうり【草履】

名 草履，草鞋

例 草履を履く。

譯 穿草鞋。

07 ｜ ソックス【socks】

名 短襪

例 ソックスを履く。

譯 穿襪子。

08 ｜ とおす【通す】

他五·接尾 穿通，貫穿；滲透，透過；連續，貫徹；（把客人）讓到裡邊；一直，連續，…到底

例 そでに手を通す。

譯 把手伸進袖筒。

09 ｜ネックレス【necklace】

名 項鍊

例 ネックレスをつける。

譯 戴上項鍊。

10 ｜ハイヒール【high heel】

名 高跟鞋

例 ハイヒールをはく。

譯 穿高跟鞋。

11 ｜バッグ【bag】

名 手提包

例 バッグに財布を入れる。

譯 把錢包放入包包裡。

12 ｜ベルト【belt】

名 皮帶；（機）傳送帶；（地）地帶

例 ベルトの締め方を動画で解説する。

譯 以動畫解説繫皮帶的方式。

13 ｜ヘルメット【helmet】

名 安全帽；頭盔，鋼盔

例 ヘルメットをかぶる。

譯 戴安全帽。

14 ｜マフラー【muffler】

名 圍巾；（汽車等的）減音器

例 暖かいマフラーをくれた。

譯 人家送了我暖和的圍巾。

Memo

パート 5 人体
第五章 - 人體 -

5-1 身体、体 /
胴體、身體

01 ｜あたたまる【温まる】
(自五) 暖，暖和；感到心情溫暖
例 体が温まる。
譯 身體暖和。

02 ｜あたためる【暖める】
(他下一) 使溫暖；重溫，恢復
例 手を暖める。
譯 焙手取暖。

03 ｜うごかす【動かす】
(他五) 移動，挪動，活動；搖動，搖撼；給予影響，使其變化，感動
例 体を動かす。
譯 活動身體。

04 ｜かける【掛ける】
(他下一・接尾) 坐；懸掛；蓋上，放上；放在…之上；提交；澆；開動；花費；寄託；鎖上；(數學)乘
例 椅子に掛ける。
譯 坐下。

05 ｜かた【肩】
(名) 肩，肩膀；(衣服的)肩

例 肩を揉む。
譯 按摩肩膀。

06 ｜こし【腰】
(名・接尾) 腰；(衣服、裙子等的)腰身
例 腰が痛い。
譯 腰痛。

07 ｜しり【尻】
(名) 屁股，臀部；(移動物體的)後方，後面；末尾，最後；(長物的)末端
例 しりが痛くなった。
譯 屁股痛了起來。

08 ｜バランス【balance】
(名) 平衡，均衡，均等
例 バランスを取る。
譯 保持平衡。

09 ｜ひふ【皮膚】
(名) 皮膚
例 冬は皮膚が弱くなる。
譯 皮膚在冬天比較脆弱。

10 ｜へそ【臍】
(名) 肚臍；物體中心突起部分
例 へそを曲げる。
譯 不聽話。

11 | ほね【骨】

<ruby>名<rt></rt></ruby> 骨頭；費力氣的事

<ruby>例<rt></rt></ruby> <ruby>骨<rt>ほね</rt></ruby>が<ruby>折<rt>お</rt></ruby>れる。

<ruby>譯<rt></rt></ruby> 費力氣。

---

12 | むける【剝ける】

<ruby>自下一<rt></rt></ruby> 剝落，脫落

<ruby>例<rt></rt></ruby> <ruby>鼻<rt>はな</rt></ruby>の<ruby>皮<rt>かわ</rt></ruby>がむけた。

<ruby>譯<rt></rt></ruby> 鼻子的皮脫落了。

---

13 | むね【胸】

<ruby>名<rt></rt></ruby> 胸部；內心

<ruby>例<rt></rt></ruby> <ruby>胸<rt>むね</rt></ruby>が<ruby>痛<rt>いた</rt></ruby>む。

<ruby>譯<rt></rt></ruby> 胸痛；痛心。

---

14 | もむ【揉む】

<ruby>他五<rt></rt></ruby> 搓，揉；捏，按摩；(很多人)互相推擠；爭辯；(被動式型態)錘鍊，受磨練

<ruby>例<rt></rt></ruby> <ruby>肩<rt>かた</rt></ruby>をもんであげる。

<ruby>譯<rt></rt></ruby> 我幫你按摩肩膀。

N3 ● 5-2

5-2 顔 /
臉

01 | あご【顎】

<ruby>名<rt></rt></ruby> (上、下)顎；下巴

<ruby>例<rt></rt></ruby> <ruby>二重<rt>にじゅう</rt></ruby>あごになる。

<ruby>譯<rt></rt></ruby> 長出雙下巴。

---

02 | うつる【映る】

<ruby>自五<rt></rt></ruby> 映，照；顯得，映入；相配，相稱；照相，映現

<ruby>例<rt></rt></ruby> <ruby>目<rt>め</rt></ruby>に<ruby>映<rt>うつ</rt></ruby>る。

<ruby>譯<rt></rt></ruby> 映入眼簾。

03 | おでこ

<ruby>名<rt></rt></ruby> 凸額，額頭突出(的人)；額頭，額骨

<ruby>例<rt></rt></ruby> おでこを<ruby>出<rt>だ</rt></ruby>す。

<ruby>譯<rt></rt></ruby> 露出額頭。

---

04 | かぐ【嗅ぐ】

<ruby>他五<rt></rt></ruby> (用鼻子)聞，嗅

<ruby>例<rt></rt></ruby> <ruby>花<rt>はな</rt></ruby>の<ruby>香<rt>かお</rt></ruby>りをかぐ。

<ruby>譯<rt></rt></ruby> 聞花香。

---

05 | かみのけ【髪の毛】

<ruby>名<rt></rt></ruby> 頭髮

<ruby>例<rt></rt></ruby> <ruby>髪<rt>かみ</rt></ruby>の<ruby>毛<rt>け</rt></ruby>を<ruby>切<rt>き</rt></ruby>る。

<ruby>譯<rt></rt></ruby> 剪髮。

---

06 | くちびる【唇】

<ruby>名<rt></rt></ruby> 嘴唇

<ruby>例<rt></rt></ruby> <ruby>唇<rt>くちびる</rt></ruby>が<ruby>青<rt>あお</rt></ruby>い。

<ruby>譯<rt></rt></ruby> 嘴唇發青。

---

07 | くび【首】

<ruby>名<rt></rt></ruby> 頸部

<ruby>例<rt></rt></ruby> <ruby>首<rt>くび</rt></ruby>が<ruby>痛<rt>いた</rt></ruby>い。

<ruby>譯<rt></rt></ruby> 脖子痛。

---

08 | した【舌】

<ruby>名<rt></rt></ruby> 舌頭；說話；舌狀物

<ruby>例<rt></rt></ruby> <ruby>舌<rt>した</rt></ruby>が<ruby>長<rt>なが</rt></ruby>い。

<ruby>譯<rt></rt></ruby> 愛說話。

09 ｜だまる【黙る】

自五 沉默，不説話；不理，不聞不問

例 黙って命令に従う。

譯 默默地服從命令。

10 ｜はなす【離す】

他五 使…離開，使…分開；隔開，拉開距離

例 目を離す。

譯 轉移視線。

11 ｜ひたい【額】

名 前額，額頭；物體突出部分

例 額に汗して働く。

譯 汗流滿面地工作。

12 ｜ひょうじょう【表情】

名 表情

例 表情が暗い。

譯 神情陰鬱。

13 ｜ほお【頬】

名 頰，臉蛋

例 ほおが赤い。

譯 臉蛋紅通通的。

14 ｜まつげ【まつ毛】

名 睫毛

例 まつ毛が抜ける。

譯 掉睫毛。

15 ｜まぶた【瞼】

名 眼瞼，眼皮

例 瞼を閉じる。

譯 闔上眼瞼。

16 ｜まゆげ【眉毛】

名 眉毛

例 まゆげが長い。

譯 眉毛很長。

17 ｜みかける【見掛ける】

他下一 看到，看出，看見；開始看

例 彼女をよく駅で見かけます。

譯 經常在車站看到她。

5-3 手足(1) ／
手腳(1)

01 ｜あくしゅ【握手】

名・自サ 握手；和解，言和；合作，妥協；會師，會合

例 握手をする。

譯 握手合作。

02 ｜あしくび【足首】

名 腳踝

例 足首を温める。

譯 暖和腳踝。

03 ｜うめる【埋める】

他下一 埋，掩埋；填補，彌補；佔滿

例 金を埋める。

譯 把錢埋起來。

04 ｜おさえる【押さえる】

（他下一）按，壓；扣住，勒住；控制，阻止；
捉住；扣留；超群出眾

例 耳を押さえる。

譯 搗住耳朵。

05 ｜おやゆび【親指】

（名）（手腳的）拇指

例 手の親指が痛い。

譯 手的大拇指會痛。

06 ｜かかと【踵】

（名）腳後跟

例 踵の高い靴を履く。

譯 穿高跟鞋。

07 ｜かく【掻く】

（他五）（用手或爪）搔，撥；拔，推；攪拌，
攪和

例 頭を掻く。

譯 搔起頭來。

08 ｜くすりゆび【薬指】

（名）無名指

例 薬指に指輪をしている。

譯 在無名指上戴戒指。

09 ｜こゆび【小指】

（名）小指頭

例 小指に指輪をつける。

譯 小指戴上戒指。

10 ｜だく【抱く】

（他五）抱；孵卵；心懷，懷抱

例 赤ちゃんを抱く。

譯 抱小嬰兒。

11 ｜たたく【叩く】

（他五）敲，叩；打；詢問，徵求；拍，鼓掌；
攻擊，駁斥；花完，用光

例 ドアをたたく。

譯 敲打門。

12 ｜つかむ【掴む】

（他五）抓，抓住，揪住，握住；掌握到，
瞭解到

例 手首を掴んだ。

譯 抓住了手腕。

13 ｜つつむ【包む】

（他五）包裹，打包，包上；蒙蔽，遮蔽，
籠罩；藏在心中，隱瞞；包圍

例 プレゼントを包む。

譯 包裝禮物。

14 ｜つなぐ【繋ぐ】

（他五）拴結，繫；連起，接上；延續，維
繫（生命等）

例 手を繋ぐ。

譯 手牽手。

15 ｜つまさき【爪先】

（名）腳指甲尖端

例 爪先で立つ。

譯 用腳尖站立。

16 ｜つめ【爪】

图 (人的)指甲，腳指甲；(動物的)爪；
指尖；(用具的)鉤子
例 爪を伸ばす。
譯 指甲長長。

17 ｜てくび【手首】

图 手腕
例 手首を怪我した。
譯 手腕受傷了。

18 ｜てのこう【手の甲】

图 手背
例 手の甲にキスする。
譯 在手背上親吻。

19 ｜てのひら【手の平・掌】

图 手掌
例 掌に載せて持つ。
譯 放在手掌上托著。

20 ｜なおす【直す】

他五 修理；改正；治療
例 自転車を直す。
譯 修理腳踏車。

5-3 手足 (2) /
手腳 (2)

21 ｜なかゆび【中指】

图 中指
例 中指でさすな。
譯 別用中指指人。

22 ｜なぐる【殴る】

他五 毆打，揍；草草了事
例 人を殴る。
譯 打人。

23 ｜ならす【鳴らす】

他五 鳴，啼，叫；(使)出名；嘮叨；放
響屁
例 鐘を鳴らす。
譯 敲鐘。

24 ｜にぎる【握る】

他五 握，抓；握飯團或壽司；掌握，抓
住；(圍棋中決定誰先下)抓棋子
例 手を握る。
譯 握拳。

25 ｜ぬく【抜く】

自他五・接尾 抽出，拔去；選出，摘引；
消除，排除；省去，減少；超越
例 空気を抜いた。
譯 放了氣。

26 ｜ぬらす【濡らす】

他五 浸濕，淋濕，沾濕
例 濡らすと壊れる。
譯 碰到水，就會故障。

27 ｜のばす【伸ばす】

他五 伸展，擴展，放長；延緩(日期)，
推遲；發展，發揮；擴大，增加；稀釋；
打倒
例 手を伸ばす。
譯 伸手。

28 ｜はくしゅ【拍手】

名・自サ 拍手，鼓掌

例 拍手を送った。

譯 一起報以掌聲。

29 ｜はずす【外す】

他五 摘下，解開，取下；錯過，錯開；落後，失掉，避開，躲過

例 眼鏡を外す。

譯 摘下眼鏡。

30 ｜はら【腹】

名 肚子；心思，內心活動；心情，情緒；心胸，度量；胎內，母體內

例 腹がいっぱい。

譯 肚子很飽。

31 ｜ばらばら（な）

副 分散貌；凌亂，支離破碎的

例 時計をばらばらにする。

譯 把表拆開。

32 ｜ひざ【膝】

名 膝，膝蓋

例 膝を曲げる。

譯 曲膝。

33 ｜ひじ【肘】

名 肘，手肘

例 肘つきのいす。

譯 帶扶手的椅子。

34 ｜ひとさしゆび【人差し指】

名 食指

例 人差し指を立てる。

譯 豎起食指。

35 ｜ふる【振る】

他五 揮，搖；撒，丟；（俗）放棄，犧牲（地位等）；謝絕，拒絕；派分；在漢字上註假名；（使方向）偏於

例 手を振る。

譯 揮手。

36 ｜ほ・ぽ【歩】

名・漢造 步，步行；（距離單位）步

例 前へ、一歩進む。

譯 往前一步。

37 ｜まげる【曲げる】

他下一 彎，曲，歪，傾斜；扭曲，歪曲；改變，放棄；（當舖裡的）典當；偷，竊

例 腰を曲げる。

譯 彎腰。

38 ｜もも【股・腿】

名 股，大腿

例 腿の裏側が痛い。

譯 腿部內側會痛。

生理
- 生理（現象）-

6-1 誕生、生命 /
誕生、生命

01 ｜いっしょう【一生】

名 一生，終生，一輩子

例 <ruby>私<rt>わたし</rt></ruby>は<ruby>一生結婚<rt>いっしょうけっこん</rt></ruby>しません。

譯 終生不結婚。

02 ｜いのち【命】

名 生命，命；壽命

例 <ruby>命<rt>いのち</rt></ruby>が<ruby>危<rt>あぶ</rt></ruby>ない。

譯 性命垂危。

03 ｜うむ【産む】

他五 生，產

例 <ruby>女<rt>おんな</rt></ruby>の<ruby>子<rt>こ</rt></ruby>を<ruby>産<rt>う</rt></ruby>む。

譯 生女兒。

04 ｜せい【性】

名・漢造 性別；性慾；本性

例 <ruby>性<rt>せい</rt></ruby>に<ruby>目覚<rt>めざ</rt></ruby>める。

譯 情竇初開。

05 ｜せいねんがっぴ【生年月日】

名 出生年月日，生日

例 <ruby>生年月日<rt>せいねんがっぴ</rt></ruby>を<ruby>書<rt>か</rt></ruby>く。

譯 填上出生年月日。

06 ｜たんじょう【誕生】

名・自サ 誕生，出生；成立，創立，創辦

例 <ruby>誕生日<rt>たんじょうび</rt></ruby>のお<ruby>祝<rt>いわ</rt></ruby>いをする。

譯 慶祝生日。

6-2 老い、死 /
老年、死亡

01 ｜おい【老い】

名 老；老人

例 <ruby>体<rt>からだ</rt></ruby>の<ruby>老<rt>お</rt></ruby>いを<ruby>感<rt>かん</rt></ruby>じる。

譯 感到身體衰老。

02 ｜こうれい【高齢】

名 高齢

例 <ruby>彼<rt>かれ</rt></ruby>は<ruby>百歳<rt>ひゃくさい</rt></ruby>の<ruby>高齢<rt>こうれい</rt></ruby>まで<ruby>生<rt>い</rt></ruby>きた。

譯 他活到百歲的高齡。

03 ｜しご【死後】

名 死後；後事

例 <ruby>死後<rt>しご</rt></ruby>の<ruby>世界<rt>せかい</rt></ruby>を<ruby>見<rt>み</rt></ruby>た。

譯 看到冥界。

04 ｜しぼう【死亡】

名・他サ 死亡

例 <ruby>事故<rt>じこ</rt></ruby>で<ruby>死亡<rt>しぼう</rt></ruby>する。

譯 死於意外事故。

05 ｜せいぜん【生前】

名 生前

例 <ruby>父<rt>ちち</rt></ruby>が<ruby>生前<rt>せいぜん</rt></ruby><ruby>可愛<rt>かわ</rt></ruby>がっていた<ruby>猫<rt>ねこ</rt></ruby>がいる。

譯 有一隻貓是父親生前最喜歡的。

06 ｜なくなる【亡くなる】

（自五）去世，死亡

例 おじいさんが亡くなった。

譯 爺爺過世了。

6-3 発育、健康 /
發育、健康

01 ｜えいよう【栄養】

（名）營養

例 栄養が足りない。

譯 營養不足。

02 ｜おきる【起きる】

（自上一）（倒著的東西）起來，立起來；起床；不睡；發生

例 ずっと起きている。

譯 一直都是醒著。

03 ｜おこす【起こす】

（他五）扶起；叫醒；引起

例 子どもを起こす。

譯 把小孩叫醒。

04 ｜けんこう【健康】

（形動）健康的，健全的

例 健康に役立つ。

譯 有益健康。

05 ｜しんちょう【身長】

（名）身高

例 身長が伸びる。

譯 長高。

06 ｜せいちょう【成長】

（名・自サ）（經濟、生產）成長，增長，發展；（人、動物）生長，發育

例 子供が成長した。

譯 孩子長大成人了。

07 ｜せわ【世話】

（名・他サ）援助，幫忙；介紹，推薦；照顧，照料；俗語，常言

例 子どもの世話をする。

譯 照顧小孩。

08 ｜そだつ【育つ】

（自五）成長，長大，發育

例 元気に育っている。

譯 健康地成長著。

09 ｜たいじゅう【体重】

（名）體重

例 体重が落ちる。

譯 體重減輕。

10 ｜のびる【伸びる】

（自上一）（長度等）變長，伸長；（皺摺等）伸展；擴展，到達；（勢力、才能等）擴大，增加，發展

例 背が伸びる。

譯 長高了。

11 ｜はみがき【歯磨き】

（名）刷牙；牙膏，牙膏粉；牙刷

例 食後に歯みがきをする。

譯 每餐飯後刷牙。

12 ｜はやす【生やす】

(他五) 使生長；留（鬍子）
例 髭を生やす。
譯 留鬍鬚。

6-4 体調、体質 /
身體狀況、體質

01 ｜おかしい【可笑しい】

(形) 奇怪，可笑；不正常
例 胃の調子がおかしい。
譯 胃不太舒服。

02 ｜かゆい【痒い】

(形) 癢的
例 頭が痒い。
譯 頭部發癢。

03 ｜かわく【渇く】

(自五) 渴，乾渴；渴望，內心的要求
例 のどが渇く。
譯 口渴。

04 ｜ぐっすり

(副) 熟睡，酣睡
例 ぐっすり寝る。
譯 睡得很熟。

05 ｜けんさ【検査】

(名・他サ) 檢查，檢驗
例 検査に通る。
譯 通過檢查。

06 ｜さます【覚ます】

(他五) （從睡夢中）弄醒，喚醒；（從迷惑、錯誤中）清醒，醒酒；使清醒，使覺醒

例 目を覚ました。
譯 醒了。

07 ｜さめる【覚める】

(自下一) （從睡夢中）醒，醒過來；（從迷惑、錯誤、沉醉中）醒悟，清醒
例 目が覚めた。
譯 醒過來了。

08 ｜しゃっくり

(名・自サ) 打嗝
例 しゃっくりが出る。
譯 打嗝。

09 ｜たいりょく【体力】

(名) 體力
例 体力がない。
譯 沒有體力。

10 ｜ちょうし【調子】

(名) （音樂）調子，音調；語調，聲調，口氣；格調，風格；情況，狀況
例 体の調子が悪い。
譯 身體情況不好。

11 ｜つかれ【疲れ】

(名) 疲勞，疲乏，疲倦
例 疲れが出る。
譯 感到疲勞。

12 ｜どきどき

(副・自サ) （心臟）撲通撲通地跳，七上八下
例 心臓がどきどきする。
譯 心臟撲通撲通地跳。

13 ｜ぬける【抜ける】

(自下一) 脱落，掉落；遺漏；脱；離，離開，
消失，散掉；溜走，逃脱

例 髪がよく抜ける。

譯 髮絲經常掉落。

14 ｜ねむる【眠る】

(自五) 睡覺；埋藏

例 薬で眠らせた。

譯 用藥讓他入睡。

15 ｜はったつ【発達】

(名・自サ)（身心）成熟，發達；擴展，進步；
（機能）發達，發展

例 全身の筋肉が発達している。

譯 全身肌肉發達。

16 ｜へんか【変化】

(名・自サ) 變化，改變；（語法）變形，活用

例 変化に強い。

譯 很善於應變。

17 ｜よわまる【弱まる】

(自五) 變弱，衰弱

例 体が弱まっている。

譯 身體變弱。

6-5 病気、治療 /
疾病、治療

01 ｜いためる【傷める・痛める】

(他下一) 使（身體）疼痛，損傷；使（心裡）
痛苦

例 足を痛める。

譯 把腳弄痛。

02 ｜ウイルス【virus】

(名) 病毒，濾過性病毒

例 ウイルスにかかる。

譯 被病毒感染。

03 ｜かかる

(自五) 生病；遭受災難

例 病気にかかる。

譯 生病。

04 ｜さます【冷ます】

(他五) 冷卻，弄涼；（使熱情、興趣）降低，
減低

例 熱を冷ます。

譯 退燒。

05 ｜しゅじゅつ【手術】

(名・他サ) 手術

例 手術して治す。

譯 進行手術治療。

06 ｜しょうじょう【症状】

(名) 症狀

例 どんな症状か医者に説明する。

譯 告訴醫師有哪些症狀。

07 ｜じょうたい【状態】

(名) 狀態，情況

例 手術後の状態はとてもいいです。

譯 手術後狀況良好。

08 ｜ダウン【down】

(名・自他サ) 下，倒下，向下，落下；下降，
減退；（棒）出局；（拳擊）擊倒

例 風邪でダウンする。

譯 因感冒而倒下。

09 ｜ちりょう【治療】

(名・他サ) 治療，醫療，醫治
例 治療計画が決まった。
  ちりょうけいかく　き
譯 決定治療計畫。

10 ｜なおす【治す】

(他五) 醫治，治療
例 虫歯を治す。
  むし ば　なお
譯 治療蛀牙。

11 ｜ぼう【防】

(漢造) 防備，防止；堤防
例 予防は治療に勝つ。
  よぼう　ちりょう　か
譯 預防勝於治療。

12 ｜ほうたい【包帯】

(名・他サ) （醫）繃帶
例 包帯を換える。
  ほうたい　か
譯 更換包紮帶。

13 ｜まく【巻く】

(自五・他五) 形成漩渦；喘不上氣來；捲；
纏繞；上發條；捲起；包圍；（登山）迂
迴繞過險處；（連歌，俳諧）連吟
例 足に包帯を巻く。
  あし　ほうたい　ま
譯 腳用繃帶包紮。

14 ｜みる【診る】

(他上一) 診察
例 患者を診る。
  かんじゃ　み
譯 看診。

15 ｜よぼう【予防】

(名・他サ) 預防
例 病気は予防が大切だ。
  びょうき　よぼう　たいせつ
譯 預防疾病非常重要。

6-6 体の器官の働き /
身體器官功能

01 ｜くさい【臭い】

(形) 臭
例 臭い匂いがする。
  くさ　にお
譯 有臭味。

02 ｜けつえき【血液】

(名) 血，血液
例 血液を採る。
  けつえき　と
譯 抽血。

03 ｜こぼれる【零れる】

(自下一) 灑落，流出；溢出，漾出；（花）
掉落
例 涙が零れる。
  なみだ　こぼ
譯 灑淚。

04 ｜さそう【誘う】

(他五) 約，邀請；勸誘，會同；誘惑，勾引；
引誘，引起
例 涙を誘う。
  なみだ　さそ
譯 引人落淚。

05 ｜なみだ【涙】

(名) 淚，眼淚；哭泣；同情
例 涙があふれる。
  なみだ
譯 淚如泉湧。

06 ｜ふくむ【含む】

(他五・自四) 含（在嘴裡）；帶有，包含；瞭
解，知道；含蓄；懷（恨）；鼓起；（花）
含苞
例 目に涙を含む。
  め　なみだ　ふく
譯 眼裡含淚。

7-1 人物、老若男女 /
人物、男女老少

01 | あらわす【現す】
(他五) 現，顯現，顯露
例 彼が姿を現す。
譯 他露了臉。

02 | しょうじょ【少女】
(名) 少女，小姑娘
例 少女のころは漫画家を目指していた。
譯 少女時代曾以當漫畫家為目標。

03 | しょうねん【少年】
(名) 少年
例 少年の頃に戻る。
譯 回到年少時期。

04 | せいじん【成人】
(名・自サ) 成年人；成長，（長大）成人
例 成人して働きに出る。
譯 長大後外出工作。

05 | せいねん【青年】
(名) 青年，年輕人
例 息子は立派な青年になった。
譯 兒子成為一個優秀的好青年了。

06 | ちゅうこうねん【中高年】
(名) 中年和老年，中老年
例 中高年に人気だ。
譯 受到中高年齡層觀眾的喜愛。

07 | ちゅうねん【中年】
(名) 中年
例 中年になった。
譯 已經是中年人了。

08 | としうえ【年上】
(名) 年長，年歲大（的人）
例 年上の人に敬語を使う。
譯 對長輩要使用敬語。

09 | としより【年寄り】
(名) 老人；(史)重臣，家老；(史)村長；(史)女管家；(相撲)退休的力士，顧問
例 お年寄りに席を譲った。
譯 讓了座給長輩。

10 | ミス【Miss】
(名) 小姐，姑娘
例 ミス日本に輝いた。
譯 榮獲為日本小姐。

11 | めうえ【目上】

名 上司；長輩

例 目上の人を立てる。

譯 尊敬長輩。

12 | ろうじん【老人】

名 老人，老年人

例 老人になる。

譯 老了。

13 | わかもの【若者】

名 年輕人，青年

例 若者たちの間で有名になった。

譯 在年輕人間頗負盛名。

7-2 いろいろな人を表すことば /
各種人物的稱呼

01 | アマチュア【amateur】

名 業餘愛好者；外行

例 アマチュア選手もレベルが高い。

譯 業餘選手的水準也很高。

02 | いもうとさん【妹さん】

名 妹妹，令妹（「妹」的鄭重説法）

例 妹さんはおいくつですか。

譯 你妹妹多大年紀？

03 | おまごさん【お孫さん】

名 孫子，孫女，令孫（「孫」的鄭重説法）

例 お孫さんは何人いますか。

譯 您孫子(女)有幾位？

04 | か【家】

漢造 家庭；家族；專家

例 芸術家になって食べていく。

譯 當藝術家餬口過日。

05 | グループ【group】

名 (共同行動的)集團，夥伴；組，幫，群

例 グループを作る。

譯 分組。

06 | こいびと【恋人】

名 情人，意中人

例 恋人ができた。

譯 有了情人。

07 | こうはい【後輩】

名 後來的同事，(同一學校)後班生；晚輩，後生

例 後輩を叱る。

譯 責罵後生晚輩。

08 | こうれいしゃ【高齢者】

名 高齢者，年高者

例 高齢者の人数が増える。

譯 高齢人口不斷增加。

09 | こじん【個人】

名 個人

例 個人的な問題になる。

譯 成為私人的問題。

10 | しじん【詩人】

名 詩人

例 詩人になる。
譯 成為詩人。

---

11 | しゃ【者】

漢造 者，人；(特定的)事物，場所
例 けが人はいるが、死亡者はいない。
譯 雖然有人受傷，但沒有人死亡。

---

12 | しゅ【手】

漢造 手；親手；專家；有技藝或資格的人
例 助手を呼んでくる。
譯 請助手過來。

---

13 | しゅじん【主人】

名 家長，一家之主；丈夫，外子；主人；
東家，老闆，店主
例 お隣のご主人はよく手伝ってくれる。
譯 鄰居的男主人經常幫我忙。

---

14 | じょ【女】

名・漢造 (文)女兒；女人，婦女
例 かわいい少女を見た。
譯 看見一位可愛的少女。

---

15 | しょくにん【職人】

名 工匠
例 職人になる。
譯 成為工匠。

---

16 | しりあい【知り合い】

名 熟人，朋友
例 知り合いになる。
譯 相識。

---

17 | スター【star】

名 (影劇)明星，主角；星狀物，星
例 スーパースターになる。
譯 成為超級巨星。

---

18 | だん【団】

漢造 團，圓團；團體
例 団体で旅行へ行く。
譯 跟團旅行。

---

19 | だんたい【団体】

名 團體，集體
例 団体で動く。
譯 團體行動。

---

20 | ちょう【長】

名・漢造 長，首領；長輩；長處
例 一家の長として頑張る。
譯 以身為一家之主而努力。

---

21 | どくしん【独身】

名 單身
例 独身の生活を楽しむ。
譯 享受單身生活。

---

22 | どの【殿】

接尾 (前接姓名等)表示尊重(書信用，
多用於公文)
例 PTA会長殿がお見えになりました。
譯 家長教師會會長蒞臨了。

各種人物的稱呼 | 171

23 | ベテラン【veteran】

名 老手，內行

例 ベテラン選手がやめる。

譯 老將辭去了。

24 | ボランティア【volunteer】

名 志願者，志工

例 ボランティアで道路のごみ拾いをしている。

譯 義務撿拾馬路上的垃圾。

25 | ほんにん【本人】

名 本人

例 本人が現れた。

譯 當事人現身了。

26 | むすこさん【息子さん】

名 （尊稱他人的）令郎

例 息子さんのお名前は。

譯 請教令郎的大名是？

27 | やぬし【家主】

名 房東，房主；戶主

例 家主に家賃を払う。

譯 付房東房租。

28 | ゆうじん【友人】

名 友人，朋友

例 友人と付き合う。

譯 和友人交往。

29 | ようじ【幼児】

名 學齡前兒童，幼兒

例 幼児教育を研究する。

譯 研究幼兒教育。

30 | ら【等】

接尾 （表示複數）們；（同類型的人或物）等

例 君らは何年生。

譯 你們是幾年級？

31 | リーダー【leader】

名 領袖，指導者，隊長

例 登山隊のリーダーになる。

譯 成為登山隊的領隊。

7-3 容姿 / 姿容

01 | イメージ【image】

名 影像，形象，印象

例 イメージが変わった。

譯 變得跟印象中不同了。

02 | おしゃれ【お洒落】

名・形動 打扮漂亮，愛漂亮的人

例 お洒落をする。

譯 打扮。

03 | かっこういい【格好いい】

連語・形 （俗）真棒，真帥，酷（口語用「かっこいい」）

例 かっこういい人が苦手だ。

譯 在帥哥面前我往往會不知所措。

04 ｜けしょう【化粧】

(名・自サ) 化妝，打扮；修飾，裝飾，裝潢

例 化粧を直す。

譯 補妝。

05 ｜そっくり

(形動・副) 一模一樣，極其相似；全部，完全，原封不動

例 私と母はそっくりだ。

譯 我和媽媽長得幾乎一模一樣。

06 ｜にあう【似合う】

(自五) 合適，相稱，調和

例 君によく似合う。

譯 很適合你。

07 ｜はで【派手】

(名・形動)（服裝等）鮮艷的，華麗的；（為引人注目而動作）誇張，做作

例 派手な服を着る。

譯 穿華麗的衣服。

08 ｜びじん【美人】

(名) 美人，美女

例 やっぱり美人は得だね。

譯 果然美女就是佔便宜。

N3 ● 7-4

7-4 態度、性格 /
態度、性格

01 ｜あわてる【慌てる】

(自下一) 驚慌，急急忙忙，匆忙，不穩定

例 慌てて逃げる。

譯 驚慌逃走。

02 ｜いじわる【意地悪】

(名・形動) 使壞，刁難，作弄

例 意地悪な人に苦しめられている。

譯 被壞心眼的人所苦。

03 ｜いたずら【悪戯】

(名・形動) 淘氣，惡作劇；玩笑，消遣

例 いたずらがすぎる。

譯 惡作劇過度。

04 ｜いらいら【苛々】

(名・副・他サ) 情緒急躁、不安；焦急，急躁

例 連絡がとれずいらいらする。

譯 聯絡不到對方焦躁不安。

05 ｜うっかり

(副・自サ) 不注意，不留神；發呆，茫然

例 うっかりと秘密をしゃべる。

譯 不小心把秘密說出來。

06 ｜おじぎ【お辞儀】

(名・自サ) 行禮，鞠躬，敬禮；客氣

例 お辞儀をする。

譯 行禮。

07 ｜おとなしい【大人しい】

(形) 老實，溫順；（顏色等）樸素，雅致

例 おとなしい娘がいい。

譯 我喜歡溫順的女孩。

08 | かたい【固い・硬い・堅い】

形 硬的，堅固的；堅決的；生硬的；嚴謹的，頑固的；一定，包准；可靠的
例 頭が固い。
譯 死腦筋。

09 | きちんと

副 整齊，乾乾淨淨；恰好，洽當；如期，準時；好好地，牢牢地
例 沢山の本をきちんと片付けた。
譯 把一堆書收拾得整整齊齊的。

10 | けいい【敬意】

名 尊敬對方的心情，敬意
例 敬意を表する。
譯 表達敬意。

11 | けち

名・形動 吝嗇、小氣(的人)；卑賤，簡陋，心胸狹窄，不值錢
例 けちな性格になる。
譯 變成小氣的人。

12 | しょうきょくてき【消極的】

形動 消極的
例 消極的な態度をとる。
譯 採取消極的態度。

13 | しょうじき【正直】

名・形動・副 正直，老實
例 正直な人が得をする。
譯 正直的人好處多多。

14 | せいかく【性格】

名 (人的)性格，性情；(事物的)性質，特性
例 性格が悪い。
譯 性格惡劣。

15 | せいしつ【性質】

名 性格，性情；(事物)性質，特性
例 性質がよい。
譯 性質很好。

16 | せっきょくてき【積極的】

形動 積極的
例 積極的に仕事を探す。
譯 積極地找工作。

17 | そっと

副 悄悄地，安靜的；輕輕的；偷偷地；照原樣不動的
例 そっと教えてくれた。
譯 偷偷地告訴了我。

18 | たいど【態度】

名 態度，表現；舉止，神情，作風
例 態度が悪い。
譯 態度惡劣。

19 | つう【通】

名・形動・接尾・漢造 精通，內行，專家；通曉人情世故，通情達理；暢通；(助數詞)封，件，紙；穿過；往返；告知；貫徹始終
例 彼は日本通だ。
譯 他是個日本通。

20 ｜どりょく【努力】

(名・自サ) 努力

例 努力が結果につながる。

譯 因努力而取得成果。

21 ｜なやむ【悩む】

(自五) 煩惱，苦惱，憂愁；感到痛苦

例 進路のことで悩んでいる。

譯 煩惱不知道以後做什麼好。

22 ｜にがて【苦手】

(名・形動) 棘手的人或事；不擅長的事物

例 勉強が苦手だ。

譯 不喜歡讀書。

23 ｜のうりょく【能力】

(名) 能力；（法）行為能力

例 能力を伸ばす。

譯 施展才能。

24 ｜ばか【馬鹿】

(名・接頭) 愚蠢，糊塗

例 ばかなまねはするな。

譯 別做傻事。

25 ｜はっきり

(副・自サ) 清楚；直接了當

例 はっきり言いすぎた。

譯 説得太露骨了。

26 ｜ぶり【振り】

(造語) 樣子，狀態

例 勉強振りを評価する。

譯 對學習狀況給予評價。

27 ｜やるき【やる気】

(名) 幹勁，想做的念頭

例 やる気はある。

譯 幹勁十足。

28 ｜ゆうしゅう【優秀】

(名・形動) 優秀

例 優秀な人材を得る。

譯 獲得優秀的人才。

29 ｜よう【様】

(造語・漢造) 樣子，方式；風格；形狀

例 彼の様子がおかしい。

譯 他的樣子有些怪異。

30 ｜らんぼう【乱暴】

(名・形動・自サ) 粗暴，粗魯；蠻橫，不講理；胡來，胡亂，亂打人

例 言い方が乱暴だ。

譯 説話方式很粗魯。

31 ｜わがまま

(名・形動) 任性，放肆，肆意

例 わがままを言う。

譯 説任性的話。

7-5 人間関係 /
人際關係

01 ｜あいて【相手】

⑧ 夥伴，共事者；對方，敵手；對象

例 テニスの相手をする。

譯 做打網球的對手。

02 ｜あわせる【合わせる】

(他下一) 合併；核對，對照；加在一起，混合；配合，調合

例 力を合わせる。

譯 聯手，合力。

03 ｜おたがい【お互い】

⑧ 彼此，互相

例 お互いに頑張ろう。

譯 彼此加油吧！

04 ｜カップル【couple】

⑧ 一對，一對男女，一對情人，一對夫婦

例 お似合いなカップルですね。

譯 真是相配的一對啊！

05 ｜きょうつう【共通】

(名·形動·自サ) 共同，通用

例 共通の趣味がある。

譯 有同樣的嗜好。

06 ｜きょうりょく【協力】

(名·自サ) 協力，合作，共同努力，配合

例 みんなで協力する。

譯 大家通力合作。

07 ｜コミュニケーション 【communication】

⑧ (語言、思想、精神上的)交流，溝通；通訊，報導，信息

例 コミュニケーションを大切にする。

譯 注重溝通。

08 ｜したしい【親しい】

(形) (血緣)近；親近，親密；不稀奇

例 親しい友達になる。

譯 成為密友。

09 ｜すれちがう【擦れ違う】

(自五) 交錯，錯過去；不一致，不吻合，互相分歧；錯車

例 彼女と擦れ違った。

譯 與她擦身而過。

10 ｜たがい【互い】

(名·形動) 互相，彼此；雙方；彼此相同

例 互いに協力する。

譯 互相協助。

11 ｜たすける【助ける】

(他下一) 幫助，援助；救，救助；輔佐；救濟，資助

例 命を助ける。

譯 救人一命。

12 ｜ちかづける【近付ける】

(他五) 使…接近，使…靠近

例 人との関係を近づける。

譯 與人的關係更緊密。

13 | ちょくせつ【直接】

名・副・自サ 直接

例 会って直接話す。

譯 見面直接談。

14 | つきあう【付き合う】

自五 交際，往來；陪伴，奉陪，應酬

例 彼女と付き合う。

譯 與她交往。

15 | デート【date】

名・自サ 日期，年月日；約會，幽會

例 私とデートする。

譯 跟我約會。

16 | であう【出会う】

自五 遇見，碰見，偶遇；約會，幽會；(顏色等)協調，相稱

例 彼女に出会った。

譯 與她相遇了。

17 | なか【仲】

名 交情；(人和人之間的)聯繫

例 あの二人は仲がいい。

譯 那兩位交情很好。

18 | パートナー【partner】

名 伙伴，合作者，合夥人；舞伴

例 いいパートナーになる。

譯 成為很好的工作伙伴。

19 | はなしあう【話し合う】

自五 對話，談話；商量，協商，談判

例 楽しく話し合う。

譯 相談甚歡。

20 | みおくり【見送り】

名 送行；靜觀，觀望；(棒球)放著好球不打

例 盛大な見送りを受けた。

譯 獲得盛大的送行。

21 | みおくる【見送る】

他五 目送；送行，送別；送終；觀望，等待(機會)

例 姉を見送る。

譯 目送姐姐。

22 | みかた【味方】

名・自サ 我方，自己的這一方；夥伴

例 いつも君の味方だ。

譯 我永遠站在你這邊。

親族

- 親屬 -

01 ｜ いったい【一体】 N3 ● 8

(名・副) 一體，同心合力；一種體裁；根本，本來；大致上；到底，究竟

例 夫婦一体となって働く。

譯 夫妻同心協力工作。

02 ｜ いとこ【従兄弟・従姉妹】

(名) 堂表兄弟姊妹

例 従兄弟同士仲がいい。

譯 堂表兄弟姊妹感情良好。

03 ｜ け【家】

(接尾) 家，家族

例 将軍家の生活を紹介する。

譯 介紹將軍一家（普通指德川一家）的生活狀況。

04 ｜ だい【代】

(名・漢造) 代，輩；一生，一世；代價

例 代がかわる。

譯 世代交替。

05 ｜ ちょうじょ【長女】

(名) 長女，大女兒

例 長女が生まれる。

譯 長女出生。

06 ｜ ちょうなん【長男】

(名) 長子，大兒子

例 長男が生まれる。

譯 長男出生。

07 ｜ ふうふ【夫婦】

(名) 夫婦，夫妻

例 夫婦になる。

譯 成為夫妻。

08 ｜ まご【孫】

(名・造語) 孫子；隔代，間接

例 孫ができた。

譯 抱孫子了。

09 ｜ みょうじ【名字・苗字】

(名) 姓，姓氏

例 結婚して名字が変わる。

譯 結婚後更改姓氏。

10 ｜ めい【姪】

(名) 姪女，外甥女

例 今日は姪の誕生日だ。

譯 今天是姪子的生日。

11 ｜ もち【持ち】

(接尾) 負擔，持有，持久性

例 彼は妻子持ちだ。
譯 他有家室。

---

12 │ゆらす【揺らす】

他五 搖擺，搖動

例 揺りかごを揺らす。
譯 推晃搖籃。

13 │りこん【離婚】

名·自サ （法）離婚

例 二人は離婚した。
譯 兩個人離婚了。

Memo

動物

- 動物 -

01 | うし【牛】

N3 ● 9

(名) 牛

例 牛を飼う。

譯 養牛。

02 | うま【馬】

(名) 馬

例 馬に乗る。

譯 騎馬。

03 | かう【飼う】

(他五) 飼養（動物等）

例 豚を飼う。

譯 養豬。

04 | せいぶつ【生物】

(名) 生物

例 生物がいる。

譯 有生物生存。

05 | とう【頭】

(接尾)（牛、馬等）頭

例 動物園には牛が1頭いる。

譯 動物園有一隻牛。

06 | わ【羽】

(接尾)（數鳥或兔子）隻

例 鶏が1羽いる。

譯 有一隻雞。

01 ｜さくら【桜】

N3 ● 10

名 (植)櫻花，櫻花樹；淡紅色

例 桜が咲く。

譯 櫻花開了。

02 ｜そば【蕎麦】

名 蕎麥；蕎麥麵

例 蕎麦を植える。

譯 種植蕎麥。

03 ｜はえる【生える】

自下一 (草，木)等生長

例 雑草が生えてきた。

譯 雜草長出來了。

04 ｜ひょうほん【標本】

名 標本；(統計)樣本；典型

例 植物の標本を作る。

譯 製作植物的標本。

05 ｜ひらく【開く】

自五・他五 綻放；開，拉開

例 花が開く。

譯 花兒綻放開來。

06 ｜フルーツ【fruits】

名 水果

例 フルーツジュースをよく飲んでいる。

譯 我常喝果汁。

パート 11 第十一章 物質
- 物質 -

11-1 物、物質 /
物、物質

01 ｜かがくはんのう【化学反応】
㈎ 化學反應
例 化学反応が起こる。
譯 起化學反應。

02 ｜こおり【氷】
㈎ 冰
例 氷が溶ける。
譯 冰融化。

03 ｜ダイヤモンド【diamond】
㈎ 鑽石
例 ダイヤモンドを買う。
譯 買鑽石。

04 ｜とかす【溶かす】
㈎五 溶解，化開，溶入
例 完全に溶かす。
譯 完全溶解。

05 ｜はい【灰】
㈎ 灰
例 タバコの灰が飛んできた。
譯 煙灰飄過來了。

06 ｜リサイクル【recycle】
㈎・サ変 回收，（廢物）再利用
例 牛乳パックをリサイクルする。
譯 回收牛奶盒。

11-2 エネルギー、燃料 /
能源、燃料

01 ｜エネルギー【(徳) energie】
㈎ 能量，能源，精力，氣力
例 エネルギーが不足する。
譯 能源不足。

02 ｜かわる【替わる】
㈎五 更換，交替
例 石油に替わる燃料を作る。
譯 製作替代石油的燃料。

03 ｜けむり【煙】
㈎ 煙
例 工場から煙が出ている。
譯 煙正從工廠冒出來。

04 ｜しげん【資源】
㈎ 資源
例 資源が少ない。
譯 資源不足。

05 ｜ もやす【燃やす】

（他五）燃燒；（把某種情感）燃燒起來，激起

例 落ち葉を燃やす。

譯 燒落葉。

N3 ● 11-3

11-3 原料、材料 /
原料、材料

01 ｜ あさ【麻】

（名）（植物）麻，大麻；麻紗，麻布，麻纖維

例 麻の布で拭く。

譯 用麻布擦拭。

02 ｜ ウール【wool】

（名）羊毛，毛線，毛織品

例 ウールのセーターを出す。

譯 取出毛料的毛衣。

03 ｜ きれる【切れる】

（自下一）斷；用盡

例 糸が切れる。

譯 線斷掉。

04 ｜ コットン【cotton】

（名）棉，棉花；木棉，棉織品

例 下着はコットンしか着られない。

譯 內衣只能穿純棉製品。

05 ｜ しつ【質】

（名）質量；品質，素質；質地，實質；抵押品；真誠，樸實

例 質がいい。

譯 品質良好。

06 ｜ シルク【silk】

（名）絲，絲綢；生絲

例 シルクのドレスを買った。

譯 買了一件絲綢的洋裝。

07 ｜ てっこう【鉄鋼】

（名）鋼鐵

例 鉄鋼業が盛んだ。

譯 鋼鐵業興盛。

08 ｜ ビニール【vinyl】

（名）（化）乙烯基；乙烯基樹脂；塑膠

例 野菜をビニール袋に入れた。

譯 把蔬菜放進了塑膠袋裡。

09 ｜ プラスチック【plastic・plastics】

（名）（化）塑膠，塑料

例 プラスチック製の車を発表する。

譯 發表塑膠製的車子。

10 ｜ ポリエステル【polyethylene】

（名）（化學）聚乙稀，人工纖維

例 ポリエステルの服を洗濯機に入れる。

譯 把人造纖維的衣服放入洗衣機。

11 ｜ めん【綿】

（名・漢造）棉，棉線；棉織品；綿長；詳盡；棉，棉花

例 綿のシャツを着る。

譯 穿棉襯衫。

パート **12** 第十二章

天体、気象
- 天體、氣象 -

01 ｜あたる【当たる】

（自五・他五）碰撞；擊中；合適；太陽照射；
取暖，吹（風）；接觸；（大致）位於；
當…時候；（粗暴）對待

例 日が当たる。

譯 陽光照射。

02 ｜いじょうきしょう【異常気象】

名 氣候異常

例 異常気象が続いている。

譯 氣候異常正持續著。

03 ｜いんりょく【引力】

名 物體互相吸引的力量

例 引力が働く。

譯 引力產生作用。

04 ｜おんど【温度】

名（空氣等）溫度，熱度

例 温度が下がる。

譯 溫度下降。

05 ｜くれ【暮れ】

名 日暮，傍晚；季末，年末

例 日の暮れが早くなる。

譯 日落得早。

06 ｜しっけ【湿気】

名 濕氣

例 部屋の湿気が酷い。

譯 房間濕氣非常嚴重。

07 ｜しつど【湿度】

名 濕度

例 湿度が高い。

譯 濕度很高。

08 ｜たいよう【太陽】

名 太陽

例 太陽の光を浴びる。

譯 沐浴在陽光下。

09 ｜ちきゅう【地球】

名 地球

例 地球は 46 億年前に誕生した。

譯 地球誕生於四十六億年前。

10 ｜つゆ【梅雨】

名 梅雨；梅雨季

例 梅雨が明ける。

譯 梅雨期結束。

11 ｜のぼる【昇る】

（自五）上升

例 太陽が昇る。

譯 太陽升起。

12 | ふかまる【深まる】

（自五）加深，變深
例 秋が深まる。
譯 秋深。

13 | まっくら【真っ暗】

（名・形動）漆黑；（前途）黯淡
例 真っ暗になる。
譯 變得漆黑。

14 | まぶしい【眩しい】

（形）耀眼，刺眼的；華麗奪目的，鮮豔的，刺目
例 太陽が眩しかった。
譯 太陽很刺眼。

15 | むしあつい【蒸し暑い】

（形）悶熱的
例 昼間は蒸し暑い。
譯 白天很悶熱。

16 | よ【夜】

（名）夜、夜晚
例 夏の夜は短い。
譯 夏夜很短。

12-2 さまざまな自然現象 /
各種自然現象

01 | うまる【埋まる】

（自五）被埋上；填滿，堵住，彌補，補齊
例 雪に埋まる。
譯 被雪覆蓋住。

02 | かび

（名）霉

例 かびが生える。
譯 發霉。

03 | かわく【乾く】

（自五）乾，乾燥
例 土が乾く。
譯 地面乾。

04 | すいてき【水滴】

（名）水滴；（注水研墨用的）硯水壺
例 水滴が落ちた。
譯 水滴落下來。

05 | たえず【絶えず】

（副）不斷地，經常地，不停地，連續
例 絶えず水が流れる。
譯 水源源不絕流出。

06 | ちらす【散らす】

（他五・接尾）把…分散開，驅散；吹散，灑散；散佈，傳播；消腫
例 火花を散らす。
譯 吹散煙火。

07 | ちる【散る】

（自五）凋謝，散漫，落；離散，分散；遍佈；消腫；渙散
例 桜が散った。
譯 櫻花飄落了。

08 | つもる【積もる】

（自五・他五）積，堆積；累積；估計；計算；推測
例 雪が積もる。
譯 積雪。

09 ｜つよまる【強まる】

（自五）強起來，加強，增強

例 風が強まった。

譯 風勢逐漸增強。

10 ｜とく【溶く】

（他五）溶解，化開，溶入

例 お湯に溶く。

譯 用熱開水沖泡。

11 ｜とける【溶ける】

（自下一）溶解，融化

例 水に溶けません。

譯 不溶於水。

12 ｜ながす【流す】

（他五）使流動，沖走；使漂走；流（出）；放逐；使流產；傳播；洗掉（汗垢）；不放在心上

例 水を流す。

譯 沖水。

13 ｜ながれる【流れる】

（自下一）流動；漂流；飄動；傳布；流逝；流浪；（壞的）傾向；流產；作罷；偏離目標；瀰漫；降落

例 汗が流れる。

譯 流汗。

14 ｜なる【鳴る】

（自五）響，叫；聞名

例 ベルが鳴る。

譯 鈴聲響起。

15 ｜はずれる【外れる】

（自下一）脫落，掉下；（希望）落空，不合（道理）；離開（某一範圍）

例 ボタンが外れる。

譯 鈕釦脫落。

16 ｜はる【張る】

（自五・他五）延伸，伸展；覆蓋；膨脹，負擔過重；展平，擴張；設置，布置

例 池に氷が張る。

譯 池塘都結了一層薄冰。

17 ｜ひがい【被害】

（名）受害，損失

例 被害がひどい。

譯 受災嚴重。

18 ｜まわり【回り】

（名・接尾）轉動；走訪，巡迴；周圍；周，圈

例 火の回りが速い。

譯 火蔓延得快。

19 ｜もえる【燃える】

（自下一）燃燒，起火；（轉）熱情洋溢，滿懷希望；（轉）顏色鮮明

例 怒りに燃える。

譯 怒火中燒。

20 ｜やぶれる【破れる】

（自下一）破損，損傷；破壞，破裂，被打破；失敗

例 紙が破れる。

譯 紙破了。

21 ｜ゆれる【揺れる】

（自下一）搖晃，搖動；躊躇

例 船が揺れる。

譯 船在搖晃。

13-1 地理 /
地理

01 | あな【穴】

名 孔，洞，窟窿；坑；穴，窩；礦井；
藏匿處；缺點；虧空

例 穴に入る。

譯 鑽進洞裡。

02 | きゅうりょう【丘陵】

名 丘陵

例 丘陵を歩く。

譯 走在山岡上。

03 | こ【湖】

接尾 湖

例 琵琶湖に張っていた氷が溶けた。

譯 在琵琶湖面上凍結的冰層融解了。

04 | こう【港】

漢造 港口

例 神戸港まで 30 分で着く。

譯 三十分鐘就可以抵達神戸港。

05 | こきょう【故郷】

名 故鄉，家鄉，出生地

例 故郷を離れる。

譯 離開故鄉。

06 | さか【坂】

名 斜面，坡道；（比喻人生或工作的關
鍵時刻）大關，陡坡

例 坂を上る。

譯 爬上坡。

07 | さん【山】

接尾 山；寺院，寺院的山號

例 富士山に登る。

譯 爬富士山。

08 | しぜん【自然】

名・形動・副 自然，天然；大自然，自然界；
自然地

例 自然が豊かだ。

譯 擁有豐富的自然資源。

09 | じばん【地盤】

名 地基，地面；地盤，勢力範圍

例 地盤が強い。

譯 地基強固。

10 | わん【湾】

名 灣，海灣

例 東京湾にもたくさんの魚がいる。

譯 東京灣也有很多魚。

13-2 場所、空間 /
地方、空間

01 │あける【空ける】
他下一 倒出，空出；騰出（時間）
例 会議室を空ける。
譯 空出會議室。

02 │くう【空】
名・形動・漢造 空中，空間；空虛
例 空に消える。
譯 消失在空中。

03 │そこ【底】
名 底，底子；最低處，限度；底層，深處；邊際，極限
例 海の底に沈んだ。
譯 沉入海底。

04 │ちほう【地方】
名 地方，地區；（相對首都與大城市而言的）地方，外地
例 地方から全国へ広がる。
譯 從地方蔓延到全國。

05 │どこか
連語 哪裡是，豈止，非但
例 どこか暖かい国へ行きたい。
譯 想去暖活的國家。

06 │はたけ【畑】
名 田地，旱田；專業的領域
例 畑の野菜を採る。
譯 採收田裡的蔬菜。

13-3 地域、範囲 /
地域、範圍

01 │あたり【辺り】
名・造語 附近，一帶；之類，左右
例 あたりを見回す。
譯 環視周圍。

02 │かこむ【囲む】
他五 圍上，包圍；圍攻
例 自然に囲まれる。
譯 沐浴在大自然之中。

03 │かんきょう【環境】
名 環境
例 環境が変わる。
譯 環境改變。

04 │きこく【帰国】
名・自サ 回國，歸國；回到家鄉
例 夏に帰国する。
譯 夏天回國。

05 │きんじょ【近所】
名 附近，左近，近郊
例 近所で工事が行われる。
譯 這附近將會施工。

06 │コース【course】
名 路線，（前進的）路徑；跑道；課程，學程；程序；套餐
例 コースを変える。
譯 改變路線。

07 | しゅう【州】

(名) 大陸，州

例 州によって法律が違う。

譯 每一州的法律各自不同。

08 | しゅっしん【出身】

(名) 出生（地），籍貫；出身；畢業於…

例 彼女は東京の出身だ。

譯 她出生於東京。

09 | しょ【所】

(漢造) 處所，地點；特定地

例 次の場所へ行く。

譯 前往到下一個地方。

10 | しょ【諸】

(漢造) 諸

例 欧米諸国を旅行する。

譯 旅行歐美各國。

11 | せけん【世間】

(名) 世上，社會上；世人；社會輿論；（交際活動的）範圍

例 世間を広げる。

譯 交遊廣闊。

12 | ちか【地下】

(名) 地下；陰間；（政府或組織）地下，秘密（組織）

例 地下に眠る。

譯 沉睡在地底下。

13 | ちく【地区】

(名) 地區

例 この地区は古い家が残っている。

譯 此地區留存著許多老房子。

14 | ちゅうしん【中心】

(名) 中心，當中；中心，重點，焦點；中心地，中心人物

例 Ａを中心とする。

譯 以Ａ為中心。

15 | とうよう【東洋】

(名) （地）亞洲；東洋，東方（亞洲東部和東南部的總稱）

例 東洋文化を研究する。

譯 研究東洋文化。

16 | ところどころ【所々】

(名) 處處，各處，到處都是

例 所々に間違いがある。

譯 有些地方錯了。

17 | とし【都市】

(名) 都市，城市

例 東京は日本で一番大きい都市だ。

譯 東京是日本最大的都市。

18 | ない【内】

(漢造) 內，裡頭；家裡；內部

例 校内で走るな。

譯 校內嚴禁奔跑。

19 ｜はなれる【離れる】

(自下一) 離開，分開；離去；距離，相隔；脫離（關係），背離

例 故郷を離れる。

譯 離開家鄉。

20 ｜はんい【範囲】

(名) 範圍，界線

例 広い範囲に渡る。

譯 範圍遍佈極廣。

21 ｜ひろまる【広まる】

(自五)（範圍）擴大；傳播，遍及

例 話が広まる。

譯 事情漸漸傳開。

22 ｜ひろめる【広める】

(他下一) 擴大，增廣；普及，推廣；披漏，宣揚

例 知識を広める。

譯 普及知識。

23 ｜ぶ【部】

(名・漢造) 部分；部門；冊

例 一部の人だけが悩んでいる。

譯 只有部分的人在煩惱。

24 ｜ふうぞく【風俗】

(名) 風俗；服裝，打扮；社會道德

例 地方の風俗を紹介する。

譯 介紹地方的風俗。

25 ｜ふもと【麓】

(名) 山腳

例 富士山の麓に広がる。

譯 蔓延到富士山下。

26 ｜まわり【周り】

(名) 周圍，周邊

例 周りの人が驚いた。

譯 周圍的人嚇了一跳。

27 ｜よのなか【世の中】

(名) 人世間，社會；時代，時期；男女之情

例 世の中の動きを知る。

譯 知曉社會的變化。

28 ｜りょう【領】

(名・接尾・漢造) 領土；脖領；首領

例 日本領を犯す。

譯 侵犯日本領土。

13-4 方向、位置 /
方向、位置

01 ｜か【下】

(漢造) 下面；屬下；低下；下，降

例 上学年と下学年に分ける。

譯 分為上半學跟下半學年。

02 ｜かしょ【箇所】

(名・接尾)（特定的）地方；（助數詞）處

例 1箇所間違える。

譯 一個地方錯了。

03 ｜くだり【下り】

名 下降的；東京往各地的列車

例 下りの列車に乗る。

譯 搭乘南下的列車。

04 ｜くだる【下る】

自五 下降，下去；下野，脫離公職；由中央到地方；下達；往河的下游去

例 川を下る。

譯 順流而下。

05 ｜しょうめん【正面】

名 正面；對面；直接，面對面

例 建物の正面から入る。

譯 從建築物的正面進入。

06 ｜しるし【印】

名 記號，符號；象徵(物)，標記；徽章；(心意的)表示；紀念(品)；商標

例 大事な所に印をつける。

譯 重要處蓋上印章。

07 ｜すすむ【進む】

自五・接尾 進，前進；進步，先進；進展；升級，進級；升入，進入，到達；繼續下去

例 ゆっくりと進んだ。

譯 緩慢地前進。

08 ｜すすめる【進める】

他下一 使向前推進，使前進；推進，發展，開展；進行，舉行；提升，晉級；增進，使旺盛

例 計画を進める。

譯 進行計畫。

09 ｜ちかづく【近づく】

自五 臨近，靠近；接近，交往；幾乎，近似

例 目的地に近付く。

譯 接近目的地。

10 ｜つきあたり【突き当たり】

名 (道路的)盡頭

例 廊下の突き当たりまで歩く。

譯 走到走廊的盡頭。

11 ｜てん【点】

名 點；方面；(得)分

例 その点について説明する。

譯 關於那一點容我進行說明。

12 ｜とじょう【途上】

名 (文)路上；中途

例 通学の途上、祖母に会った。

譯 去學校的途中遇到奶奶。

13 ｜ななめ【斜め】

名・形動 斜，傾斜；不一般，不同往常

例 斜めになっていた。

譯 歪了。

14 ｜のぼる【上る】

自五 進京；晉級，高昇；(數量)達到，高達

例 階段を上る。

譯 爬樓梯。

15 ｜はし【端】

名 開端，開始；邊緣；零頭，片段；開始，
盡頭

例 道の端を歩く。

譯 走在路的兩旁。

16 ｜ふたて【二手】

名 兩路

例 二手に分かれる。

譯 兵分兩路。

17 ｜むかい【向かい】

名 正對面

例 駅の向かいにある。

譯 在車站的對面。

18 ｜むき【向き】

名 方向；適合，合乎；認真，慎重其事；
傾向，趨向；（該方面的）人，人們

例 向きが変わる。

譯 轉變方向。

19 ｜むく【向く】

自五・他五 朝，向，面；傾向，趨向；適合；
面向，著

例 気の向くままにやる。

譯 隨心所欲地做。

20 ｜むける【向ける】

自他下一 向，朝，對；差遣，派遣；撥用，
用在

例 銃を男に向けた。

譯 槍指向男人。

21 ｜もくてきち【目的地】

名 目的地

例 目的地に着く。

譯 抵達目的地。

22 ｜よる【寄る】

自五 順道去…；接近

例 喫茶店に寄る。

譯 順道去咖啡店。

23 ｜りょう【両】

漢造 雙，兩

例 川の両岸に桜が咲く。

譯 河川的兩岸櫻花綻放著。

24 ｜りょうがわ【両側】

名 兩邊，兩側，兩方面

例 道の両側に寄せる。

譯 使靠道路兩旁。

パート 14 第十四章 施設、機関
- 設施、機關單位 -

14-1 施設、機関 /
設施、機關單位

01 ｜かん【館】
漢造 旅館；大建築物或商店
例 博物館を見学する。
譯 參觀博物館。

02 ｜くやくしょ【区役所】
名 （東京都特別区與政令指定都市所屬的）區公所
例 区役所で働く。
譯 在區公所工作。

03 ｜けいさつしょ【警察署】
名 警察署
例 警察署に連れて行かれる。
譯 被帶去警局。

04 ｜こうみんかん【公民館】
名 （市町村等的）文化館，活動中心
例 公民館で茶道の教室がある。
譯 公民活動中心裡設有茶道的課程。

05 ｜しやくしょ【市役所】
名 市政府，市政廳
例 市役所に勤めている。
譯 在市公所工作。

06 ｜じょう【場】
名・漢造 場，場所；場面
例 会場を片付ける。
譯 整理會場。

07 ｜しょうぼうしょ【消防署】
名 消防局，消防署
例 消防署に連絡する。
譯 聯絡消防局。

08 ｜にゅうこくかんりきょく【入国管理局】
名 入國管理局
例 入国管理局にビザを申請する。
譯 在入國管理局申請了簽證。

09 ｜ほけんじょ【保健所】
名 保健所，衛生所
例 保健所で健康診断を受ける。
譯 在衛生所做健康檢查。

14-2 いろいろな施設 /
各種設施

01 ｜えん【園】
接尾 園
例 弟は幼稚園に通っている。
譯 弟弟上幼稚園。

02 ｜げきじょう【劇場】

名 劇院，劇場，電影院
例 劇場へ行く。
譯 去劇場。

03 ｜じ【寺】

漢造 寺
例 金閣寺には金閣、銀閣寺には銀閣がある。
譯 金閣寺有金閣，銀閣寺有銀閣。

04 ｜はくぶつかん【博物館】

名 博物館，博物院
例 博物館を楽しむ。
譯 到博物館欣賞。

05 ｜ふろや【風呂屋】

名 浴池，澡堂
例 風呂屋に行く。
譯 去澡堂。

06 ｜ホール【hall】

名 大廳；舞廳；（有舞台與觀眾席的）會場
例 新しいホールをオープンする。
譯 新的禮堂開幕了。

07 ｜ほいくえん【保育園】

名 幼稚園，保育園
例 ２歳から保育園に行く。
譯 從兩歲起就讀育幼園。

14-3 店／
商店

01 ｜あつまり【集まり】

名 集會，會合；收集（的情況）
例 客の集まりが悪い。
譯 上門顧客不多。

02 ｜オープン【open】

名・自他サ・形動 開放，公開；無蓋，敞篷；露天，野外
例 ３月にオープンする。
譯 於三月開幕。

03 ｜コンビニ（エンスストア）【convenience store】

名 便利商店
例 コンビニで買う。
譯 在便利商店買。

04 ｜（じどう）けんばいき【（自動）券売機】

名 （門票、車票等）自動售票機
例 自動券売機で買う。
譯 於自動販賣機購買。

05 ｜しょうばい【商売】

名・自サ 經商，買賣，生意；職業，行業
例 商売がうまくいく。
譯 生意順利。

06 ｜チケット【ticket】

(名) 票，券；車票；入場券；機票

例 コンサートのチケットを買う。

譯 買票。

07 ｜ちゅうもん【注文】

(名・他サ) 點餐，訂貨，訂購；希望，要求，願望

例 パスタを注文した。

譯 點了義大利麵。

08 ｜バーゲンセール【bargain sale】

(名) 廉價出售，大拍賣

例 バーゲンセールが始まった。

譯 開始大拍賣囉。

09 ｜ばいてん【売店】

(名) （車站等）小賣店

例 駅の売店で新聞を買う。

譯 在車站的小賣店買報紙。

10 ｜ばん【番】

(名・接尾・漢造) 輪班；看守，守衛；（表順序與號碼）第…號；（交替）順序，次序

例 店の番をする。

譯 照看店鋪。

N3 ● 14-4

14-4 団体、会社 ／
團體、公司行號

01 ｜かい【会】

(名) 會，會議，集會

例 会に入る。

譯 入會。

02 ｜しゃ【社】

(名・漢造) 公司，報社(的簡稱)；社會團體；組織；寺院

例 新聞社に就職する。

譯 在報社上班。

03 ｜つぶす【潰す】

(他五) 毀壞，弄碎，熔毀，熔化；消磨，消耗；宰殺；堵死，填滿

例 会社を潰す。

譯 讓公司倒閉。

04 ｜とうさん【倒産】

(名・自サ) 破產，倒閉

例 激しい競争に負けて倒産した。

譯 在激烈競爭裡落敗而倒閉了。

05 ｜ほうもん【訪問】

(名・他サ) 訪問，拜訪

例 会社を訪問する。

譯 訪問公司。

パート 15 第十五章 交通
- 交通 -

15-1 交通、運輸 /
交通、運輸

01 ｜いき・ゆき【行き】
㊂ 去，往
例 東京行きの列車が来た。
譯 開往東京的列車進站了。

02 ｜おろす【下ろす・降ろす】
㊌五 （從高處）取下，拿下，降下，弄下；開始使用（新東西）；砍下
例 車から荷物を降ろす。
譯 從卡車上卸下貨。

03 ｜かたみち【片道】
㊂ 單程，單方面
例 片道の電車賃をもらう。
譯 取得單程的電車費。

04 ｜けいゆ【経由】
㊂・㊊ 經過，經由
例 新宿経由で東京へ行く。
譯 經新宿到東京。

05 ｜しゃ【車】
㊂・接尾・漢造 車；（助數詞）車，輛，車廂
例 電車に乗る。
譯 搭電車。

06 ｜じゅうたい【渋滞】
㊂・㊊ 停滯不前，遲滯，阻塞
例 道が渋滞している。
譯 路上塞車。

07 ｜しょうとつ【衝突】
㊂・㊊ 撞，衝撞，碰上；矛盾，不一致；衝突
例 車が壁に衝突した。
譯 車子撞上了牆壁。

08 ｜しんごう【信号】
㊂・㊊ 信號，燈號；（鐵路、道路等的）號誌；暗號
例 信号が変わる。
譯 燈號改變。

09 ｜スピード【speed】
㊂ 快速，迅速；速度
例 スピードを上げる。
譯 加速，加快。

10 ｜そくど【速度】
㊂ 速度
例 速度を上げる。
譯 加快速度。

11 ｜ダイヤ【diamond・diagram 之略】

（名）鑽石（「ダイヤモンド」之略稱）；列車時刻表；圖表，圖解（「ダイヤグラム」之略稱）

例 大雪でダイヤが乱れる。

譯 交通因大雪而陷入混亂。

12 ｜たかめる【高める】

（他下一）提高，抬高，加高

例 安全性を高める。

譯 加強安全性。

13 ｜たつ【発つ】

（自五）立，站；冒，升；離開；出發；奮起；飛，飛走

例 9時の列車で発つ。

譯 坐九點的火車離開。

14 ｜ちかみち【近道】

（名）捷徑，近路

例 学問に近道はない。

譯 學問沒有捷徑。

15 ｜ていきけん【定期券】

（名）定期車票；月票

例 定期券を申し込む。

譯 申請定期車票。

16 ｜ていりゅうじょ【停留所】

（名）公車站；電車站

例 バスの停留所で待つ。

譯 在公車站等車。

17 ｜とおりこす【通り越す】

（自五）通過，越過

例 バス停を通り越す。

譯 錯過了下車的公車站牌。

18 ｜とおる【通る】

（自五）經過；穿過；合格

例 左側を通る。

譯 往左側走路。

19 ｜とっきゅう【特急】

（名）火速；特急列車（「特別急行」之略稱）

例 特急で東京へたつ。

譯 坐特快車前往東京。

20 ｜とばす【飛ばす】

（他五・接尾）使…飛，使飛起；（風等）吹起，吹跑；飛濺，濺起

例 バイクを飛ばす。

譯 飆摩托車。

21 ｜ドライブ【drive】

（名・自サ）開車遊玩；兜風

例 ドライブに出かける。

譯 開車出去兜風。

22 ｜のせる【乗せる】

（他下一）放在高處，放到…；裝載；使搭乘；使參加；騙人，誘拐；記載，刊登；合著音樂的拍子或節奏

例 子供を車に乗せる。

譯 讓小孩上車。

23 ｜ブレーキ【brake】

名 煞車；制止，控制，潑冷水

例 ブレーキをかける。

譯 踩煞車。

---

24 ｜めんきょ【免許】

名・他サ （政府機關）批准，許可；許可證，執照；傳授秘訣

例 車の免許を取る。

譯 考到汽車駕照。

---

25 ｜ラッシュ【rush】

名 （眾人往同一處）湧現；蜂擁，熱潮

例 帰省ラッシュで込んでいる。

譯 因返鄉人潮而擁擠。

---

26 ｜ラッシュアワー【rushhour】

名 尖峰時刻，擁擠時段

例 ラッシュアワーに遇う。

譯 遇上交通尖峰。

---

27 ｜ロケット【rocket】

名 火箭發動機；（軍）火箭彈；狼煙火箭

例 ロケットで飛ぶ。

譯 乘火箭飛行。

15-2 鉄道、船、飛行機／
鐵路、船隻、飛機

---

01 ｜かいさつぐち【改札口】

名 （火車站等）剪票口

例 改札口を出る。

譯 出剪票口。

02 ｜かいそく【快速】

名・形動 快速，高速度

例 快速電車に乗る。

譯 搭乘快速電車。

---

03 ｜かくえきていしゃ【各駅停車】

名 指電車各站都停車，普通車

例 各駅停車の電車に乗る。

譯 搭乘各站停車的列車。

---

04 ｜きゅうこう【急行】

名・自サ 急忙前往，急趕；急行列車

例 急行に乗る。

譯 搭急行電車。

---

05 ｜こむ【込む・混む】

自五・接尾 擁擠，混雜；費事，精緻，複雜；表進入的意思；表深入或持續到極限

例 電車が込む。

譯 電車擁擠。

---

06 ｜こんざつ【混雑】

名・自サ 混亂，混雜，混染

例 混雑を避ける。

譯 避免混亂。

---

07 ｜ジェットき【jet機】

名 噴氣式飛機，噴射機

例 ジェット機に乗る。

譯 乘坐噴射機。

08 ｜しんかんせん【新幹線】

(名) 日本鐵道新幹線

例 新幹線に乗る。

譯 搭新幹線。

09 ｜つなげる【繋げる】

(他五) 連接，維繫

例 船を港に繋げる。

譯 把船綁在港口。

10 ｜とくべつきゅうこう【特別急行】

(名) 特別快車，特快車

例 特別急行が遅れた。

譯 特快車誤點了。

11 ｜のぼり【上り】

(名)（「のぼる」的名詞形）登上，攀登；上坡(路)；上行列車（從地方往首都方向的列車）；進京

例 上り電車が到着した。

譯 上行的電車已抵達。

12 ｜のりかえ【乗り換え】

(名) 換乘，改乘，改搭

例 次の駅で乗り換える。

譯 在下一站轉乘。

13 ｜のりこし【乗り越し】

(名・自サ)（車）坐過站

例 乗り越した分を払う。

譯 支付坐過站的份。

14 ｜ふみきり【踏切】

(名)（鐵路的）平交道，道口；（轉）決心

例 踏切を渡る。

譯 過平交道。

15 ｜プラットホーム【platform】

(名) 月台

例 プラットホームを出る。

譯 走出月台。

16 ｜ホーム【platform 之略】

(名) 月台

例 ホームから手を振る。

譯 在月台招手。

17 ｜まにあう【間に合う】

(自五) 來得及，趕得上；夠用

例 終電に間に合う。

譯 趕上末班車。

18 ｜むかえ【迎え】

(名) 迎接；去迎接的人；接，請

例 空港まで迎えに行く。

譯 迎接機。

19 ｜れっしゃ【列車】

(名) 列車，火車

例 列車が着く。

譯 列車到站。

15-3 自動車、道路 /
汽車、道路

01 ｜かわる【代わる】

(自五) 代替，代理，代理
例 運転を代わる。
譯 交替駕駛。

02 ｜つむ【積む】

(自五・他五) 累積，堆積；裝載；積蓄，積累
例 トラックに積んだ。
譯 裝到卡車上。

03 ｜どうろ【道路】

(名) 道路
例 道路が混雑する。
譯 道路擁擠。

04 ｜とおり【通り】

(名) 大街，馬路；通行，流通
例 広い通りに出る。
譯 走到大馬路。

05 ｜バイク【bike】

(名) 腳踏車；摩托車（「モーターバイク」之略稱）
例 バイクで旅行したい。
譯 想騎機車旅行。

06 ｜バン【van】

(名) 大篷貨車
例 新型のバンがほしい。
譯 想要有一台新型貨車。

07 ｜ぶつける

(他下一) 扔，投；碰，撞，(偶然)碰上，遇上；正當，恰逢；衝突，矛盾
例 車をぶつける。
譯 撞上了車。

08 ｜レンタル【rental】

(名・サ変) 出租，出賃；租金
例 車をレンタルする。
譯 租車。

パート 16 第十六章

通信、報道

- 通訊、報導 -

16-1 通信、電話、郵便 /
通訊、電話、郵件

01 ｜あてな【宛名】

名 收信(件)人的姓名住址

例 手紙の宛名を書く。

譯 寫收件人姓名。

02 ｜インターネット【internet】

名 網路

例 インターネットに繋がる。

譯 連接網路。

03 ｜かきとめ【書留】

名 掛號郵件

例 書留で郵送する。

譯 用掛號信郵寄。

04 ｜こうくうびん【航空便】

名 航空郵件；空運

例 航空便で送る。

譯 用空運運送。

05 ｜こづつみ【小包】

名 小包裹；包裹

例 小包を出す。

譯 寄包裹。

06 ｜そくたつ【速達】

名・自他サ 快速信件

例 速達で送る。

譯 寄快遞。

07 ｜たくはいびん【宅配便】

名 宅急便

例 宅配便が届く。

譯 收到宅配包裹。

08 ｜つうじる・つうずる【通じる・通ずる】

自上一・他上一 通；通到，通往；通曉，精通；明白，理解；使…通；在整個期間內

例 電話が通じる。

譯 通電話。

09 ｜つながる【繋がる】

自五 相連，連接，聯繫；(人)排隊，排列；有(血緣、親屬)關係，牽連

例 電話が繋がった。

譯 電話接通了。

10 ｜とどく【届く】

自五 及，達到；(送東西)到達；周到；達到(希望)

例 手紙が届いた。

譯 收到信。

11 ｜ふなびん【船便】

㊝ 船運
例 船便で送る。
譯 用船運過去。

12 ｜やりとり【やり取り】

㊝・他サ 交換，互換，授受
例 手紙のやり取りをする。
譯 書信來往。

13 ｜ゆうそう【郵送】

㊝・他サ 郵寄
例 原稿を郵送する。
譯 郵寄稿件。

14 ｜ゆうびん【郵便】

㊝ 郵政；郵件
例 郵便が来る。
譯 寄來郵件。

16-2 伝達、通知、情報 ╱
傳達、告知、信息

01 ｜アンケート【（法）enquête】

㊝ (以同樣內容對多數人的)問卷調查，民意測驗
例 アンケートをとる。
譯 問卷調查。

02 ｜こうこく【広告】

㊝・他サ 廣告；作廣告，廣告宣傳
例 広告を出す。
譯 拍廣告。

03 ｜しらせ【知らせ】

㊝ 通知；預兆，前兆
例 知らせが来た。
譯 通知送來了。

04 ｜せんでん【宣伝】

㊝・自他サ 宣傳，廣告；吹噓，鼓吹，誇大其詞
例 製品を宣伝する。
譯 宣傳產品。

05 ｜のせる【載せる】

他下一 放在…上，放在高處；裝載，裝運；納入，使參加；欺騙；刊登，刊載
例 新聞に公告を載せる。
譯 在報上刊登廣告。

06 ｜はやる【流行る】

自五 流行，時興；興旺，時運佳
例 ヨガダイエットが流行っている。
譯 流行瑜珈減肥。

07 ｜ふきゅう【普及】

㊝・自サ 普及
例 テレビが普及している。
譯 電視普及。

08 ｜ブログ【blog】

㊝ 部落格
例 ブログを作る。
譯 架設部落格。

09 ｜ホームページ【homepage】

㊄ 網站，網站首頁

例 ホームページを作る。

譯 架設網站。

10 ｜よせる【寄せる】

自下一・他下一 靠近，移近；聚集，匯集，集中；加；投靠，寄身

例 意見をお寄せください。

譯 集中大家的意見。

16-3 報道、放送 ／
報導、廣播

01 ｜アナウンス【announce】

㊄・他サ 廣播；報告；通知

例 選手の名前をアナウンスする。

譯 廣播選手的名字。

02 ｜インタビュー【interview】

㊄・自サ 會面，接見；訪問，採訪

例 インタビューを始める。

譯 開始採訪。

03 ｜きじ【記事】

㊄ 報導，記事

例 新聞記事に載る。

譯 報導刊登在報上。

04 ｜じょうほう【情報】

㊄ 情報，信息

例 情報を得る。

譯 獲得情報。

05 ｜スポーツちゅうけい【スポーツ中継】

㊄ 體育（競賽）直播，轉播

例 スポーツ中継を見た。

譯 看了現場直播的運動比賽。

06 ｜ちょうかん【朝刊】

㊄ 早報

例 毎朝朝刊を読む。

譯 每天早上讀早報。

07 ｜テレビばんぐみ【television 番組】

㊄ 電視節目

例 テレビ番組を録画する。

譯 錄下電視節目。

08 ｜ドキュメンタリー【documentary】

㊄ 紀錄，紀實；紀錄片

例 ドキュメンタリー映画が作られていた。

譯 拍攝成紀錄片。

09 ｜マスコミ【mass communication 之略】

㊄ （透過報紙、廣告、電視或電影等向群眾進行的）大規模宣傳；媒體（「マスコミュニケーション」之略稱）

例 マスコミに追われている。

譯 蜂擁而上的採訪媒體。

10 ｜ゆうかん【夕刊】

㊄ 晚報

例 夕刊を取る。

譯 訂閱晚報。

スポーツ

- 體育運動 -

17-1 スポーツ /
體育運動

01 | オリンピック【Olympics】

名 奧林匹克

例 オリンピックに出る。

譯 參加奧運。

02 | きろく【記録】

名·他サ 記錄，記載，（體育比賽的）紀錄

例 記録をとる。

譯 做記錄。

03 | しょうひ【消費】

名·他サ 消費，耗費

例 カロリーを消費する。

譯 消耗卡路里。

04 | スキー【ski】

名 滑雪；滑雪橇，滑雪板

例 スキーに行く。

譯 去滑雪。

05 | チーム【team】

名 組，團隊；（體育）隊

例 チームを作る。

譯 組織團隊。

06 | とぶ【跳ぶ】

自五 跳，跳起；跳過（順序、號碼等）

例 跳び箱を跳ぶ。

譯 跳過跳箱。

07 | トレーニング【training】

名·他サ 訓練，練習

例 週二日トレーニングをしている。

譯 每週鍛鍊身體兩次。

08 | バレエ【ballet】

名 芭蕾舞

例 バレエを習う。

譯 學習芭蕾舞。

17-2 試合 /
比賽

01 | あらそう【争う】

他五 爭奪；爭辯；奮鬥，對抗，競爭

例 相手チームと１位を争う。

譯 與競爭隊伍爭奪冠軍。

02 | おうえん【応援】

名·他サ 援助，支援；聲援，助威

例 試合を応援する。

譯 為比賽加油。

03 ｜かち【勝ち】

㊂ 勝利

例 勝ちを得る。

譯 獲勝。

04 ｜かつやく【活躍】

㊂·自サ 活躍

例 試合で活躍する。

譯 在比賽中很活躍。

05 ｜かんぜん【完全】

㊂·形動 完全，完整；完美，圓滿

例 完全な勝利を信じる。

譯 相信將能得到完美的獲勝。

06 ｜きん【金】

㊂·漢造 黃金，金子；金錢

例 金メダルを取る。

譯 獲得金牌。

07 ｜しょう【勝】

㊂漢造 勝利；名勝

例 勝利を得た。

譯 獲勝。

08 ｜たい【対】

㊂·漢造 對比，對方；同等，對等；相對，相向；（比賽）比；面對

例 ３対１で、白組の勝ちだ。

譯 以三比一的結果由白隊獲勝。

09 ｜はげしい【激しい】

㊌ 激烈，劇烈；（程度上）很高，厲害；熱烈

例 競争が激しい。

譯 競爭激烈。

17-3 球技、陸上競技／
球類、田徑賽

01 ｜ける【蹴る】

㊌他五 踢；沖破（浪等）；拒絕，駁回

例 ボールを蹴る。

譯 踢球。

02 ｜たま【球】

㊂ 球

例 球を打つ。

譯 打球。

03 ｜トラック【track】

㊂ （操場、運動場、賽馬場的）跑道

例 トラックを１周する。

譯 繞跑道跑一圈。

04 ｜ボール【ball】

㊂ 球；（棒球）壞球

例 サッカーボールを追いかける。

譯 追足球。

05 ｜ラケット【racket】

㊂ （網球、乒乓球等的）球拍

例 ラケットを張りかえた。

譯 重換網球拍。

趣味、娯楽

- 愛好、嗜好、娛樂 -

01 ｜アニメ【animation】 N3 ● 18
名 卡通，動畫片
例 アニメが放送される。
譯 播映卡通。

02 ｜かるた【carta・歌留多】
名 紙牌；寫有日本和歌的紙牌
例 歌留多で遊ぶ。
譯 玩日本紙牌。

03 ｜かんこう【観光】
名・他サ 觀光，遊覽，旅遊
例 観光の名所を紹介する。
譯 介紹觀光勝地。

04 ｜クイズ【quiz】
名 回答比賽，猜謎；考試
例 クイズ番組に参加する。
譯 參加益智節目。

05 ｜くじ【籤】
名 籤；抽籤
例 籤で決める。
譯 用抽籤方式決定。

06 ｜ゲーム【game】
名 遊戲，娛樂；比賽
例 ゲームで負ける。
譯 遊戲比賽比輸。

07 ｜ドラマ【drama】
名 劇；連戲劇；戲劇；劇本；戲劇文學；
（轉）戲劇性的事件
例 大河ドラマを放送する。
譯 播放大河劇。

08 ｜トランプ【trump】
名 撲克牌
例 トランプを切る。
譯 洗牌。

09 ｜ハイキング【hiking】
名 健行，遠足
例 鎌倉へハイキングに行く。
譯 到鎌倉去健行。

10 ｜はく・ぱく【泊】
接尾 宿，過夜；停泊
例 京都に１泊する。
譯 在京都住一晚。

11 ｜バラエティー【variety】
名 多樣化，豐富多變；綜藝節目（「バラエティーショー」之略稱）
例 バラエティーに富んだ。
譯 豐富多樣。

12 ｜ピクニック【picnic】
名 郊遊，野餐
例 ピクニックに行く。
譯 去野餐。

パート 19 芸術

第十九章

- 藝術 -

19-1 芸術、絵画、彫刻 /
藝術、繪畫、雕刻

01 ｜えがく【描く】
他五 畫，描繪；以…為形式，描寫；想像
例 人物を描く。
譯 畫人物。

02 ｜かい【会】
接尾 …會
例 展覧会が終わる。
譯 展覽會結束。

03 ｜げいじゅつ【芸術】
名 藝術
例 芸術がわからない。
譯 不懂藝術。

04 ｜さくひん【作品】
名 製成品；（藝術）作品，（特指文藝方面）創作
例 作品に題をつける。
譯 取作品的名稱。

05 ｜し【詩】
名・漢造 詩，詩歌
例 詩を作る。
譯 作詩。

06 ｜しゅつじょう【出場】
名・自サ （參加比賽）上場，入場；出站，走出場
例 コンクールに出場する。
譯 參加比賽。

07 ｜デザイン【design】
名・自他サ 設計（圖）；（製作）圖案
例 制服をデザインする。
譯 設計制服。

08 ｜びじゅつ【美術】
名 美術
例 美術の研究を深める。
譯 深入研究美術。

19-2 音楽 /
音樂

01 ｜えんか【演歌】
名 演歌（現多指日本民間特有曲調哀愁的民謠）
例 演歌歌手になる。
譯 成為演歌歌手。

02 ｜えんそう【演奏】
名・他サ 演奏
例 音楽を演奏する。
譯 演奏音樂。

03 │ か【歌】

漢造 唱歌；歌詞

例 演歌を歌う。

譯 唱傳統歌謠。

04 │ きょく【曲】

名・漢造 曲調；歌曲；彎曲

例 歌詞に曲をつける。

譯 為歌詞譜曲。

05 │ クラシック【classic】

名 經典作品，古典作品，古典音樂；古典的

例 クラシックのレコードを聴く。

譯 聽古典音樂唱片。

06 │ ジャズ【jazz】

名・自サ （樂）爵士音樂

例 ジャズのレコードを集める。

譯 收集爵士唱片。

07 │ バイオリン【violin】

名 （樂）小提琴

例 バイオリンを弾く。

譯 拉小提琴。

08 │ ポップス【pops】

名 流行歌，通俗歌曲（「ポピュラーミュージック」之略稱）

例 80 年代のポップスが懐かしい。

譯 八〇年代的流行歌很叫人懷念。

19-3 演劇、舞踊、映画 / 戲劇、舞蹈、電影

01 │ アクション【action】

名 行動，動作；（劇）格鬥等演技

例 アクションドラマが人気だ。

譯 動作片很紅。

02 │ エスエフ (SF)【science fiction】

名 科學幻想

例 SF 映画を見る。

譯 看科幻電影。

03 │ えんげき【演劇】

名 演劇，戲劇

例 演劇の練習をする。

譯 排演戲劇。

04 │ オペラ【opera】

名 歌劇

例 妻とオペラを観る。

譯 與妻子觀看歌劇。

05 │ か【化】

漢造 化學的簡稱；變化

例 小説を映画化する。

譯 把小說改成電影。

06 │ かげき【歌劇】

名 歌劇

例 歌劇に夢中になる。

譯 沈迷於歌劇。

07 ｜コメディー【comedy】

名 喜劇

例 コメディー映画が好きだ。

譯 喜歡看喜劇電影。

08 ｜ストーリー【story】

名 故事，小說；(小說、劇本等的)劇情，結構

例 このドラマは俳優に加えてストーリーもいい。

譯 這部影集不但演員好，故事情節也精彩。

09 ｜ばめん【場面】

名 場面，場所；情景，(戲劇、電影等)場景，鏡頭；市場的情況，行情

例 場面が変わる。

譯 轉換場景。

10 ｜ぶたい【舞台】

名 舞台；大顯身手的地方

例 舞台に立つ。

譯 站上舞台。

11 ｜ホラー【horror】

名 恐怖，戰慄

例 ホラー映画のせいで眠れなかった。

譯 因為恐怖電影而睡不著。

12 ｜ミュージカル【musical】

名 音樂劇；音樂的，配樂的

例 ミュージカルが好きだ。

譯 喜歡看歌舞劇。

Memo

数量、図形、色彩

- 数量、圖形、色彩 -

20-1 数 /
數目

01 | かく【各】

(接頭) 各，每人，每個，各個

例 各クラスから一人出してください。

譯 請每個班級選出一名。

02 | かず【数】

(名) 數，數目；多數，種種

例 数が多い。

譯 數目多。

03 | きすう【奇数】

(名)（數）奇數

例 奇数を使う。

譯 使用奇數。

04 | けた【桁】

(名)（房屋、橋樑的）横樑，桁架；算盤
的主柱；數字的位數

例 桁を間違える。

譯 弄錯位數。

05 | すうじ【数字】

(名) 數字；各個數字

例 数字で示す。

譯 用數字表示。

06 | せいすう【整数】

(名)（數）整數

例 答えは整数だ。

譯 答案為整數。

07 | ちょう【兆】

(名・漢造) 徵兆；（數）兆

例 国の借金は 1000 兆円だ。

譯 國家的債務有1000兆圓。

08 | ど【度】

(名・漢造) 尺度；程度；溫度；次數，回數；
規則，規定；氣量，氣度

例 昨日より 5 度ぐらい高い。

譯 溫度比昨天高五度。

09 | ナンバー【number】

(名) 數字，號碼；（汽車等的）牌照

例 自動車のナンバーを変更したい。

譯 想換汽車號碼牌。

10 | パーセント【percent】

(名) 百分率

例 手数料が 3 パーセントかかる。

譯 手續費要三個百分比。

11 | びょう【秒】

(名・漢造)（時間單位）秒

例 タイムを秒まで計る。

譯 以秒計算。

---

12 ｜ プラス【plus】

(名・他サ) （數）加號，正號；正數；有好處，
利益；加（法）；陽性

例 プラスになる。

譯 有好處。

---

13 ｜ マイナス【minus】

(名・他サ) （數）減，減法；減號，負數；負
極；（溫度）零下

例 マイナスになる。

譯 變得不好。

N3 ● 20-2

20-2 計算 /
計算

---

01 ｜ あう【合う】

(自五) 正確，適合；一致，符合；對，準；
合得來；合算

例 計算が合う。

譯 計算符合。

---

02 ｜ イコール【equal】

(名) 相等；（數學）等號

例 ＡイコールＢだ。

譯 A等於B。

---

03 ｜ かけざん【掛け算】

(名) 乘法

例 まだ５歳だが掛け算もできる。

譯 雖然才五歲連乘法也會。

---

04 ｜ かぞえる【数える】

(他下一) 數，計算；列舉，枚舉

例 羊の数を 1,000 匹まで数えた。

譯 數羊數到了一千隻。

---

05 ｜ けい【計】

(名) 總計，合計；計畫，計

例 １年の計は春にあり。

譯 一年之計在於春。

---

06 ｜ けいさん【計算】

(名・他サ) 計算，演算；估計，算計，考慮

例 計算が早い。

譯 計算得快。

---

07 ｜ ししゃごにゅう【四捨五入】

(名・他サ) 四捨五入

例 小数点第三位を四捨五入する。

譯 四捨五入取到小數點後第二位。

---

08 ｜ しょうすう【小数】

(名) （數）小數

例 小数点以下は、四捨五入する。

譯 小數點以下，要四捨五入。

---

09 ｜ しょうすうてん【小数点】

(名) 小數點

例 小数点以下は、書かなくてもいい。

譯 小數點以下的數字可以不必寫出來。

10 ｜たしざん【足し算】

名 加法，加算

例 足し算の教材を 10 冊やる。

譯 做了十本加法的教材。

11 ｜でんたく【電卓】

名 電子計算機（「電子式卓上計算機（でんししきたくじょうけいさんき）」之略稱）

例 電卓で計算する。

譯 用計算機計算。

12 ｜ひきざん【引き算】

名 減法

例 引き算を習う。

譯 學習減法。

13 ｜ぶんすう【分数】

名 （數學的）分數

例 分数を習う。

譯 學分數。

14 ｜わり【割り・割】

造語 分配；（助數詞用）十分之一，一成；比例；得失

例 4 割引きにする。

譯 給你打了四折。

15 ｜わりあい【割合】

名 比例；比較起來

例 空気の成分の割合を求める。

譯 算出空氣中的成分的比例。

16 ｜わりざん【割り算】

名 （算）除法

例 割り算は難しい。

譯 除法很難。

20-3 量、長さ、広さ、重さなど(1) ／
量、容量、長度、面積、重量等(1)

01 ｜あさい【浅い】

形 （水等）淺的；（顏色）淡的；（程度）膚淺的，少的，輕的；（時間）短的

例 考えが浅い。

譯 思慮不周到。

02 ｜アップ【up】

名・他サ 增高，提高；上傳（檔案至網路）

例 給料アップを望む。

譯 希望提高薪水。

03 ｜いちどに【一度に】

副 同時地，一塊地，一下子

例 卵と牛乳を一度に入れる。

譯 蛋跟牛奶一齊下鍋。

04 ｜おおく【多く】

名・副 多數，許多；多半，大多

例 人がどんどん多くなる。

譯 愈來愈多人。

05 ｜おく【奥】

名 裡頭，深處；裡院；盡頭

例 のどの奥に魚の骨が引っかかった。

譯 喉嚨深處鯁到魚刺了。

06 | かさねる【重ねる】

(他下一) 重疊堆放；再加上，蓋上；反覆，重複，屢次

例 本を 3 冊重ねる。

譯 把三本書疊起來。

07 | きょり【距離】

(名) 距離，間隔，差距

例 距離が遠い。

譯 距離遙遠。

08 | きらす【切らす】

(他五) 用盡，用光

例 名刺を切らす。

譯 名片用完。

09 | こ【小】

(接頭) 小，少；稍微

例 小雨が降る。

譯 下小雨。

10 | こい【濃い】

(形) 色或味濃深；濃稠，密

例 化粧が濃い。

譯 化著濃妝。

11 | こう【高】

(名・漢造) 高；高處，高度；(地位等)高

例 高層ビルを建築する。

譯 蓋摩天大樓。

12 | こえる【越える・超える】

(自下一) 越過；度過；超出，超過

例 山を越える。

譯 翻過山頭。

13 | ごと

(接尾) (表示包含在內)一共，連同

例 リンゴを皮ごと食べる。

譯 蘋果帶皮一起吃。

14 | ごと【毎】

(接尾) 每

例 月ごとの支払いになる。

譯 規定每月支付。

15 | さい【最】

(漢造・接頭) 最

例 学年で最優秀の成績を取った。

譯 得到了全學年第一名的成績。

16 | さまざま【様々】

(名・形動) 種種，各式各樣的，形形色色的

例 様々な原因を考えた。

譯 想到了各種原因。

17 | しゅるい【種類】

(名) 種類

例 種類が多い。

譯 種類繁多。

18 | しょ【初】

(漢造) 初，始；首次，最初

例 初級から上級までレベルが揃っている。

譯 從初級到高級等各種程度都有。

19 ｜しょうすう【少数】

㊤ 少數

例 少数の意見を大事にする。

譯 尊重少數的意見。

20 ｜すくなくとも【少なくとも】

㊐ 至少，對低，最低限度

例 少なくとも 3 時間はかかる。

譯 至少要花三個小時。

21 ｜すこしも【少しも】

㊐（下接否定）一點也不，絲毫也不

例 お金には、少しも興味がない。

譯 金錢這東西，我一點都不感興趣。

22 ｜ぜん【全】

㊍ 全部，完全；整個；完整無缺

例 全科目の成績が上がる。

譯 全科成績都進步。

23 ｜センチ【centimeter】

㊤ 厘米，公分

例 1 センチ右に動かす。

譯 往右移動了一公分。

24 ｜そう【総】

㊍ 總括；總覽；總，全體；全部

例 総員 50 名だ。

譯 總共有五十人。

25 ｜そく【足】

㊋・㊍（助數詞）雙；足；足夠；添

例 靴下を 2 足買った。

譯 買了兩雙襪子。

26 ｜そろう【揃う】

㊐（成套的東西）備齊；成套；一致，
（全部）一樣，整齊；（人）到齊，齊聚

例 色々な商品が揃った。

譯 各種商品一應備齊。

27 ｜そろえる【揃える】

㊦ 使…備齊；使…一致；湊齊，弄齊，
使成對

例 必要なものを揃える。

譯 準備好必需品。

28 ｜たてなが【縦長】

㊤ 矩形，長形

例 縦長の封筒が多く使われている。

譯 有許多人使用長方形的信封。

29 ｜たん【短】

㊤・㊍ 短；不足，缺點

例 LINE と Facebook、それぞれの短
所は何ですか。

譯 LINE和臉書的缺點各是什麼？

30 ｜ちぢめる【縮める】

㊦ 縮小，縮短，縮減；縮回，捲縮，
起皺紋

例 亀が驚いて首を縮めた。

譯 烏龜受了驚嚇把頭縮了起來。

20-3 量、長さ、広さ、重さなど(2) /
量、容量、長度、面積、重量等(2)

31 | つき【付き】

(接尾)（前接某些名詞）樣子；附屬

例 デザート付きの定食を注文する。

譯 點附甜點的套餐。

32 | つく【付く】

(自五) 附著，沾上；長，添增；跟隨；隨從，聽隨；偏坦；設有；連接著

例 ご飯粒が付く。

譯 沾到飯粒。

33 | つづき【続き】

(名) 接續，繼續；接續部分，下文；接連不斷

例 続きがある。

譯 有後續。

34 | つづく【続く】

(自五) 繼續，延續，連續；接連發生，接連不斷；隨後發生，接著；連著，通到，與…接連；接得上，夠用；後繼，跟上；次於，居次位

例 暖かい日が続いた。

譯 一連好幾天都很暖和。

35 | とう【等】

(接尾) 等等；（助數詞用法，計算階級或順位的單位）等（級）

例 フランス、ドイツ等の EU 諸国が対象になる。

譯 以法、德等歐盟各國為對象。

36 | トン【ton】

(名)（重量單位）噸，公噸，一千公斤

例 1万トンの船が入ってきた。

譯 一萬噸的船隻開進來了。

37 | なかみ【中身】

(名) 裝在容器裡的內容物，內容；刀身

例 中身がない。

譯 沒有內容。

38 | のうど【濃度】

(名) 濃度

例 放射能濃度が高い。

譯 輻射線濃度高。

39 | ばい【倍】

(名·漢造·接尾) 倍，加倍；（數助詞的用法）倍

例 賞金を倍にする。

譯 獎金加倍。

40 | はば【幅】

(名) 寬度，幅面；幅度，範圍；勢力；伸縮空間

例 幅を広げる。

譯 拓寬。

41 | ひょうめん【表面】

(名) 表面

例 表面だけ飾る。

譯 只裝飾表面。

42 | ひろがる【広がる】

(自五) 開放，展開；（面積、規模、範圍）擴大，蔓延，傳播

例 事業が広がる。

譯 擴大事業。

43 | ひろげる【広げる】

(他下一) 打開，展開；（面積、規模、範圍）擴張，發展

例 趣味の範囲を広げる。

譯 擴大嗜好的範圍。

44 | ひろさ【広さ】

(名) 寬度，幅度，廣度

例 広さは 3 万坪ある。

譯 有三萬坪的寬度。

45 | ぶ【無】

(接頭・漢造) 無，沒有，缺乏

例 店員が無愛想で不親切だ。

譯 店員不和氣又不親切。

46 | ふくめる【含める】

(他下一) 包含，含括；囑咐，告知，指導

例 子供を含めて 300 人だ。

譯 包括小孩在內共三百人。

47 | ふそく【不足】

(名・形動・自サ) 不足，不夠，短缺；缺乏，不充分；不滿意，不平

例 不足を補う。

譯 彌補不足。

48 | ふやす【増やす】

(他五) 繁殖；增加，添加

例 人手を増やす。

譯 增加人手。

49 | ぶん【分】

(名・漢造) 部分；份；本分；地位

例 減った分を補う。

譯 補充減少部分。

50 | へいきん【平均】

(名・自サ・他サ) 平均；（數）平均值；平衡，均衡

例 1 月の平均気温は氷点下だ。

譯 一月的平均氣溫在冰點以下。

51 | へらす【減らす】

(他五) 減，減少；削減，縮減；空（腹）

例 体重を減らす。

譯 減輕體重。

52 | へる【減る】

(自五) 減，減少；磨損；（肚子）餓

例 収入が減る。

譯 收入減少。

53 | ほんの

(連體) 不過，僅僅，一點點

例 ほんの少し残っている。

譯 只有留下一點點。

54 | ますます【益々】

(副) 越發，益發，更加

例 ますます強くなる。

譯 更加強大了。

---

55 ｜ミリ【(法) millimetre 之略】

(造語・名) 毫，千分之一；毫米，公厘

例 1時間 100 ミリの豪雨を記録する。

譯 一小時達到下100毫米雨的記錄。

---

56 ｜むすう【無数】

(名・形動) 無數

例 無数の星が空に輝いていた。

譯 有無數的星星在天空閃爍。

---

57 ｜めい【名】

(接尾) (計算人數)名，人

例 3名一組になる。

譯 三個人一組。

---

58 ｜やや

(副) 稍微，略；片刻，一會兒

例 やや短すぎる。

譯 有點太短。

---

59 ｜わずか【僅か】

(副・形動) (數量、程度、價值、時間等)很少，僅僅；一點也(後加否定)

例 わずかに覚えている。

譯 略微記得。

20-4 回数、順番 / 次數、順序

01 ｜い【位】

(接尾) 位；身分，地位

例 学年で 1 位になる。

譯 年度中取得第一。

---

02 ｜いちれつ【一列】

(名) 一列，一排

例 一列に並ぶ。

譯 排成一列。

---

03 ｜おいこす【追い越す】

(他五) 超過，趕過去

例 前の人を追い越す。

譯 趕過前面的人。

---

04 ｜くりかえす【繰り返す】

(他五) 反覆，重覆

例 失敗を繰り返す。

譯 重蹈覆轍。

---

05 ｜じゅんばん【順番】

(名) 輪班(的次序)，輪流，依次交替

例 順番を待つ。

譯 依序等待。

---

06 ｜だい【第】

(漢造・接頭) 順序；考試及格，錄取

例 相手のことを第一に考える。

譯 以對方為第一優先考慮。

---

07 ｜ちゃく【着】

名・接尾・漢造 到達，抵達；（計算衣服的單位）套；(記數順序或到達順序)著，名；穿衣；黏貼；沉著；著手

例 ３着以内に入った。

譯 進入前三名。

08 ｜つぎつぎ・つぎつぎに・つぎつぎと【次々・次々に・次々と】

副 一個接一個，接二連三地，絡繹不絕的，紛紛；按著順序，依次

例 次々と事件が起こる。

譯 案件接二連三發生。

09 ｜トップ【top】

名 尖端；(接力賽)第一棒；領頭，率先；第一位，首位，首席

例 成績がトップまで伸びる。

譯 成績前進到第一名。

10 ｜ふたたび【再び】

副 再一次，又，重新

例 再びやってきた。

譯 捲土重來。

11 ｜れつ【列】

名・漢造 列，隊列，隊；排列；行，列，級，排

例 列に並ぶ。

譯 排成一排。

12 ｜れんぞく【連続】

名・他サ・自サ 連續，接連

例 ３年連続黒字になる。

譯 連續了三年的盈餘。

20-5 図形、模様、色彩 /
圖形、花紋、色彩

01 ｜かた【型】

名 模子，形，模式；樣式

例 型をとる。

譯 模壓成型。

02 ｜カラー【color】

名 色，彩色；（繪畫用）顏料；特色

例 カラーは白と黒がある。

譯 顏色有白的跟黑的。

03 ｜くろ【黒】

名 黑，黑色；犯罪，罪犯

例 黒に染める。

譯 染成黑色。

04 ｜さんかく【三角】

名 三角形

例 三角にする。

譯 畫成三角。

05 ｜しかく【四角】

名 四角形，四方形，方形

例 四角の所の数字を求める。

譯 請算出方形處的數字。

06 ｜しま【縞】

名 條紋，格紋，條紋布

例 縞模様を描く。
譯 織出條紋。

07 ｜しまがら【縞柄】

名 條紋花樣
例 この縞柄が気に入った。
譯 喜歡這種條紋花樣。

08 ｜しまもよう【縞模様】

名 條紋花樣
例 縞模様のシャツを持つ。
譯 有條紋襯衫。

09 ｜じみ【地味】

形動 素氣，樸素，不華美；保守
例 色は地味だがデザインがいい。
譯 顏色雖樸素但設計很凸出。

10 ｜しょく【色】

漢造 顏色；臉色，容貌；色情；景象
例 顔色を失う。
譯 花容失色。

11 ｜しろ【白】

名 白，皎白，白色；清白
例 雪で辺りは一面真っ白になった。
譯 雪把這裡變成了一片純白的天地。

12 ｜ストライプ【strip】

名 條紋；條紋布
例 制服は白と青のストライプです。
譯 制服上面印有白和藍條紋圖案。

13 ｜ずひょう【図表】

名 圖表
例 実験の結果を図表にする。
譯 將實驗結果以圖表呈現。

14 ｜ちゃいろい【茶色い】

形 茶色
例 茶色い紙で折る。
譯 用茶色的紙張摺紙。

15 ｜はいいろ【灰色】

名 灰色
例 空が灰色だ。
譯 天空是灰色的。

16 ｜はながら【花柄】

名 花的圖樣
例 花柄のワンピースに合う。
譯 跟有花紋圖樣的連身洋裝很搭配。

17 ｜はなもよう【花模様】

名 花的圖樣
例 花模様のハンカチを取り出した。
譯 取出綴有花樣的手帕。

18 ｜ピンク【pink】

名 桃紅色，粉紅色；桃色
例 ピンク色のセーターを貸す。
譯 借出粉紅色的毛衣。

19 ｜まじる【混じる・交じる】

(自五) 夾雜，混雜；加入，交往，交際

例 色々な色が混じっている。

譯 加入各種顏色。

20 ｜まっくろ【真っ黒】

(名・形動) 漆黑，烏黑

例 日差しで真っ黒になった。

譯 被太陽晒得黑黑的。

21 ｜まっさお【真っ青】

(名・形動) 蔚藍，深藍；(臉色)蒼白

例 真っ青な顔をしている。

譯 變成鐵青的臉。

22 ｜まっしろ【真っ白】

(名・形動) 雪白，淨白，皓白

例 頭の中が真っ白になる。

譯 腦中一片空白。

23 ｜まっしろい【真っ白い】

(形) 雪白的，淨白的，皓白的

例 真っ白い雪が降ってきた。

譯 下起雪白的雪來了。

24 ｜まる【丸】

(名・造語・接頭・接尾) 圓形，球狀；句點；完全

例 丸を書く。

譯 畫圈圈。

25 ｜みずたまもよう【水玉模様】

(名) 小圓點圖案

例 水玉模様の洋服がかわいらしい。

譯 圓點圖案的衣服可愛極了。

26 ｜むじ【無地】

(名) 素色

例 ワイシャツは無地がいい。

譯 襯衫以素色的為佳。

27 ｜むらさき【紫】

(名) 紫，紫色；醬油；紫丁香

例 好みの色は紫です。

譯 喜歡紫色。

21-1 教育、学習 /
教育、學習

01 ｜おしえ【教え】

(名) 教導，指教，教誨；教義

例 先生の教えを守る。

譯 謹守老師的教誨。

02 ｜おそわる【教わる】

(他五) 受教，跟…學習

例 パソコンの使い方を教わる。

譯 學習電腦的操作方式。

03 ｜か【科】

(名・漢造)（大專院校）科系；（區分種類）科

例 英文科だから英語を勉強する。

譯 因為是英文系所以讀英語。

04 ｜かがく【化学】

(名) 化學

例 化学を知る。

譯 認識化學。

05 ｜かていか【家庭科】

(名)（學校學科之一）家事，家政

例 家庭科を学ぶ。

譯 學家政課。

06 ｜きほん【基本】

(名) 基本，基礎，根本

例 基本をゼロから学ぶ。

譯 學習基礎東西。

07 ｜きほんてき(な)【基本的(な)】

(形動) 基本的

例 基本的な単語から教える。

譯 教授基本單字。

08 ｜きょう【教】

(漢造) 教，教導；宗教

例 仏教が伝わる。

譯 佛教流傳。

09 ｜きょうかしょ【教科書】

(名) 教科書，教材

例 歴史の教科書を使う。

譯 使用歷史教科書。

10 ｜こうか【効果】

(名) 效果，成效，成績；（劇）效果

例 効果が上がる。

譯 效果提升。

11 | こうみん【公民】

名 公民

例 公民の授業で政治を学んだ。

譯 在公民課上學了政治。

12 | さんすう【算数】

名 算數，初等數學；計算數量

例 算数が苦手だ。

譯 不擅長算數。

13 | しかく【資格】

名 資格，身份；水準

例 資格を持つ。

譯 擁有資格。

14 | どくしょ【読書】

名・自サ 讀書

例 読書だけで人は変わる。

譯 光是讀書就能改變人生。

15 | ぶつり【物理】

名 （文）事物的道理；物理（學）

例 物理に強い。

譯 物理學科很強。

16 | ほけんたいいく【保健体育】

名 （國高中學科之一）保健體育

例 保健体育の授業を見学する。

譯 參觀健康體育課。

17 | マスター【master】

名・他サ 老闆；精通

例 日本語をマスターしたい。

譯 我想精通日語。

18 | りか【理科】

名 理科（自然科學的學科總稱）

例 理科系に進むつもりだ。

譯 準備考理科。

19 | りゅうがく【留学】

名・自サ 留學

例 アメリカに留学する。

譯 去美國留學。

21-2 学校 /
學校

01 | がくれき【学歴】

名 學歷

例 学歴が高い。

譯 學歷高。

02 | こう【校】

漢造 學校；校對；（軍銜）校；學校

例 校則を守る。

譯 遵守校規。

03 | ごうかく【合格】

名・自サ 及格；合格

例 試験に合格する。

譯 考試及格。

04 | しょうがくせい【小学生】

名 小學生

例 小学生になる。

譯 上小學。

05 ｜ しん【新】

名・漢造 新；剛收穫的；新曆

例 新学期が始まった。

譯 新學期開始了。

06 ｜ しんがく【進学】

名・自サ 升學；進修學問

例 大学に進学する。

譯 念大學。

07 ｜ しんがくりつ【進学率】

名 升學率

例 あの高校は進学率が高い。

譯 那所高中升學率很高。

08 ｜ せんもんがっこう【専門学校】

名 專科學校

例 専門学校に行く。

譯 進入專科學校就讀。

09 ｜ たいがく【退学】

名・自サ 退學

例 退学して仕事を探す。

譯 退學後去找工作。

10 ｜ だいがくいん【大学院】

名 （大學的）研究所

例 大学院に進む。

譯 進研究所唸書。

11 ｜ たんきだいがく【短期大学】

名 （兩年或三年制的）短期大學

例 短期大学で勉強する。

譯 在短期大學裡就讀。

12 ｜ ちゅうがく【中学】

名 中學，初中

例 中学生になった。

譯 上了國中。

N3 ● 21-3

21-3 学生生活 /
學生生活

01 ｜ うつす【写す】

他五 抄襲，抄寫；照相；摹寫

例 ノートを写す。

譯 抄寫筆記。

02 ｜ か【課】

名・漢造 （教材的）課；課業；（公司等）課，科

例 第3課を練習する。

譯 練習第三課。

03 ｜ かきとり【書き取り】

名・自サ 抄寫，記錄；聽寫，默寫

例 書き取りのテストを行う。

譯 進行聽寫測驗。

04 ｜ かだい【課題】

名 提出的題目；課題，任務

例 課題を解決する。

譯 解決課題。

05 ｜かわる【換わる】

（自五）更換，更替

例 教室が換わる。

譯 換教室。

06 ｜クラスメート【classmate】

（名）同班同學

例 クラスメートに会う。

譯 與同班同學見面。

07 ｜けっせき【欠席】

（名・自サ）缺席

例 授業を欠席する。

譯 上課缺席。

08 ｜さい【祭】

（漢造）祭祀，祭禮；節日，節日的狂歡

例 文化祭が行われる。

譯 舉辦文化祭。

09 ｜ざいがく【在学】

（名・自サ）在校學習，上學

例 在学中のことを思い出す。

譯 想起求學時的種種。

10 ｜じかんめ【時間目】

（接尾）第…小時

例 ２時間目の授業を受ける。

譯 上第二節課。

11 ｜チャイム【chime】

（名）組鐘；門鈴

例 チャイムが鳴った。

譯 鈴聲響了。

12 ｜てんすう【点数】

（名）（評分的）分數

例 読解の点数はまあまあだった。

譯 閱讀理解項目的分數還算可以。

13 ｜とどける【届ける】

（他下一）送達；送交；報告

例 忘れ物を届ける。

譯 把遺失物送回來。

14 ｜ねんせい【年生】

（接尾）…年級生

例 ３年生に上がる。

譯 升為三年級。

15 ｜もん【問】

（接尾）（計算問題數量）題

例 ５問のうち４問は正解だ。

譯 五題中對四題。

16 ｜らくだい【落第】

（名・自サ）不及格，落榜，沒考中；留級

例 彼は落第した。

譯 他落榜了。

行事、一生の出来事

- 儀式活動、一輩子會遇到的事情 -

01 │ いわう【祝う】　　　　N3 ● 22

他五 祝賀，慶祝；祝福；送賀禮；致賀詞

例 成人を祝う。

譯 慶祝長大成人。

02 │ きせい【帰省】

名·自サ 歸省，回家（省親），探親

例 お正月に帰省する。

譯 元月新年回家探親。

03 │ クリスマス【christmas】

名 聖誕節

例 メリークリスマス。

譯 聖誕節快樂！

04 │ まつり【祭り】

名 祭祀；祭日，廟會祭典

例 お祭りを楽しむ。

譯 觀賞節日活動。

05 │ まねく【招く】

他五 （搖手、點頭）招呼；招待，宴請；招聘，聘請；招惹，招致

例 パーティーに招かれた。

譯 受邀參加派對。

パート
23
第二十三章
道具
- 工具 -

23-1 道具 (1) /
工具 (1)

01 ｜おたまじゃくし【お玉杓子】
㊜ 圓杓，湯杓；蝌蚪
例 お玉じゃくしを持つ。
譯 拿湯杓。

02 ｜かん【缶】
㊜ 罐子
例 缶詰にする。
譯 做成罐頭。

03 ｜かんづめ【缶詰】
㊜ 罐頭；關起來，隔離起來；擁擠的狀態
例 缶詰を開ける。
譯 打開罐頭。

04 ｜くし【櫛】
㊜ 梳子
例 櫛を髪に挿す。
譯 頭髮插上梳子。

05 ｜こくばん【黒板】
㊜ 黑板
例 黒板を拭く。
譯 擦黑板。

06 ｜ゴム【(荷) gom】
㊜ 樹膠，橡皮，橡膠
例 輪ゴムで結んでください。
譯 請用橡皮筋綁起來。

07 ｜ささる【刺さる】
㊟ 刺在…在，扎進，刺入
例 布団に針が刺さっている。
譯 被子有針插著。

08 ｜しゃもじ【杓文字】
㊜ 杓子，飯杓
例 しゃもじにご飯がついている。
譯 飯匙上沾著飯。

09 ｜しゅうり【修理】
㊜・他サ 修理，修繕
例 車を修理する。
譯 修繕車子。

10 ｜せいのう【性能】
㊜ 性能，機能，效能
例 性能が悪い。
譯 性能不好。

11 ｜せいひん【製品】
㊜ 製品，產品

例 製品のデザインを決める。

譯 決定把新產品的設計定案。

12 ｜せんざい【洗剤】

名 洗滌劑，洗衣粉（精）

例 洗剤で洗う。

譯 用洗滌劑清洗。

13 ｜タオル【towel】

名 毛巾；毛巾布

例 タオルを洗う。

譯 洗毛巾。

14 ｜ちゅうかなべ【中華なべ】

名 中華鍋（炒菜用的中式淺底鍋）

例 中華なべで野菜を炒める。

譯 用中式淺底鍋炒菜。

15 ｜でんち【電池】

名 （理）電池

例 電池がいる。

譯 需要電池。

16 ｜テント【tent】

名 帳篷

例 テントを張る。

譯 搭帳篷。

17 ｜なべ【鍋】

名 鍋子；火鍋

例 鍋で野菜を炒める。

譯 用鍋炒菜。

18 ｜のこぎり【鋸】

名 鋸子

例 のこぎりで板を引く。

譯 用鋸子鋸木板。

19 ｜はぐるま【歯車】

名 齒輪

例 機械の歯車に油を差した。

譯 往機器的齒輪裡注了油。

20 ｜はた【旗】

名 旗，旗幟；（佛）幡

例 旗をかかげる。

譯 掛上旗子。

23-1 道具 (2) ／
工具(2)

21 ｜ひも【紐】

名 （布、皮革等的）細繩，帶

例 靴ひもを結ぶ。

譯 繫鞋帶。

22 ｜ファスナー【fastener】

名 （提包、皮包與衣服上的）拉鍊

例 ファスナーがついている。

譯 有附拉鍊。

23 ｜ふくろ・〜ぶくろ【袋】

名 袋子；口袋：囊

例 袋に入れる。

譯 裝入袋子。

24 | ふた【蓋】

② (瓶、箱、鍋等)的蓋子；(貝類的)蓋

例 蓋をする。

譯 蓋上。

25 | ぶつ【物】

(名·漢造) 大人物；物，東西

例 危険物の持ち込みはやめましょう。

譯 請勿帶入危險物品。

26 | フライがえし【fry 返し】

② (把平底鍋裡煎的東西翻面的用具)鍋鏟

例 使いやすいフライ返しを選ぶ。

譯 選擇好用的炒菜鏟。

27 | フライパン【frypan】

② 平底鍋

例 フライパンで焼く。

譯 用平底鍋烤。

28 | ペンキ【(荷) pek】

② 油漆

例 ペンキが乾いた。

譯 油漆乾了。

29 | ベンチ【bench】

② 長凳，長椅；(棒球)教練、選手席

例 ベンチに腰掛ける。

譯 坐到長椅上。

30 | ほうちょう【包丁】

② 菜刀；廚師；烹調手藝

例 包丁で切る。

譯 用菜刀切。

31 | マイク【mike】

② 麥克風

例 マイクを通じて話す。

譯 透過麥克風說話。

32 | まないた【まな板】

② 切菜板

例 まな板の上で野菜を切る。

譯 在砧板切菜。

33 | ゆのみ【湯飲み】

② 茶杯，茶碗

例 湯飲み茶碗を手に入れる。

譯 得到茶杯。

34 | ライター【lighter】

② 打火機

例 ライターで火をつける。

譯 用打火機點火。

35 | ラベル【label】

② 標籤，籤條

例 金額のラベルを張る。

譯 貼上金額標籤。

36 | リボン【ribbon】

② 緞帶，絲帶；髮帶；蝴蝶結

例 リボンを付ける。

譯 繫上緞帶。

37 | レインコート【raincoat】

名 雨衣

例 レインコートを忘れた。

譯 忘了帶雨衣。

38 | ロボット【robot】

名 機器人；自動裝置；傀儡

例 家事をしてくれるロボットが人気だ。

譯 會幫忙做家事的機器人很受歡迎。

39 | わん【椀・碗】

名 碗，木碗；(計算數量)碗

例 一碗のお茶を頂く。

譯 喝一碗茶。

N3 ● 23-2

23-2 家具、工具、文房具／
傢俱、工作器具、文具

01 | アイロン【iron】

名 熨斗、烙鐵

例 アイロンをかける。

譯 用熨斗燙。

02 | アルバム【album】

名 相簿，記念冊

例 スマホの写真でアルバムを作る。

譯 把手機裡的照片編作相簿。

03 | インキ【ink】

名 墨水

例 万年筆のインキがなくなる。

譯 鋼筆的墨水用完。

04 | インク【ink】

名 墨水，油墨(也寫作「インキ」)

例 インクをつける。

譯 醮墨水。

05 | エアコン【air conditioning】

名 空調；溫度調節器

例 エアコンつきの部屋を探す。

譯 找附有冷氣的房子。

06 | カード【card】

名 卡片；撲克牌

例 カードを切る。

譯 洗牌。

07 | カーペット【carpet】

名 地毯

例 カーペットにコーヒーをこぼした。

譯 把咖啡灑到地毯上了。

08 | かぐ【家具】

名 家具

例 家具を置く。

譯 放家具。

09 | かでんせいひん【家電製品】

名 家用電器

例 家電製品を安全に使う。

譯 安全使用家電用品。

10 ｜かなづち【金槌】

㊂ 釘錘，榔頭；旱鴨子

㊪ 金槌で釘を打つ。

㊢ 用榔頭敲打釘子。

---

11 ｜き【機】

㊂·接尾·漢造 機器；時機；飛機；（助數詞用法）架

㊪ 洗濯機が壊れた。

㊢ 洗衣機壞了。

---

12 ｜クーラー【cooler】

㊂ 冷氣設備

㊪ クーラーをつける。

㊢ 開冷氣。

---

13 ｜さす【指す】

㊌ 指，指示；使，叫，令，命令做…

㊪ 時計が２時を指している。

㊢ 時鐘指著兩點。

---

14 ｜じゅうたん【絨毯】

㊂ 地毯

㊪ 絨毯を織ってみた。

㊢ 試著編地毯。

---

15 ｜じょうぎ【定規】

㊂ （木工使用）尺，規尺；標準

㊪ 定規で線を引く。

㊢ 用尺畫線。

---

16 ｜しょっきだな【食器棚】

㊂ 餐具櫃，碗廚

㊪ 食器棚に皿を置く。

㊢ 把盤子放入餐具櫃裡。

---

17 ｜すいはんき【炊飯器】

㊂ 電子鍋

㊪ 炊飯器でご飯を炊く。

㊢ 用電鍋煮飯。

---

18 ｜せき【席】

㊂·漢造 席，坐墊；席位，坐位

㊪ 席を譲る。

㊢ 讓座。

---

19 ｜せともの【瀬戸物】

㊂ 陶瓷品

㊪ 瀬戸物の茶碗を大事にしている。

㊢ 非常珍惜陶瓷碗。

---

20 ｜せんたくき【洗濯機】

㊂ 洗衣機

㊪ 洗濯機で洗う。

㊢ 用洗衣機洗。

---

21 ｜せんぷうき【扇風機】

㊂ 風扇，電扇

㊪ 扇風機を止める。

㊢ 關上電扇。

---

22 ｜そうじき【掃除機】

㊂ 除塵機，吸塵器

㊪ 掃除機をかける。

㊢ 用吸塵器清掃。

23 ｜ソファー【sofa】

名 沙發（亦可唸作「ソファ」）

例 ソファーに座る。

譯 坐在沙發上。

24 ｜たんす

名 衣櫥，衣櫃，五斗櫃

例 たんすにしまった。

譯 收入衣櫃裡。

25 ｜チョーク【chalk】

名 粉筆

例 チョークで黒板に書く。

譯 用粉筆在黑板上寫字。

26 ｜てちょう【手帳】

名 筆記本，雜記本

例 手帳で予定を確認する。

譯 翻看隨身記事本確認行程。

27 ｜でんしレンジ【電子 range】

名 電子微波爐

例 電子レンジで温める。

譯 用微波爐加熱。

28 ｜トースター【toaster】

名 烤麵包機

例 トースターで焼く。

譯 以烤箱加熱。

29 ｜ドライヤー【dryer・drier】

名 乾燥機，吹風機

例 ドライヤーをかける。

譯 用吹風機吹。

30 ｜はさみ【鋏】

名 剪刀；剪票鉗

例 はさみで切る。

譯 用剪刀剪。

31 ｜ヒーター【heater】

名 電熱器，電爐；暖氣裝置

例 ヒーターをつける。

譯 裝暖氣。

32 ｜びんせん【便箋】

名 信紙，便箋

例 かわいい便箋をダウンロードする。

譯 下載可愛的信紙。

33 ｜ぶんぼうぐ【文房具】

名 文具，文房四寶

例 文房具屋さんでペンを買って来た。

譯 去文具店買了筆回來。

34 ｜まくら【枕】

名 枕頭

例 枕につく。

譯 就寢，睡覺。

35 ｜ミシン【sewingmachine 之略】

名 縫紉機

例 ミシンで着物を縫い上げる。

譯 用縫紉機縫好一件和服。

23-3 容器類 /
容器類

01 ｜さら【皿】

⑧ 盤子；盤形物；(助數詞)一碟等

例 料理を皿に盛る。

譯 把菜放到盤子裡。

02 ｜すいとう【水筒】

⑧ (旅行用)水筒，水壺

例 水筒に熱いコーヒを入れる。

譯 把熱咖啡倒入水壺。

03 ｜びん【瓶】

⑧ 瓶，瓶子

例 瓶を壊す。

譯 打破瓶子。

04 ｜メモリー・メモリ【memory】

⑧ 記憶，記憶力；懷念；紀念品；(電腦)記憶體

例 メモリーが不足している。

譯 記憶體空間不足。

05 ｜ロッカー【locker】

⑧ (公司、機關用可上鎖的)文件櫃；(公共場所用可上鎖的)置物櫃，置物箱，櫃子

例 ロッカーに入れる。

譯 放進置物櫃裡。

23-4 照明、光学機器、音響、情報機器 /
燈光照明、光學儀器、音響、信息器具

01 ｜ CD ドライブ【CD drive】

⑧ 光碟機

例 CDドライブが開かない。

譯 光碟機沒辦法打開。

02 ｜ DVD デッキ【DVD tape deck】

⑧ DVD 播放機

例 DVDデッキが壊れた。

譯 DVD播映機壞了。

03 ｜ DVD ドライブ【DVD drive】

⑧ (電腦用的)DVD 機

例 DVDドライブをパソコンにつなぐ。

譯 把DVD磁碟機接上電腦。

04 ｜うつる【写る】

⑪ 照相，映顯；顯像；(穿透某物)看到

例 私の隣に写っているのは兄です。

譯 照片中站在我隔壁的是哥哥。

05 ｜かいちゅうでんとう【懐中電灯】

⑧ 手電筒

例 懐中電灯が必要だ。

譯 需要手電筒。

06 ｜カセット【cassette】

⑧ 小暗盒；(盒式)錄音磁帶，錄音帶

例 カセットに入れる。

譯 錄進錄音帶。

07 | がめん【画面】

名 (繪畫的)畫面;照片,相片;(電影等)畫面,鏡頭

例 画面を見る。

譯 看畫面。

08 | キーボード【keyboard】

名 (鋼琴、打字機等)鍵盤

例 キーボードを弾く。

譯 彈鍵盤(樂器)。

09 | けいこうとう【蛍光灯】

名 螢光燈,日光燈

例 蛍光灯の調子が悪い。

譯 日光燈的壞了。

10 | けいたい【携帯】

名・他サ 攜帶;手機(「携帯電話(けいたいでんわ)」的簡稱)

例 携帯電話を持つ。

譯 攜帶手機。

11 | コピー【copy】

名 抄本,謄本,副本;(廣告等的)文稿

例 書類をコピーする。

譯 影印文件。

12 | つける【点ける】

他下一 點燃;打開(家電類)

例 クーラーをつける。

譯 開冷氣。

13 | テープ【tape】

名 窄帶,線帶,布帶;卷尺;錄音帶

例 テープに録音する。

譯 在錄音帶上錄音。

14 | ディスプレイ【display】

名 陳列,展覽,顯示;(電腦的)顯示器

例 ディスプレイをリサイクルに出す。

譯 把顯示器送去回收。

15 | ていでん【停電】

名・自サ 停電,停止供電

例 台風で停電した。

譯 因為颱風所以停電了。

16 | デジカメ【digital camera 之略】

名 數位相機(「デジタルカメラ」之略稱)

例 デジカメで撮った。

譯 用數位相機拍攝。

17 | デジタル【digital】

名 數位的,數字的,計量的

例 デジタル製品を使う。

譯 使用數位電子製品。

18 | でんきスタンド【電気 stand】

名 檯燈

例 電気スタンドを点ける。

譯 打開檯燈。

19 ｜でんきゅう【電球】

名 電燈泡

例 電球が切れた。

譯 電燈泡壞了。

---

20 ｜ハードディスク【hard disk】

名 （電腦）硬碟

例 ハードディスクが壊れた。

譯 硬碟壞了。

---

21 ｜ビデオ【video】

名 影像，錄影；錄影機；錄影帶

例 ビデオを再生する。

譯 播放錄影帶。

---

22 ｜ファックス【fax】

名・サ変 傳真

例 地図をファックスする。

譯 傳真地圖。

---

23 ｜プリンター【printer】

名 印表機；印相片機

例 プリンターのインクが切れた。

譯 印表機的油墨沒了。

---

24 ｜マウス【mouse】

名 滑鼠；老鼠

例 マウスを移動する。

譯 移動滑鼠。

---

25 ｜ライト【light】

名 燈，光

例 ライトを点ける。

譯 點燈。

---

26 ｜ろくおん【録音】

名・他サ 錄音

例 彼は録音のエンジニアだ。

譯 他是錄音工程師。

---

27 ｜ろくが【録画】

名・他サ 錄影

例 大河ドラマを録画した。

譯 錄下大河劇了。

24-1 仕事、職場 /
工作、職場

01 ｜オフィス【office】

名 辦公室，辦事處；公司；政府機關

例 課長はオフィスにいる。

譯 課長在辦公室。

02 ｜おめにかかる【お目に掛かる】

慣 （謙讓語）見面，拜會

例 社長にお目に掛かりたい。

譯 想拜會社長。

03 ｜かたづく【片付く】

自五 收拾，整理好；得到解決，處裡好；出嫁

例 仕事が片付く。

譯 做完工作。

04 ｜きゅうけい【休憩】

名・自サ 休息

例 休憩する暇もない。

譯 連休息的時間也沒有。

05 ｜こうかん【交換】

名・他サ 交換；交易

例 名刺を交換する。

譯 交換名片。

06 ｜ざんぎょう【残業】

名・自サ 加班

例 残業して仕事を片付ける。

譯 加班把工作做完。

07 ｜じしん【自信】

名 自信，自信心

例 自信を持つ。

譯 有自信。

08 ｜しつぎょう【失業】

名・自サ 失業

例 会社が倒産して失業した。

譯 公司倒閉而失業了。

09 ｜じつりょく【実力】

名 實力，實際能力

例 実力がつく。

譯 具有實力。

10 ｜じゅう【重】

名・漢造 （文）重大；穩重；重要

例 重要な仕事を任せられている。

譯 接下相當重要的工作。

11 ｜しゅうしょく【就職】

名・自サ 就職，就業，找到工作

例 日本語ができれば就職に有利だ。

譯 會日文對於求職將非常有利。

12 ｜じゅうよう【重要】

（名・形動）重要，要緊

例 重要な仕事をする。

譯 從事重要的工作。

13 ｜じょうし【上司】

（名）上司，上級

例 上司に確認する。

譯 跟上司確認。

14 ｜すます【済ます】

（他五・接尾）弄完，辦完；償還，還清；對付，將就，湊合；（接在其他動詞連用形下面）表示完全成為……

例 用事を済ました。

譯 辦完事情。

15 ｜すませる【済ませる】

（他五・接尾）弄完，辦完；償還，還清；將就，湊合

例 手続きを済ませた。

譯 辦完手續。

16 ｜せいこう【成功】

（名・自サ）成功，成就，勝利；功成名就，成功立業

例 仕事が成功した。

譯 工作大告成功。

17 ｜せきにん【責任】

（名）責任，職責

例 責任を持つ。

譯 負責任。

18 ｜たいしょく【退職】

（名・自サ）退職

例 退職してゆっくり生活したい。

譯 退休後想休閒地過生活。

19 ｜だいひょう【代表】

（名・他サ）代表

例 代表となる。

譯 作為代表。

20 ｜つうきん【通勤】

（名・自サ）通勤，上下班

例 マイカーで通勤する。

譯 開自己的車上班。

21 ｜はたらき【働き】

（名）勞動，工作；作用，功效；功勞，功績；功能，機能

例 妻が働きに出る。

譯 妻子外出工作。

22 ｜ふく【副】

（名・漢造）副本，抄件；副；附帶

例 副社長が挨拶する。

譯 副社長致詞。

23 ｜へんこう【変更】

（名・他サ）變更，更改，改變

例 計画を変更する。

譯 變更計畫。

24 ｜めいし【名刺】

（名）名片

例 名刺を交換する。
譯 交換名片。

25 ｜めいれい【命令】
(名・他サ) 命令，規定；（電腦）指令
例 命令を受ける。
譯 接受命令。

26 ｜めんせつ【面接】
(名・自サ)（為考察人品、能力而舉行的）面試，接見，會面
例 面接を受ける。
譯 接受面試。

27 ｜もどり【戻り】
(名) 恢復原狀；回家；歸途
例 部長、お戻りは何時ですか。
譯 部長，幾點回來呢？

28 ｜やくだつ【役立つ】
(自五) 有用，有益
例 実際に会社で役立つ。
譯 實際上對公司有益。

29 ｜やくだてる【役立てる】
(他下一)（供）使用，使…有用
例 何とか役立てたい。
譯 我很想幫上忙。

30 ｜やくにたてる【役に立てる】
(慣)（供）使用，使…有用
例 社会の役に立てる。
譯 對社會有貢獻。

31 ｜やめる【辞める】
(他下一) 辭職；休學
例 仕事を辞める。
譯 辭掉工作。

32 ｜ゆうり【有利】
(形動) 有利
例 免許があると仕事に有利です。
譯 持有證照對工作較有益處。

33 ｜れい【例】
(名・漢造) 慣例；先例；例子
例 前例がないなら、作ればいい。
譯 如果從來沒有人做過，就由我們來當開路先鋒。

34 ｜れいがい【例外】
(名) 例外
例 例外として扱う。
譯 特別待遇。

35 ｜レベル【level】
(名) 水平，水準；水平線；水平儀
例 社員のレベルが向上する。
譯 員工的水準提高。

36 ｜わりあて【割り当て】
(名) 分配，分擔
例 仕事の割り当てをする。
譯 分派工作。

24-2 職業、事業 (1) /
職業、事業 (1)

01 ｜アナウンサー【announcer】
名 廣播員，播報員
例 アナウンサーになる。
譯 成為播報員。

02 ｜いし【医師】
名 醫師，大夫
例 心の温かい医師になりたい。
譯 我想成為一個有人情味的醫生。

03 ｜ウェーター・ウェイター 【waiter】
名 （餐廳等的）侍者，男服務員
例 ウェーターを呼ぶ。
譯 叫服務生。

04 ｜ウェートレス・ウェイトレス 【waitress】
名 （餐廳等的）女侍者，女服務生
例 ウェートレスを募集する。
譯 招募女服務生。

05 ｜うんてんし【運転士】
名 司機；駕駛員，船員
例 運転士をしている。
譯 當司機。

06 ｜うんてんしゅ【運転手】
名 司機
例 タクシーの運転手が道に詳しい。
譯 計程車司機對道路很熟悉。

07 ｜えきいん【駅員】
名 車站工作人員，站務員
例 駅員に聞く。
譯 詢問站務員。

08 ｜エンジニア【engineer】
名 工程師，技師
例 エンジニアとして働きたい。
譯 想以工程師的身份工作。

09 ｜おんがくか【音楽家】
名 音樂家
例 音楽家になる。
譯 成為音樂家。

10 ｜かいごし【介護士】
名 專門照顧身心障礙者日常生活的專門技術人員
例 介護士の資格を取る。
譯 取得看護的資格。

11 ｜かいしゃいん【会社員】
名 公司職員
例 会社員になる。
譯 當公司職員。

12 ｜がか【画家】
名 畫家
例 画家になる。
譯 成為畫家。

13 ｜かしゅ【歌手】
名 歌手，歌唱家

例 <ruby>歌手<rt>か しゅ</rt></ruby>になりたい。
譯 我想當歌手。

14 ｜カメラマン【cameraman】

图 攝影師；（報社、雜誌等）攝影記者
例 アマチュアカメラマンが<ruby>増<rt>ふ</rt></ruby>える。
譯 增加許多業餘攝影師。

15 ｜かんごし【看護師】

图 護士，看護
例 <ruby>看護師<rt>かん ご し</rt></ruby>さんが<ruby>優<rt>やさ</rt></ruby>しい。
譯 護士人很和善貼心。

16 ｜きしゃ【記者】

图 執筆者，筆者；（新聞）記者，編輯
例 <ruby>記者<rt>き しゃ</rt></ruby>が<ruby>質問<rt>しつもん</rt></ruby>する。
譯 記者發問。

17 ｜きゃくしつじょうむいん【客室乗務員】

图 （車、飛機、輪船上）服務員
例 <ruby>客室乗務員<rt>きゃくしつじょう む いん</rt></ruby>になる。
譯 成為空服人員。

18 ｜ぎょう【業】

图・漢造 業，職業；事業；學業
例 <ruby>金融業<rt>きんゆうぎょう</rt></ruby>で<ruby>働<rt>はたら</rt></ruby>く。
譯 在金融業工作。

19 ｜きょういん【教員】

图 教師，教員
例 <ruby>教員<rt>きょういん</rt></ruby>になる。
譯 當上教職員。

20 ｜きょうし【教師】

图 教師，老師
例 <ruby>両親<rt>りょうしん</rt></ruby>とも<ruby>高校<rt>こうこう</rt></ruby>の<ruby>教師<rt>きょう し</rt></ruby>だ。
譯 我父母都是高中老師。

21 ｜ぎんこういん【銀行員】

图 銀行行員
例 <ruby>銀行員<rt>ぎんこういん</rt></ruby>になる。
譯 成為銀行行員。

22 ｜けいえい【経営】

图・他サ 經營，管理
例 <ruby>会社<rt>かいしゃ</rt></ruby>を<ruby>経営<rt>けいえい</rt></ruby>する。
譯 經營公司。

23 ｜けいさつかん【警察官】

图 警察官，警官
例 <ruby>警察官<rt>けいさつかん</rt></ruby>を<ruby>騙<rt>だま</rt></ruby>す。
譯 欺騙警官。

24 ｜けんちくか【建築家】

图 建築師
例 <ruby>有名<rt>ゆうめい</rt></ruby>な<ruby>建築家<rt>けんちく か</rt></ruby>が<ruby>建<rt>た</rt></ruby>てた。
譯 由名建築師建造。

25 ｜こういん【行員】

图 銀行職員
例 <ruby>銃<rt>じゅう</rt></ruby>を<ruby>銀行<rt>ぎんこう</rt></ruby>の<ruby>行員<rt>こういん</rt></ruby>に<ruby>向<rt>む</rt></ruby>けた。
譯 拿槍對準了銀行職員。

26 ｜さっか【作家】
名 作家，作者，文藝工作者；藝術家，藝術工作者
例 作家が小説を書いた。
譯 作家寫了小説。

27 ｜さっきょくか【作曲家】
名 作曲家
例 作曲家になる。
譯 成為作曲家。

28 ｜サラリーマン【salariedman】
名 薪水階級，職員
例 サラリーマンにはなりたくない。
譯 不想從事領薪工作。

29 ｜じえいぎょう【自営業】
名 獨立經營，獨資
例 自営業で商売する。
譯 獨資經商。

30 ｜しゃしょう【車掌】
名 車掌，列車員
例 車掌が特急券の確認をする。
譯 乘務員來查特快票。

24-2 職業、事業 (2) ／
職業、事業 (2)

31 ｜じゅんさ【巡査】
名 巡警
例 巡査に捕まえられた。
譯 被警察逮捕。

32 ｜じょゆう【女優】
名 女演員
例 将来は女優になる。
譯 將來成為女演員。

33 ｜スポーツせんしゅ【sports 選手】
名 運動選手
例 スポーツ選手になりたい。
譯 想成為了運動選手。

34 ｜せいじか【政治家】
名 政治家（多半指議員）
例 どの政治家を応援しますか。
譯 你聲援哪位政治家呢？

35 ｜だいく【大工】
名 木匠，木工
例 大工を頼む。
譯 雇用木匠。

36 ｜ダンサー【dancer】
名 舞者；舞女；舞蹈家
例 夢はダンサーになることだ。
譯 夢想是成為一位舞者。

37 ｜ちょうりし【調理師】
名 烹調師，廚師
例 調理師の免許を持つ。
譯 具有廚師執照。

38 ｜つうやく【通訳】
名・他サ 口頭翻譯，口譯；翻譯者，譯員
例 彼は通訳をしている。
譯 他在擔任口譯。

39 ｜デザイナー【designer】

名（服装、建築等）設計師，圖案家

例 デザイナーになる。

譯 成為設計師。

40 ｜のうか【農家】

名 農民，農戶；農民的家

例 農家で育つ。
(のうか　そだ)

譯 生長在農家。

41 ｜パート【part time 之略】

名（按時計酬）打零工

例 パートに出る。
(で)

譯 出外打零工。

42 ｜はいゆう【俳優】

名（男）演員

例 夢は映画俳優になることだ。
(ゆめ　えいが　はいゆう)

譯 我的夢想是當一位電影演員。

43 ｜パイロット【pilot】

名 領航員；飛行駕駛員；實驗性的

例 パイロットから説明を受ける。
(せつめい　う)

譯 接受飛行員的説明。

44 ｜ピアニスト【pianist】

名 鋼琴師，鋼琴家

例 ピアニストの方が演奏している。
(かた　えんそう)

譯 鋼琴家正在演奏。

45 ｜ひきうける【引き受ける】

他下一 承擔，負責；照應，照料；應付；
對付；繼承

例 事業を引き受ける。
(じぎょう　ひ　う)

譯 繼承事業。

46 ｜びようし【美容師】

名 美容師

例 人気の美容師を紹介する。
(にんき　びようし　しょうかい)

譯 介紹極受歡迎的美髮設計師。

47 ｜フライトアテンダント【flight attendant】

名 空服員

例 フライトアテンダントになりたい。

譯 我想當空服員。

48 ｜プロ【professional 之略】

名 職業選手，專家

例 プロになる。

譯 成為專家。

49 ｜べんごし【弁護士】

名 律師

例 将来は弁護士になりたい。
(しょうらい　べんごし)

譯 將來想成為律師。

50 ｜ほいくし【保育士】

名 保育士

例 保育士の資格を取る。
(ほいくし　しかく　と)

譯 取得幼教老師資格。

51 ｜ミュージシャン【musician】

名 音樂家

例 ミュージシャンになった。

譯 成為音樂家了。

52 ｜ゆうびんきょくいん【郵便局員】

名 郵局局員

例 郵便局員として働く。

譯 從事郵差先生的工作。

53 ｜りょうし【漁師】

名 漁夫，漁民

例 漁師の仕事はきつい。

譯 漁夫的工作很累人。

24-3 家事 /
家務

01 ｜かたづけ【片付け】

名 整理，整頓，收拾

例 部屋の片付けをする。

譯 整理房間。

02 ｜かたづける【片付ける】

他下一 收拾，打掃；解決

例 母が台所を片付ける。

譯 母親在打掃廚房。

03 ｜かわかす【乾かす】

他五 曬乾；晾乾；烤乾

例 洗濯物を乾かす。

譯 曬衣服。

04 ｜さいほう【裁縫】

名・自サ 裁縫，縫紉

例 裁縫を習う。

譯 學習縫紉。

05 ｜せいり【整理】

名・他サ 整理，收拾，整頓；清理，處理；捨棄，淘汰，裁減

例 部屋を整理する。

譯 整理房間。

06 ｜たたむ【畳む】

他五 疊，折；關，闔上；關閉，結束；藏在心裡

例 布団を畳む。

譯 折棉被。

07 ｜つめる【詰める】

他下一・自下一 守候，值勤；不停的工作，緊張；塞進，裝入；緊挨著，緊靠著

例 ごみを袋に詰める。

譯 將垃圾裝進袋中。

08 ｜ぬう【縫う】

他五 縫，縫補；刺繡；穿過，穿行；(醫)縫合(傷口)

例 服を縫った。

譯 縫衣服。

09 ｜ふく【拭く】

他五 擦，抹

例 雑巾で拭く。

譯 用抹布擦拭。

パート 25 第二十五章 生産、産業

- 生産、産業 -

01 ｜ かんせい【完成】

N3 ● 25

(名·自他サ) 完成

例 正月に完成の予定だ。

譯 預定正月完成。

02 ｜ こうじ【工事】

(名·自サ) 工程，工事

例 内装工事がうるさい。

譯 室內裝修工程很吵。

03 ｜ さん【産】

(名·漢造) 生産，分娩；(某地方)出生；財産

例 日本産の車は質がいい。

譯 日產汽車品質良好。

04 ｜ サンプル【sample】

(名·他サ) 様品，様本

例 サンプルを見て作る。

譯 依照樣品來製作。

05 ｜ しょう【商】

(名·漢造) 商，商業；商人；(數)商；商量

例 この店の商品はプロ向けだ。

譯 這家店的商品適合專業人士使用。

06 ｜ しんぽ【進歩】

(名·自サ) 進歩

例 技術が進歩する。

譯 技術進步。

07 ｜ せいさん【生産】

(名·他サ) 生産，製造，創作(藝術品等)；生業，生計

例 米を生産する。

譯 生產米。

08 ｜ たつ【建つ】

(自五) 蓋，建

例 新しい家が建つ。

譯 蓋新房。

09 ｜ たてる【建てる】

(他下一) 建造，蓋

例 家を建てる。

譯 蓋房子。

10 ｜ のうぎょう【農業】

(名) 農耕；農業

例 日本の農業は進んでいる。

譯 日本的農業有長足的進步。

11 ｜ まざる【交ざる】

(自五) 混雑，交雑，夾雑

例 不良品が交ざっている。

譯 摻進了不良品。

12 ｜ まざる【混ざる】

(自五) 混雑，夾雑

例 米に砂が混ざっている。

譯 米裡面夾帶著沙。

26-1 取り引き /
交易

01 ｜かいすうけん【回数券】

⊛（車票等的）回數票

例 回数券を買う。

譯 買回數票。

02 ｜かえる【代える・換える・替える】

他下一 代替，代理；改變，變更，變換

例 円をドルに替える。

譯 圓換美金。

03 ｜けいやく【契約】

名・自他サ 契約，合同

例 契約を結ぶ。

譯 立合同。

04 ｜じどう【自動】

⊛ 自動（不單獨使用）

例 自動販売機で野菜を買う。

譯 在自動販賣機購買蔬菜。

05 ｜しょうひん【商品】

⊛ 商品，貨品

例 商品が揃う。

譯 商品齊備。

06 ｜セット【set】

名・他サ 一組，一套；舞台裝置，布景；（網球等）盤，局；組裝，裝配；梳整頭髮

例 ワンセットで売る。

譯 整組來賣。

07 ｜ヒット【hit】

名・自サ 大受歡迎，最暢銷；（棒球）安打

例 今度の商品はヒットした。

譯 這回的產品取得了大成功。

08 ｜ブランド【brand】

⊛（商品的）牌子；商標

例 ブランドのバックが揃う。

譯 名牌包包應有盡有。

09 ｜プリペイドカード【prepaid card】

⊛ 預先付款的卡片（電話卡、影印卡等）

例 使い捨てのプリペイドカードを買った。

譯 購買用完就丟的預付卡。

10 ｜むすぶ【結ぶ】

他五・自五 連結，繫結；締結關係，結合，結盟；（嘴）閉緊，（手）握緊

例 契約を結ぶ。

譯 簽合約。

11 ｜りょうがえ【両替】

(名・他サ) 兌換，換錢，兌幣

例 円とドルの両替をする。

譯 以日圓兌換美金。

12 ｜レシート【receipt】

(名) 收據；發票

例 レシートをもらう。

譯 拿收據。

13 ｜わりこむ【割り込む】

(自五) 擠進，插隊；闖進；插嘴

例 横から急に列に割り込んできた。

譯 突然從旁邊擠進隊伍來。

N3 ● 26-2

26-2 価格、収支、貸借 /
價格、收支、借貸

01 ｜かえる【返る】

(自五) 復原；返回；回應

例 貸したお金が返る。

譯 收回借出去的錢。

02 ｜かし【貸し】

(名) 借出，貸款；貸方；給別人的恩惠

例 貸しがある。

譯 有借出的錢。

03 ｜かしちん【貸し賃】

(名) 租金，賃費

例 貸し賃が高い。

譯 租金昂貴。

04 ｜かり【借り】

(名) 借，借入；借的東西；欠人情；怨恨，仇恨

例 借りを返す。

譯 還人情。

05 ｜きゅうりょう【給料】

(名) 工資，薪水

例 給料が上がる。

譯 提高工資。

06 ｜さがる【下がる】

(自五) 後退；下降

例 給料が下がる。

譯 降低薪水。

07 ｜ししゅつ【支出】

(名・他サ) 開支，支出

例 支出を抑える。

譯 減少支出。

08 ｜じょ【助】

(漢造) 幫助；協助

例 お金を援助する。

譯 出錢幫助。

09 ｜せいさん【清算】

(名・他サ) 結算，清算；清理財產；結束，了結

例 溜まった家賃を清算した。

譯 還清了積欠的房租。

10 │ ただ

(名・副) 免費，不要錢；普通，平凡；只有，只是(促音化為「たった」)

例 ただで参加できる。

譯 能夠免費參加。

---

11 │ とく【得】

(名・形動) 利益；便宜

例 まとめて買うと得だ。

譯 一次買更划算。

---

12 │ ねあがり【値上がり】

(名・自サ) 價格上漲，漲價

例 土地の値上がりが始まっている。

譯 地價開始高漲了。

---

13 │ ねあげ【値上げ】

(名・他サ) 提高價格，漲價

例 来月から入場料が値上げになる。

譯 下個月開始入場費將漲價。

---

14 │ ぶっか【物価】

(名) 物價

例 物価が上がった。

譯 物價上漲。

---

15 │ ボーナス【bonus】

(名) 特別紅利，花紅；獎金，額外津貼，紅利

例 ボーナスが出る。

譯 發獎金。

26-3 消費、費用 (1) /
消費、費用(1)

01 │ いりょうひ【衣料費】

(名) 服裝費

例 子供の衣料費は私が出す。

譯 我支付小孩的服裝費。

---

02 │ いりょうひ【医療費】

(名) 治療費，醫療費

例 医療費を払う。

譯 支付醫療費。

---

03 │ うんちん【運賃】

(名) 票價；運費

例 運賃を払う。

譯 付運費。

---

04 │ おごる【奢る】

(自五・他五) 奢侈，過於講究；請客，作東

例 友人に昼飯を奢る。

譯 請朋友吃中飯。

---

05 │ おさめる【納める】

(他下一) 交，繳納

例 授業料を納める。

譯 繳納學費。

---

06 │ がくひ【学費】

(名) 學費

例 アルバイトで学費をためる。

譯 打工存學費。

07 ｜がすりょうきん【ガス料金】

名 瓦斯費

例 ガス料金を払う。

譯 付瓦斯費。

---

08 ｜くすりだい【薬代】

名 藥費

例 薬代が高い。

譯 醫療費昂貴。

---

09 ｜こうさいひ【交際費】

名 應酬費用

例 交際費を増やす。

譯 增加應酬費用。

---

10 ｜こうつうひ【交通費】

名 交通費，車馬費

例 交通費を計算する。

譯 計算交通費。

---

11 ｜こうねつひ【光熱費】

名 電費和瓦斯費等

例 光熱費を払う。

譯 繳水電費。

---

12 ｜じゅうきょひ【住居費】

名 住宅費，居住費

例 住居費が高い。

譯 住宿費用很高。

---

13 ｜しゅうりだい【修理代】

名 修理費

例 修理代を支払う。

譯 支付修理費。

---

14 ｜じゅぎょうりょう【授業料】

名 學費

例 授業料が高い。

譯 授課費用很高。

---

15 ｜しようりょう【使用料】

名 使用費

例 会場の使用料を支払う。

譯 支付場地租用費。

---

16 ｜しょくじだい【食事代】

名 餐費，飯錢

例 母が食事代をくれた。

譯 媽媽給了我飯錢。

---

17 ｜しょくひ【食費】

名 伙食費，飯錢

例 食費を節約する。

譯 節省伙食費。

---

18 ｜すいどうだい【水道代】

名 自來水費

例 水道代をカードで払う。

譯 用信用卡支付水費。

---

19 ｜すいどうりょうきん【水道料金】

名 自來水費

例 コンビニで水道料金を払う。

譯 在超商支付自來水費。

20 | せいかつひ【生活費】

名 生活費

例 息子に生活費を送る。

訳 寄生活費給兒子。

26-3 消費、費用 (2) /
消費、費用 (2)

21 | ぜいきん【税金】

名 税金，税款

例 税金を納める。

訳 繳納税金。

22 | そうりょう【送料】

名 郵費，運費

例 送料を払う。

訳 付郵資。

23 | タクシーだい【taxi 代】

名 計程車費

例 タクシー代が上がる。

訳 計程車的車資漲價。

24 | タクシーりょうきん【taxi 料金】

名 計程車費

例 タクシー料金が値上げになる。

訳 計程車的費用要漲價。

25 | チケットだい【ticket 代】

名 票錢

例 チケット代を払う。

訳 付買票的費用。

26 | ちりょうだい【治療代】

名 治療費，診察費

例 歯の治療代が高い。

訳 治療牙齒的費用很昂貴。

27 | てすうりょう【手数料】

名 手續費；回扣

例 手数料がかかる。

訳 要付手續費。

28 | でんきだい【電気代】

名 電費

例 電気代が高い。

訳 電費很貴。

29 | でんきりょうきん【電気料金】

名 電費

例 電気料金が値上がりする。

訳 電費上漲。

30 | でんしゃだい【電車代】

名 (坐)電車費用

例 電車代が安くなる。

訳 電車費更加便宜。

31 | でんしゃちん【電車賃】

名 (坐)電車費用

例 電車賃は 250 円だ。

訳 電車費是二百五十圓。

32 | でんわだい【電話代】

名 電話費

例 夜 11 時以後は電話代が安くなる。
譯 夜間十一點以後的電話費率比較便宜。

33 ｜にゅうじょうりょう【入場料】

名 入場費，進場費
例 入場料が高い。
譯 門票很貴呀。

34 ｜バスだい【bus 代】

名 公車(乘坐)費
例 バス代を払う。
譯 付公車費。

35 ｜バスりょうきん【bus 料金】

名 公車(乘坐)費
例 大阪までのバス料金は安い。
譯 搭到大阪的公車費用很便宜。

36 ｜ひ【費】

漢造 消費，花費；費用
例 大学の学費は親が出してくれる。
譯 大學的學費是父母幫我支付的。

37 ｜へやだい【部屋代】

名 房租；旅館住宿費
例 部屋代を払う。
譯 支付房租。

38 ｜ほんだい【本代】

名 買書錢
例 本代がかなりかかる。
譯 買書的花費不少。

39 ｜やちん【家賃】

名 房租
例 家賃が高い。
譯 房租貴。

40 ｜ゆうそうりょう【郵送料】

名 郵費
例 郵送料が高い。
譯 郵資貴。

41 ｜ようふくだい【洋服代】

名 服裝費
例 子供たちの洋服代がかからない。
譯 小孩們的衣物費用所費不多。

42 ｜りょう【料】

接尾 費用，代價
例 入場料は 2 倍に値上がる。
譯 入場費漲了兩倍。

43 ｜レンタルりょう【rental 料】

名 租金
例 ウエディングドレスのレンタル料は
10 万だ。
譯 結婚禮服的租借費是十萬。

N3 ● 26-4

26-4 財産、金銭 /
財產、金錢

01 ｜あずかる【預かる】

他五 收存，(代人)保管；擔任，管理，
負責處理；保留，暫不公開
例 お金を預かる。
譯 保管錢。

02 | あずける【預ける】

(他下一) 寄放，存放；委託，託付

例 銀行にお金を預ける。

譯 把錢存放進銀行裡。

03 | かね【金】

(名) 金屬；錢，金錢

例 金がかかる。

譯 花錢。

04 | こぜに【小銭】

(名) 零錢；零用錢；少量資金

例 1000円札を小銭に替える。

譯 將千元鈔兌換成硬幣。

05 | しょうきん【賞金】

(名) 賞金；獎金

06 | せつやく【節約】

(名・他サ) 節約，節省

例 交際費を節約する。

譯 節省應酬費用。

07 | ためる【溜める】

(他下一) 積，存，蓄；積壓，停滯

例 お金を溜める。

譯 存錢。

08 | ちょきん【貯金】

(名・自他サ) 存款，儲蓄

例 毎月決まった額を貯金する。

譯 每個月定額存錢。

例 賞金を手に入れた。

譯 獲得賞金。

Memo

27-1 政治、行政、国際 /
政治、行政、國際

01 ｜けんちょう【県庁】
(名) 縣政府
例 県庁を訪問する。
譯 訪問縣政府。

02 ｜こく【国】
(漢造) 國；政府；國際，國有
例 国民の怒りが高まる。
譯 人們的怒氣日益高漲。

03 ｜こくさいてき【国際的】
(形動) 國際的
例 国際的な会議に参加する。
譯 參加國際會議。

04 ｜こくせき【国籍】
(名) 國籍
例 国籍を変更する。
譯 變更國籍。

05 ｜しょう【省】
(名・漢造) 省掉；(日本內閣的)省，部
例 新しい省をつくる。
譯 建立新省。

06 ｜せんきょ【選挙】
(名・他サ) 選舉，推選
例 議長を選挙する。
譯 選出議長。

07 ｜ちょう【町】
(名・漢造) (市街區劃單位)街，巷；鎮，街
例 町長に選出された。
譯 當上了鎮長。

08 ｜ちょう【庁】
(漢造) 官署；行政機關的外局
例 官庁に勤める。
譯 在政府機關工作。

09 ｜どうちょう【道庁】
(名) 北海道的地方政府(「北海道庁」之略稱)
例 道庁は札幌市にある。
譯 北海道道廳(地方政府)位於札幌市。

10 ｜とちょう【都庁】
(名) 東京都政府(「東京都庁」之略稱)
例 新宿都庁が目の前だ。
譯 新宿都政府就在眼前。

11 ｜パスポート【passport】

⑧ 護照；身分證

例 パスポートを出す。

譯 取出護照。

12 ｜ふちょう【府庁】

⑧ 府辦公室

例 府庁に招かれる。

譯 受府辦公室的招待。

13 ｜みんかん【民間】

⑧ 民間；民營，私營

例 皇室から民間人になる。

譯 從皇室成為民間老百姓。

14 ｜みんしゅ【民主】

⑧ 民主，民主主義

例 民主主義を壊す。

譯 破壞民主主義。

27-2 軍事 /
軍事

01 ｜せん【戦】

漢造 戰爭；決勝負，體育比賽；發抖

例 博物館で昔の戦車を見る。

譯 在博物館參觀以前的戰車。

02 ｜たおす【倒す】

他五 倒，放倒，推倒，翻倒；推翻，打倒；
毀壞，拆毀；打敗，擊敗；殺死，擊斃；
賴帳，不還債

例 敵を倒す。

譯 打倒敵人。

03 ｜だん【弾】

漢造 砲彈

例 弾丸のように速い。

譯 如彈丸一般地快。

04 ｜へいたい【兵隊】

⑧ 士兵，軍人；軍隊

例 兵隊に行く。

譯 去當兵。

05 ｜へいわ【平和】

名・形動 和平，和睦

例 平和に暮らす。

譯 過和平的生活。

パート 28 第二十八章 法律、規則、犯罪
- 法律、規則、犯罪 -

01 ｜おこる【起こる】　　N3 ● 28
(自五) 發生，鬧；興起，興盛；(火)著旺
例 事件が起こる。
譯 發生事件。

02 ｜きまり【決まり】
(名) 規定，規則；習慣，常規，慣例；終結；收拾整頓
例 決まりを守る。
譯 遵守規則。

03 ｜きんえん【禁煙】
(名・自サ) 禁止吸菸；禁菸，戒菸
例 車内は禁煙だ。
譯 車內禁止抽煙。

04 ｜きんし【禁止】
(名・他サ) 禁止
例 「ながらスマホ」は禁止だ。
譯 「走路時玩手機」是禁止的。

05 ｜ころす【殺す】
(他五) 殺死，致死；抑制，忍住，消除；埋沒；浪費，犧牲，典當；殺，(棒球)使出局
例 人を殺す。
譯 殺人。

06 ｜じけん【事件】
(名) 事件，案件
例 事件が起きる。
譯 發生案件。

07 ｜じょうけん【条件】
(名) 條件；條文，條款

例 条件を決める。
譯 決定條件。

08 ｜しょうめい【証明】
(名・他サ) 證明
例 資格を証明する。
譯 證明資格。

09 ｜つかまる【捕まる】
(自五) 抓住，被捉住，逮捕；抓緊，揪住
例 警察に捕まった。
譯 被警察抓到了。

10 ｜にせ【偽】
(名) 假，假冒；贗品
例 偽の1万円札が見つかった。
譯 找到萬圓偽鈔。

11 ｜はんにん【犯人】
(名) 犯人
例 犯人を探す。
譯 尋找犯人。

12 ｜プライバシー【privacy】
(名) 私生活，個人私密
例 プライバシーを守る。
譯 保護隱私。

13 ｜ルール【rule】
(名) 規章，章程；尺，界尺
例 交通ルールを守る。
譯 遵守交通規則。

パート 29 第二十九章 心理、感情
- 心理、感情 -

29-1 心 (1) /
心、內心 (1)

01 ｜あきる【飽きる】
（自上一）夠，滿足；厭煩，煩膩
例 飽きることを知らない。
譯 貪得無厭。

02 ｜いつのまにか【何時の間にか】
（副）不知不覺地，不知什麼時候
例 いつの間にか春が来た。
譯 不知不覺春天來了。

03 ｜いんしょう【印象】
（名）印象
例 印象が薄い。
譯 印象不深。

04 ｜うむ【生む】
（他五）產生，產出
例 誤解を生む。
譯 產生誤解。

05 ｜うらやましい【羨ましい】
（形）羨慕，令人嫉妒，眼紅
例 あなたがうらやましい。
譯 （我）羨慕你。

06 ｜えいきょう【影響】
（名・自サ）影響
例 影響が大きい。
譯 影響很大。

07 ｜おもい【思い】
（名）(文)思想，思考；感覺，情感；想念，思念；願望，心願
例 思いにふける。
譯 沈浸在思考中。

08 ｜おもいで【思い出】
（名）回憶，追憶，追懷；紀念
例 思い出になる。
譯 成為回憶。

09 ｜おもいやる【思いやる】
（他五）體諒，表同情；想像，推測
例 不幸な人を思いやる。
譯 同情不幸的人。

10 ｜かまう【構う】
（自他五）介意，顧忌，理睬；照顧，招待；調戲，逗弄；放逐
例 叩かれても構わない。
譯 被攻擊也無所謂。

11 ｜かん【感】

(名・漢造) 感覺，感動；感

例 責任感が強い。

譯 有很強的責任感。

12 ｜かんじる・かんずる【感じる・感ずる】

(自他上一) 感覺，感到；感動，感觸，有所感

例 痛みを感じる。

譯 感到疼痛。

13 ｜かんしん【感心】

(名・形動・自サ) 欽佩；贊成；(貶)令人吃驚

例 皆さんの努力に感心した。

譯 大家的努力令人欽佩。

14 ｜かんどう【感動】

(名・自サ) 感動，感激

例 感動を受ける。

譯 深受感動。

15 ｜きんちょう【緊張】

(名・自サ) 緊張

例 緊張が解けた。

譯 緊張舒緩了。

16 ｜くやしい【悔しい】

(形) 令人懊悔的

例 悔しい思いをする。

譯 覺得遺憾不甘。

17 ｜こうふく【幸福】

(名・形動) 沒有憂慮，非常滿足的狀態

例 幸福な人生を送る。

譯 過著幸福的生活。

18 ｜しあわせ【幸せ】

(名・形動) 運氣，機運；幸福，幸運

例 幸せになる。

譯 變得幸福、走運。

19 ｜しゅうきょう【宗教】

(名) 宗教

例 宗教を信じる。

譯 信仰宗教。

20 ｜すごい【凄い】

(形) 非常(好)；厲害；好的令人吃驚；可怕，嚇人

例 すごい嵐になった。

譯 轉變成猛烈的暴風雨了。

N3 ● 29-1(2)

29-1 心 (2) /
心、內心(2)

21 ｜そぼく【素朴】

(名・形動) 樸素，純樸，質樸；(思想)純樸

例 素朴な考え方が生まれる。

譯 單純的想法孕育而生。

22 ｜そんけい【尊敬】

(名・他サ) 尊敬

例 両親を尊敬する。

譯 尊敬雙親。

23 ｜たいくつ【退屈】

(名・自サ・形動) 無聊，鬱悶，寂，厭倦

例 退屈な日々が続く。

譯 無聊的生活不斷持續著。

24 ｜のんびり

(副・自サ) 舒適，逍遙，悠然自得

例 のんびり暮らす。

譯 悠閒度日。

25 ｜ひみつ【秘密】

(名・形動) 秘密，機密

例 これは二人だけの秘密だよ。

譯 這是屬於我們兩個人的秘密喔。

26 ｜ふこう【不幸】

(名) 不幸，倒楣；死亡，喪事

例 不幸を招く。

譯 招致不幸。

27 ｜ふしぎ【不思議】

(名・形動) 奇怪，難以想像，不可思議

例 不思議なことを起こす。

譯 發生不可思議的事。

28 ｜ふじゆう【不自由】

(名・形動・自サ) 不自由，不如意，不充裕；(手腳)不聽使喚；不方便

例 金に不自由しない。

譯 不缺錢。

29 ｜へいき【平気】

(名・形動) 鎮定，冷靜；不在乎，不介意，無動於衷

例 平気な顔をする。

譯 一副冷靜的表情。

30 ｜ほっと

(副・自サ) 嘆氣貌；放心貌

例 ほっと息をつく。

譯 鬆了一口氣。

31 ｜まさか

(副) (後接否定語氣)絕不…，總不會…，難道；萬一，一旦

例 まさかの時に備える。

譯 以備萬一。

32 ｜まんぞく【満足】

(名・自他サ・形動) 滿足，令人滿意的，心滿意足；滿足，符合要求；完全，圓滿

例 満足に暮らす。

譯 美滿地過日子。

33 ｜むだ【無駄】

(名・形動) 徒勞，無益；浪費，白費

例 無駄な努力はない。

譯 沒有白費力氣的。

34 ｜もったいない

(形) 可惜的，浪費的；過份的，惶恐的，不敢當

例 もったいないことをした。

譯 真是浪費。

35 ｜ゆたか【豊か】

(形動) 豊富，寬裕；豐盈；十足，足夠

例 豊かな生活を送る。

譯 過著富裕的生活。

36 ｜ゆめ【夢】

(名) 夢；夢想

例 甘い夢を見続けている。

譯 持續做著美夢。

37 ｜よい【良い】

(形) 好的，出色的；漂亮的；(同意)可以

例 良い友に恵まれる。

譯 遇到益友。

38 ｜らく【楽】

(名・形動・漢造) 快樂，安樂，快活；輕鬆，簡單；富足，充裕

例 楽に暮らす。

譯 輕鬆地過日子。

N3 ● 29-2

29-2 意志 /
意志

01 ｜あたえる【与える】

(他下一) 給與，供給；授與；使蒙受；分配

例 機会を与える。

譯 給予機會。

02 ｜がまん【我慢】

(名・他サ) 忍耐，克制，將就，原諒；(佛)饒恕

例 我慢ができない。

譯 不能忍受。

03 ｜がまんづよい【我慢強い】

(形) 忍耐性強，有忍耐力

例 本当にがまん強い。

譯 有耐性。

04 ｜きぼう【希望】

(名・他サ) 希望，期望，願望

例 どんな時も希望を持つ。

譯 懷抱希望。

05 ｜きょうちょう【強調】

(名・他サ) 強調；權力主張；(行情)看漲

例 特に強調する。

譯 特別強調。

06 ｜くせ【癖】

(名) 癖好，脾氣，習慣；(衣服的)摺線；頭髮亂翹

例 癖がつく。

譯 養成習慣。

07 ｜さける【避ける】

(他下一) 躲避，避開，逃避；避免，忌諱

例 問題を避ける。

譯 迴避問題。

08 ｜さす【刺す】

(他五) 刺，穿，扎；螫，咬，釘；縫綴，衲；捉住，黏捕

例 包丁で刺す。

譯 以菜刀刺入。

09 | さんか【参加】

(名・自サ) 参加，加入

例 参加を申し込む。

譯 報名參加。

10 | じっこう【実行】

(名・他サ) 實行，落實，施行

例 実行に移す。

譯 付諸實行。

11 | じっと

(副・自サ) 保持穩定，一動不動；凝神，聚精會神；一聲不響地忍住；無所做為，呆住

例 相手の顔をじっと見る。

譯 凝神注視對方的臉。

12 | じまん【自慢】

(名・他サ) 自滿，自誇，自大，驕傲

例 成績を自慢する。

譯 以成績為傲。

13 | しんじる・しんずる【信じる・信ずる】

(他上一) 信，相信；確信，深信；信賴，可靠；信仰

例 あなたを信じる。

譯 信任你。

14 | しんせい【申請】

(名・他サ) 申請，聲請

例 facebook で友達申請が来た。

譯 有人向我的臉書傳送了交友邀請。

15 | すすめる【薦める】

(他下一) 勸告，勸告，勸誘；勸，敬（煙、酒、茶、座等）

例 A大学を薦める。

譯 推薦A大學。

16 | すすめる【勧める】

(他下一) 勸告，勸誘；勸，進（煙茶酒等）

例 入会を勧める。

譯 勸説加入會員。

17 | だます【騙す】

(副) 騙，欺騙，誆騙，矇騙；哄

例 人を騙す。

譯 騙人。

18 | ちょうせん【挑戦】

(名・自サ) 挑戰

例 世界記録に挑戦する。

譯 挑戰世界紀錄。

19 | つづける【続ける】

(接尾) （接在動詞連用形後，複合語用法）繼續…，不斷地…

例 テニスを練習し続ける。

譯 不斷地練習打網球。

20 | どうしても

(副) （後接否定）怎麼也，無論怎樣也；務必，一定，無論如何也要

例 どうしても行きたい。

譯 無論如何我都要去。

21 ｜なおす【直す】

接尾 （前接動詞連用形）重做…

例 もう１度人生をやり直す。

譯 人生再次從零出發。

22 ｜ふちゅうい(な)【不注意(な)】

形動 不注意，疏忽，大意

例 不注意な発言が多すぎる。

譯 失言之處過多。

23 ｜まかせる【任せる】

他下一 委託，託付；聽任，隨意；盡力，盡量

例 運を天に任せる。

譯 聽天由命。

24 ｜まもる【守る】

他五 保衛，守護；遵守，保守；保持(忠貞)；（文）凝視

例 秘密を守る。

譯 保密。

25 ｜もうしこむ【申し込む】

他五 提議，提出；申請；報名；訂購；預約

例 結婚を申し込む。

譯 求婚。

26 ｜もくてき【目的】

名 目的，目標

例 目的を達成する。

譯 達到目的。

27 ｜ゆうき【勇気】

形動 勇敢

例 勇気を出す。

譯 提起勇氣。

28 ｜ゆずる【譲る】

他五 讓給，轉讓；謙讓，讓步；出讓，賣給；改日，延期

例 道を譲る。

譯 讓路。

N3 29-3

29-3 好き、嫌い /
喜歡、討厭

01 ｜あい【愛】

名・漢造 愛，愛情；友情，恩情；愛好，熱愛；喜愛；喜歡；愛惜

例 親の愛が伝わる。

譯 感受到父母的愛。

02 ｜あら【粗】

名 缺點，毛病

例 粗を探す。

譯 雞蛋裡挑骨頭。

03 ｜にんき【人気】

名 人緣，人望

例 あのタレントは人気がある。

譯 那位藝人很受歡迎。

04 ｜ねっちゅう【熱中】

名・自サ 熱中，專心；酷愛，著迷於

例 ゲームに熱中する。

譯 沈迷於電玩。

05 ｜ふまん【不満】

(名・形動) 不滿足，不滿，不平

例 不満をいだく。

譯 心懷不滿。

---

06 ｜むちゅう【夢中】

(名・形動) 夢中，在睡夢裡；不顧一切，熱中，沉醉，著迷

例 夢中になる。

譯 入迷。

---

07 ｜めいわく【迷惑】

(名・自サ) 麻煩，煩擾；為難，困窘；討厭，妨礙，打擾

例 迷惑をかける。

譯 添麻煩。

---

08 ｜めんどう【面倒】

(名・形動) 麻煩，費事；繁瑣，棘手；照顧，照料

例 面倒を見る。

譯 照料。

---

09 ｜りゅうこう【流行】

(名・自サ) 流行，時髦，時興；蔓延

例 去年はグレーが流行した。

譯 去年是流行灰色。

---

10 ｜れんあい【恋愛】

(名・自サ) 戀愛

例 恋愛に陥った。

譯 墜入愛河。

---

01 ｜こうふん【興奮】

(名・自サ) 興奮，激昂；情緒不穩定

例 興奮して眠れなかった。

譯 激動得睡不著覺。

---

02 ｜さけぶ【叫ぶ】

(自五) 喊叫，呼叫，大聲叫；呼喊，呼籲

例 急に叫ぶ。

譯 突然大叫。

---

03 ｜たかまる【高まる】

(自五) 高漲，提高，增長；興奮

例 気分が高まる。

譯 情緒高漲。

---

04 ｜たのしみ【楽しみ】

(名) 期待，快樂

例 楽しみにしている。

譯 很期待。

---

05 ｜ゆかい【愉快】

(名・形動) 愉快，暢快；令人愉快，討人喜歡；令人意想不到

例 愉快に楽しめる。

譯 愉快的享受。

---

06 ｜よろこび【喜び・慶び】

(名) 高興，歡喜，喜悅；喜事，喜慶事；道喜，賀喜

例 慶びの言葉を述べる。

譯 致賀詞。

07 ｜わらい【笑い】

名 笑；笑聲；嘲笑，譏笑，冷笑

例 お腹が痛くなるほど笑った。

譯 笑得肚子都痛了。

29-5 悲しみ、苦しみ／
悲傷、痛苦

01 ｜かなしみ【悲しみ】

名 悲哀，悲傷，憂愁，悲痛

例 悲しみを感じる。

譯 感到悲痛。

02 ｜くるしい【苦しい】

形 艱苦；困難；難過；勉強

例 生活が苦しい。

譯 生活很艱苦。

03 ｜ストレス【stress】

名 （語）重音；（理）壓力；（精神）緊張狀態

例 ストレスで胃が痛い。

譯 由於壓力而引起胃痛。

04 ｜たまる【溜まる】

自五 事情積壓；積存，囤積，停滯

例 ストレスが溜まっている。

譯 累積了不少壓力。

05 ｜まけ【負け】

名 輸，失敗；減價；（商店送給客戶的）贈品

例 私の負けだ。

譯 我輸了。

06 ｜わかれ【別れ】

名 別，離別，分離；分支，旁系

例 別れが悲しい。

譯 傷感離別。

29-6 驚き、恐れ、怒り／
驚懼、害怕、憤怒

01 ｜いかり【怒り】

名 憤怒，生氣

例 怒りが抑えられない。

譯 怒不可遏。

02 ｜さわぎ【騒ぎ】

名 吵鬧，吵嚷；混亂，鬧事；轟動一時（的事件），激動，振奮

例 騒ぎが起こった。

譯 引起騷動。

03 ｜ショック【shock】

名 震動，刺激，打擊；（手術或注射後的）休克

例 ショックを受けた。

譯 受到打擊。

04 ｜ふあん【不安】

名・形動 不安，不放心，擔心；不穩定

例 不安をおぼえる。

譯 感到不安。

05 ｜ぼうりょく【暴力】

名 暴力，武力

例 夫に暴力を振るわれる。

譯 受到丈夫家暴。

06 | もんく【文句】

(名) 詞句，語句；不平或不滿的意見，異議

例 文句を言う。

譯 抱怨。

29-7 感謝、後悔 /
感謝、悔恨

01 | かんしゃ【感謝】

(名・自他サ) 感謝

例 心から感謝する。

譯 衷心感謝。

02 | こうかい【後悔】

(名・他サ) 後悔，懊悔

例 話を聞けばよかったと後悔している。

譯 後悔應該聽他說的才對。

03 | たすかる【助かる】

(自五) 得救，脫險；有幫助，輕鬆；節省(時間、費用、麻煩等)

例 ご協力いただけると助かります。

譯 能得到您的鼎力相助那就太好了。

04 | にくらしい【憎らしい】

(形) 可憎的，討厭的，令人憎恨的

例 あの男が憎らしい。

譯 那男人真是可恨啊。

05 | はんせい【反省】

(名・他サ) 反省，自省(思想與行為)；重新考慮

例 深く反省している。

譯 深深地反省。

06 | ひ【非】

(名・接頭) 非，不是

例 自分の非を詫びる。

譯 承認自己的錯誤。

07 | もうしわけない【申し訳ない】

(寒暄) 實在抱歉，非常對不起，十分對不起

例 申し訳ない気持ちでいっぱいだ。

譯 心中充滿歉意。

08 | ゆるす【許す】

(他五) 允許，批准，寬恕；免除；容許；承認；委託；信賴；疏忽，放鬆，釋放

例 君を許す。

譯 我原諒你。

09 | れい【礼】

(名・漢造) 禮儀，禮節，禮貌；鞠躬，道謝，致謝；敬禮；禮品

例 礼を欠く。

譯 欠缺禮貌。

10 | れいぎ【礼儀】

(名) 禮儀，禮節，禮法，禮貌

例 礼儀正しい青年だ。

譯 有禮的青年。

11 | わび【詫び】

(名) 賠不是，道歉，表示歉意

例 丁寧なお詫びの言葉を頂きました。

譯 得到畢恭畢敬的賠禮。

パート
30
第三十章

思考、言語

- 思考、語言 -

30-1 思考 /
思考

01 ｜あいかわらず【相変わらず】

(副) 照舊，仍舊，和往常一樣

例 相変わらずお元気ですね。

譯 您還是那麼精神百倍啊！

02 ｜アイディア【idea】

(名) 主意，想法，構想；(哲) 觀念

例 アイディアを考える。

譯 想點子。

03 ｜あんがい【案外】

(副・形動) 意想不到，出乎意外

例 案外やさしかった。

譯 出乎意料的簡單。

04 ｜いがい【意外】

(名・形動) 意外，想不到，出乎意料

例 意外に簡単だ。

譯 意外的簡單。

05 ｜おもいえがく【思い描く】

(他五) 在心裡描繪，想像

例 将来の生活を思い描く。

譯 在心裡描繪未來的生活。

06 ｜おもいつく【思い付く】

(自他五) (忽然) 想起，想起來

例 いいことを思いついた。

譯 我想到了一個好點子。

07 ｜かのう【可能】

(名・形動) 可能

例 可能な範囲でお願いします。

譯 在可能的範圍內請多幫忙。

08 ｜かわる【変わる】

(自五) 變化；與眾不同；改變時間地點，遷居，調任

例 考えが変わる。

譯 改變想法。

09 ｜かんがえ【考え】

(名) 思想，想法，意見；念頭，觀念，信念；考慮，思考；期待，願望；決心

例 考えが甘い。

譯 想法天真。

10 ｜かんそう【感想】

(名) 感想

例 感想を聞く。

譯 聽取感想。

11 | ごかい【誤解】

(名・他サ) 誤解，誤會
例 誤解を招く。
譯 導致誤會。

12 | そうぞう【想像】

(名・他サ) 想像
例 想像もつきません。
譯 真叫人無法想像。

13 | つい

(副)(表時間與距離)相隔不遠，就在眼前；
不知不覺，無意中；不由得，不禁
例 つい傘を間違えた。
譯 不小心拿錯了傘。

14 | ていあん【提案】

(名・他サ) 提案，建議
例 提案を受ける。
譯 接受建議。

15 | ねらい【狙い】

(名) 目標，目的；瞄準，對準
例 狙いを外す。
譯 錯過目標。

16 | のぞむ【望む】

(他五) 遠望，眺望；指望，希望；仰慕，
景仰
例 成功を望む。
譯 期望成功。

17 | まし(な)

(形動)(比)好些，勝過；像樣

例 ないよりましだ。
譯 有勝於無。

18 | まよう【迷う】

(自五) 迷，迷失；困惑；迷戀；(佛)執迷；
(古)(毛線、線繩等)絮亂，錯亂
例 道に迷う。
譯 迷路。

19 | もしかしたら

(連語・副) 或許，萬一，可能，説不定
例 もしかしたら優勝するかも。
譯 也許會獲勝也説不定。

20 | もしかして

(連語・副) 或許，可能
例 もしかして伊藤さんですか。
譯 您該不會是伊藤先生吧？

21 | もしかすると

(副) 也許，或，可能
例 もしかすると、受かるかもしれない。
譯 説不定會考上。

22 | よそう【予想】

(名・自サ) 預料，預測，預計
例 予想が当たった。
譯 預料命中。

N3 30-2

30-2 判斷 / 評價
判斷

01 | あてる【当てる】

(他下一) 碰撞，接觸；命中；猜，預測；
貼上，放上；測量；對著，朝向

例 年を当てる。
譯 猜中年齡。

---

02 ｜おもいきり【思い切り】

(名・副) 斷念，死心；果斷，下決心；狠狠地，盡情地，徹底的
例 思い切り遊びたい。
譯 想盡情地玩。

---

03 ｜おもわず【思わず】

(副) 禁不住，不由得，意想不到地，下意識地
例 思わず殴る。
譯 不由自主地揍了下去。

---

04 ｜かくす【隠す】

(他五) 藏起來，隱瞞，掩蓋
例 帽子で顔を隠す。
譯 用帽子蓋住頭。

---

05 ｜かくにん【確認】

(名・他サ) 證實，確認，判明
例 確認を取る。
譯 加以確認。

---

06 ｜かくれる【隠れる】

(自下一) 躲藏，隱藏；隱遁；不為人知，潛在的
例 親に隠れてたばこを吸っていた。
譯 以前瞞著父母偷偷抽菸。

---

07 ｜かもしれない

(連語) 也許，也未可知
例 あなたの言う通りかもしれない。
譯 或許如你說的。

---

08 ｜きっと

(副) 一定，必定；(神色等)嚴厲地，嚴肅地
例 明日はきっと晴れるでしょう。
譯 明日一定會放晴。

---

09 ｜ことわる【断る】

(他五) 謝絕；預先通知，事前請示
例 結婚を申し込んだが断られた。
譯 向他求婚，卻遭到了拒絕。

---

10 ｜さくじょ【削除】

(名・他サ) 刪掉，刪除，勾消，抹掉
例 名前を削除する。
譯 刪除姓名。

---

11 ｜さんせい【賛成】

(名・自サ) 贊成，同意
例 提案に賛成する。
譯 贊成這項提案。

---

12 ｜しゅだん【手段】

(名) 手段，方法，辦法
例 手段を選ばない。
譯 不擇手段。

---

13 ｜しょうりゃく【省略】

(名・副・他サ) 省略，從略
例 説明を省略する。
譯 省略説明。

---

14 ｜たしか【確か】

(副) (過去的事不太記得)大概，也許
例 確か言ったことがある。
譯 好像曾經有説過。

15 ｜たしかめる【確かめる】

(他下一) 査明，確認，弄清

例 気持ちを確かめる。

譯 確認心意。

16 ｜たてる【立てる】

(他下一) 立起；訂立

例 旅行の計画を立てる。

譯 訂定旅遊計畫。

17 ｜たのみ【頼み】

(名) 懇求，請求，拜託；信賴，依靠

例 頼みがある。

譯 有事想拜託你。

18 ｜チェック【check】

(名・他サ) 確認，檢查；核對，打勾；格子花紋；支票；號碼牌

例 メールをチェックする。

譯 檢查郵件。

19 ｜ちがい【違い】

(名) 不同，差別，區別；差錯，錯誤

例 違いが出る。

譯 出現差異。

20 ｜ちょうさ【調査】

(名・他サ) 調査

例 調査が行われる。

譯 展開調査。

21 ｜つける【付ける・附ける・着ける】

(他下一・接尾) 掛上，裝上；穿上，配戴；評定，決定；寫上，記上；定(價)，出(價)；養成；分配，派；安裝；注意；抹上，塗上

例 値段をつける。

譯 定價。

22 ｜てきとう【適当】

(名・形動・自サ) 適當；適度；隨便

例 送別会に適当な店を探す。

譯 尋找適合舉辦歡送會的店家。

23 ｜できる

(自上一) 完成；能夠

例 1週間でできる。

譯 一星期內完成。

24 ｜てってい【徹底】

(名・自サ) 徹底；傳遍，普遍，落實

例 徹底した調査を行う。

譯 進行徹底的調查。

25 ｜とうぜん【当然】

(形動・副) 當然，理所當然

例 夫は家族を養うのが当然だ。

譯 老公養家餬口是理所當然的事。

26 ｜ぬるい【温い】

(形) 微溫，不冷不熱，不夠熱

例 考え方が温い。

譯 思慮不夠周密。

27 ｜のこす【残す】

(他五) 留下，剩下；存留；遺留；（相撲頂住對方的進攻）開腳站穩

例 メモを残す。

譯 留下紙條。

28 ｜はんたい【反対】

(名・自サ) 相反；反對

例 意見に反対する。

譯 對意見給予反對。

29 ｜ふかのう（な）【不可能（な）】

(形動) 不可能的，做不到的

例 彼に勝つことは不可能だ。

譯 不可能贏過他的。

N3 ● 30-3

30-3 理解／
理解

01 ｜かいけつ【解決】

(名・自他サ) 解決，處理

例 問題が解決する。

譯 問題得到解決。

02 ｜かいしゃく【解釈】

(名・他サ) 解釋，理解，説明

例 正しく解釈する。

譯 正確的解釋。

03 ｜かなり

(副・形動・名) 相當，頗

例 かなり疲れる。

譯 相當疲憊。

04 ｜さいこう【最高】

(名・形動)（高度、位置、程度）最高，至高無上；頂，極，最

例 最高に面白い映画だ。

譯 最有趣的電影。

05 ｜さいてい【最低】

(名・形動) 最低，最差，最壞

例 君は最低の男だ。

譯 你真是個差勁無比的男人。

06 ｜そのうえ【その上】

(接續) 又，而且，加之，兼之

例 質がいい、その上値段も安い。

譯 不只品質佳，而且價錢便宜。

07 ｜そのうち【その内】

(副・連語) 最近，過幾天，不久；其中

例 兄はその内帰ってくるから、暫く待ってください。

譯 我哥哥就快要回來了，請稍等一下。

08 ｜それぞれ

(副) 每個(人)，分別，各自

例 それぞれの問題が違う。

譯 每個人的問題不同。

09 ｜だいたい【大体】

(副) 大部分；大致；大概

例 この曲はだいたい弾けるようになった。

譯 大致會彈這首曲子了。

10 | だいぶ【大分】

(名・形動) 很，頗，相當，相當地，非常

例 だいぶ日が長くなった。

譯 白天變得比較長了。

---

11 | ちゅうもく【注目】

(名・他サ・自サ) 注目，注視

例 人に注目される。

譯 引人注目。

---

12 | ついに【遂に】

(副) 終於；竟然；直到最後

例 遂に現れた。

譯 終於出現了。

---

13 | とく【特】

(漢造) 特，特別，與眾不同

例 すばらしい特等席へどうぞ。

譯 請上坐最棒的頭等座。

---

14 | とくちょう【特徴】

(名) 特徵，特點

例 特徴のある顔をしている。

譯 長著一副別具特色的臉。

---

15 | なっとく【納得】

(名・他サ) 理解，領會；同意，信服

例 納得がいく。

譯 信服。

---

16 | ひじょう【非常】

(名・形動) 非常，很，特別；緊急，緊迫

例 社員の提案を非常に重視する。

譯 非常重視社員的提案。

---

17 | べつ【別】

(名・形動・漢造) 分別，區分；分別

例 別の方法を考える。

譯 想別的方法。

---

18 | べつべつ【別々】

(形動) 各自，分別

例 別々に研究する。

譯 分別研究。

---

19 | まとまる【纏まる】

(自五) 解決，商訂，完成，談妥；湊齊，湊在一起；集中起來，概括起來，有條理

例 意見がまとまる。

譯 意見一致。

---

20 | まとめる【纏める】

(他下一) 解決，結束；總結，概括；匯集，收集；整理，收拾

例 意見をまとめる。

譯 整理意見。

---

21 | やはり・やっぱり

(副) 果然；還是，仍然

例 やっぱり思ったとおりだ。

譯 果然跟我想的一樣。

---

22 | りかい【理解】

(名・他サ) 理解，領會，明白；體諒，諒解

例 彼女の考えは理解しがたい。

譯 我無法理解她的想法。

---

23 | わかれる【分かれる】

(自下一) 分裂；分離，分開；區分，劃分；區別

例 意見が分かれる。
譯 意見產生分歧。

24 ｜わける【分ける】

他下一 分，分開；區分，劃分；分配，分給；分開，排開，擠開
例 等分に分ける。
譯 均分。

30-4 知識 /
知識

01 ｜あたりまえ【当たり前】

名 當然，應然；平常，普通
例 借金を返すのは当たり前だ。
譯 借錢就要還。

02 ｜うる【得る】

他下二 得到；領悟
例 得るところが多い。
譯 獲益良多。

03 ｜える【得る】

他下一 得，得到；領悟，理解；能夠
例 知識を得る。
譯 獲得知識。

04 ｜かん【観】

名・漢造 觀感，印象，樣子；觀看；觀點
例 人生観が変わる。
譯 改變人生觀。

05 ｜くふう【工夫】

名・自サ 設法

例 やりやすいように工夫する。
譯 設法讓工作更有效率。

06 ｜くわしい【詳しい】

形 詳細；精通，熟悉
例 事情に詳しい。
譯 深知詳情。

07 ｜けっか【結果】

名・自他サ 結果，結局
例 結果から見る。
譯 從結果上來看。

08 ｜せいかく【正確】

名・形動 正確，準確
例 正確に記録する。
譯 正確記錄下來。

09 ｜ぜったい【絶対】

名・副 絕對，無與倫比；堅絕，斷然，一定
例 絶対に面白いよ。
譯 一定很有趣喔。

10 ｜ちしき【知識】

名 知識
例 知識を得る。
譯 獲得知識。

11 ｜てき【的】

接尾・形動（前接名詞）關於，對於；表示狀態或性質
例 一般的な例を挙げる。
譯 舉一般性的例子。

12 ｜できごと【出来事】

名 （偶發的）事件，變故

例 不思議な出来事に遭う。

譯 遇到不可思議的事情。

13 ｜とおり【通り】

接尾 種類；套，組

例 やり方は三通りある。

譯 作法有三種方法。

14 ｜とく【解く】

他五 解開；拆開（衣服）；消除，解除（禁令、條約等）；解答

例 謎を解く。

譯 解開謎題。

15 ｜とくい【得意】

名・形動 （店家的）主顧；得意，滿意；自滿，得意洋洋；拿手

例 得意先を回る。

譯 拜訪老主顧。

16 ｜とける【解ける】

自下一 解開，鬆開（綁著的東西）；消，解消（怒氣等）；解除（職責、契約等）；解開（疑問等）

例 問題が解けた。

譯 問題解決了。

17 ｜ないよう【内容】

名 內容

例 手紙の内容を知っている。

譯 知道信的內容。

18 ｜にせる【似せる】

他下一 模仿，仿效；偽造

例 本物に似せる。

譯 與真物非常相似。

19 ｜はっけん【発見】

名・他サ 發現

例 新しい星を発見した。

譯 發現新的行星。

20 ｜はつめい【発明】

名・他サ 發明

例 機械を発明した。

譯 發明機器。

21 ｜ふかめる【深める】

他下一 加深，加強

例 知識を深める。

譯 增進知識。

22 ｜ほうほう【方法】

名 方法，辦法

例 方法を考え出す。

譯 想出辦法。

23 ｜まちがい【間違い】

名 錯誤，過錯；不確實

例 間違いを直す。

譯 改正錯誤。

24 ｜まちがう【間違う】

他五・自五 做錯，搞錯；錯誤

例 計算を間違う。

譯 算錯了。

25 ｜まちがえる【間違える】

(他下一) 錯；弄錯

例 人の傘と間違える。

譯 跟別人的傘弄錯了。

26 ｜まったく【全く】

(副) 完全，全然；實在，簡直；(後接否定)
絕對，完全

例 まったく違う。

譯 全然不同。

27 ｜ミス【miss】

(名・自サ) 失敗，錯誤，差錯

例 仕事でミスを犯す。

譯 工作上犯了錯。

28 ｜りょく【力】

(漢造) 力量

例 実力がある。

譯 有實力。

N3 ● 30-5

30-5 言語 / 語言

01 ｜ぎょう【行】

(名・漢造) (字的)行；(佛)修行；行書

例 行をかえる。

譯 另起一行。

02 ｜く【句】

(名) 字，字句；俳句

例 俳句の季語を春に換える。

譯 俳句的季語換成春。

03 ｜ごがく【語学】

(名) 外語的學習，外語，外語課

例 語学が得意だ。

譯 在語言方面頗具長才。

04 ｜こくご【国語】

(名) 一國的語言；本國語言；(學校的)
國語(課)，語文(課)

例 国語の教師になる。

譯 成為國文老師。

05 ｜しめい【氏名】

(名) 姓與名，姓名

例 解答用紙の右上に氏名を書く。

譯 在答案用紙的右上角寫上姓名。

06 ｜ずいひつ【随筆】

(名) 隨筆，小品文，散文，雜文

例 随筆を書く。

譯 寫散文。

07 ｜どう【同】

(名) 同樣，同等；(和上面的)相同

例 国同士の関係が深まる。

譯 加深國與國之間的關係。

08 ｜ひょうご【標語】

(名) 標語

例 交通安全の標語を考える。

譯 正在思索交通安全的標語。

09 ｜ふ【不】

接頭・漢造 不；壞；醜；笨
例 不注意でけがをした。
譯 因為不小心而受傷。

10 ｜ふごう【符号】

名 符號，記號；（數）符號
例 数学の符号を使う。
譯 使用數學符號。

11 ｜ぶんたい【文体】

名 （某時代特有的）文體；（某作家特有的）風格
例 漱石の文体をまねる。
譯 模仿夏目漱石的文章風格。

12 ｜へん【偏】

名・漢造 漢字的（左）偏旁；偏，偏頗
例 辞典で衣偏を見る。
譯 看辭典的衣部（部首）。

13 ｜めい【名】

名・接頭 知名…
例 この映画は名作だ。
譯 這電影是一部傑出的名作。

14 ｜やくす【訳す】

他五 翻譯；解釋
例 英語を日本語に訳す。
譯 英譯日。

15 ｜よみ【読み】

名 唸，讀；訓讀；判斷，盤算

例 正しい読み方は別にある。
譯 有別的正確念法。

16 ｜ローマじ【Roma 字】

名 羅馬字
例 ローマ字で入力する。
譯 用羅馬字輸入。

30-6 表現（1）／
表達（1）

01 ｜あいず【合図】

名・自サ 信號，暗號
例 合図を送る。
譯 遞出信號。

02 ｜アドバイス【advice】

名・他サ 勸告，提意見；建議
例 アドバイスをする。
譯 提出建議。

03 ｜あらわす【表す】

他五 表現出，表達；象徵，代表
例 言葉で表せない。
譯 無法言喻。

04 ｜あらわれる【表れる】

自下一 出現，出來；表現，顯出
例 不満が顔に表れている。
譯 臉上露出不服氣的神情。

05 ｜あらわれる【現れる】

自下一 出現，呈現，顯露

例 彼の能力が現れる。

譯 他顯露出才華。

---

06 ｜あれっ・あれ

㊐ 哎呀

例 あれ、どうしたの。

譯 哎呀，怎麼了呢？

---

07 ｜いえ

㊐ 不，不是

例 いえ、違います。

譯 不，不是那樣。

---

08 ｜いってきます【行ってきます】

㊐ 我出門了

例 挨拶に行ってきます。

譯 去打聲招呼。

---

09 ｜いや

㊐ 不；沒什麼

例 いや、それは違う。

譯 不，不是那樣的。

---

10 ｜うわさ【噂】

㊐ 議論，閒談；傳說，風聲

例 噂を立てる。

譯 散布謠言。

---

11 ｜おい

㊐ （主要是男性對同輩或晚輩使用）打招呼的喂，唉；（表示輕微的驚訝）呀！啊！

例 おい、大丈夫か。

譯 喂！你還好吧。

---

12 ｜おかえり【お帰り】

㊐ （你）回來了

例 もう、お帰りですか。

譯 您要回去了啊？

---

13 ｜おかえりなさい【お帰りなさい】

㊐ 回來了

例 「ただいま」「お帰りなさい」。

譯 「我回來了」「你回來啦。」

---

14 ｜おかけください

㊐ 請坐

例 どうぞ、おかけください。

譯 請坐下。

---

15 ｜おかまいなく【お構いなく】

㊐ 不管，不在乎，不介意

例 どうぞ、お構いなく。

譯 請不必客氣。

---

16 ｜おげんきですか【お元気ですか】

㊐ 你好嗎？

例 ご両親はお元気ですか。

譯 請問令尊與令堂安好嗎？

---

17 ｜おさきに【お先に】

㊐ 先離開了，先告辭了

例 お先に、失礼します。

譯 我先告辭了。

18 ｜おしゃべり【お喋り】

（名・自サ・形動）閒談，聊天；愛説話的人，健談的人

例 おしゃべりに夢中になる。

譯 熱中於閒聊。

19 ｜おじゃまします【お邪魔します】

（敬）打擾了

例 「いらっしゃいませ」「お邪魔します」。

譯 「歡迎光臨」「打擾了」。

20 ｜おせわになりました【お世話になりました】

（敬）受您照顧了

例 いろいろと、お世話になりました。

譯 感謝您多方的關照。

21 ｜おまちください【お待ちください】

（敬）請等一下

例 少々、お待ちください。

譯 請等一下。

22 ｜おまちどおさま【お待ちどおさま】

（敬）久等了

例 お待ちどおさま、こちらへどうぞ。

譯 久等了，這邊請。

23 ｜おめでとう

（寒暄）恭喜

例 大学合格、おめでとう。

譯 恭喜你考上大學。

24 ｜おやすみ【お休み】

（寒暄）休息；晚安

例 「お休み」「お休みなさい」。

譯 「晚安！」「晚安！」。

25 ｜おやすみなさい【お休みなさい】

（寒暄）晚安

例 もう寝るよ。お休みなさい。

譯 我要睡了，晚安。

26 ｜おん【御】

（接頭）表示敬意

例 御礼申し上げます。

譯 致以深深的謝意。

27 ｜けいご【敬語】

（名）敬語

例 敬語を使う。

譯 使用敬語。

28 ｜ごえんりょなく【ご遠慮なく】

（敬）請不用客氣

例 どうぞ、ご遠慮なく。

譯 請不用客氣。

29 ｜ごめんください

（名・形動・副）（道歉、叩門時）對不起，有人在嗎？

例 ごめんください、おじゃまします。

譯 對不起，打擾了。

30 ｜じつは【実は】

（副）説真的，老實説，事實是，説實在的

例 実は私がやったのです。
譯 老實說是我做的。

30-6 表現 (2) / 表達 (2)

31 | しつれいします【失礼します】

㊐(道歉)對不起;(先行離開)先走一步;(進門)不好意思打擾了;(職場用語－掛電話時)不好意思先掛了;(入座)謝謝

例 お先に失礼します。
譯 我先失陪了。

32 | じょうだん【冗談】

㊂ 戲言,笑話,詼諧,玩笑
例 冗談を言うな。
譯 不要亂開玩笑。

33 | すなわち【即ち】

(接續) 即,換言之;即是,正是;則,彼時;乃,於是
例 1ポンド、すなわち 100 ペンスで買った。
譯 以一磅也就是100英鎊購買。

34 | すまない

(連語) 對不起,抱歉;(做寒暄語)對不起
例 すまないと言ってくれた。
譯 向我道了歉。

35 | すみません【済みません】

(連語) 抱歉,不好意思
例 お待たせしてすみません。
譯 讓您久等,真是抱歉。

36 | ぜひ【是非】

(名・副) 務必;好與壞
例 是非お電話ください。
譯 請一定打電話給我。

37 | そこで

(接續) 因此,所以;(轉換話題時)那麼,下面,於是
例 そこで、私は意見を言った。
譯 於是,我説出了我的看法。

38 | それで

(接) 因此;後來
例 それで、いつ終わるの。
譯 那麼,什麼時候結束呢?

39 | それとも

(接續) 或者,還是
例 コーヒーにしますか、それとも紅茶にしますか。
譯 您要咖啡還是紅茶?

40 | ただいま

(名・副) 現在;馬上;剛才;(招呼語)我回來了
例 ただいま帰りました。
譯 我回來了。

41 | つたえる【伝える】

(他下一) 傳達,轉告;傳導
例 部下に伝える。
譯 轉告給下屬。

42 | つまり

(名・副) 阻塞，困窘；到頭，盡頭；總之，説到底；也就是説，即…

例 つまり、こういうことです。

譯 也就是説，是這個意思。

43 | で

(接續) 那麼；（表示原因）所以

例 台風で学校が休みだ。

譯 因為颱風所以學校放假。

44 | でんごん【伝言】

(名・自他サ) 傳話，口信；帶口信

例 伝言がある。

譯 有留言。

45 | どんなに

(副) 怎樣，多麼，如何；無論如何…也

例 どんなにがんばっても、うまくいかない。

譯 不管你再怎麼努力，事情還是不能順利發展。

46 | なぜなら(ば)【何故なら(ば)】

(接續) 因為，原因是

例 もういや、なぜなら彼はひどい。

譯 我投降了，因為他太惡劣了。

47 | なにか【何か】

(連語・副) 什麼；總覺得

例 何か飲みたい。

譯 想喝點什麼。

48 | バイバイ【bye-bye】

(寒暄) 再見，拜拜

例 バイバイ、またね。

譯 掰掰，再見。

49 | ひょうろん【評論】

(名・他サ) 評論，批評

例 雑誌に映画の評論を書く。

譯 為雜誌撰寫影評。

50 | べつに【別に】

(副) （後接否定）不特別

例 別に忙しくない。

譯 不特別忙。

51 | ほうこく【報告】

(名・他サ) 報告，匯報，告知

例 事件を報告する。

譯 報告案件。

52 | まねる【真似る】

(他下一) 模效，仿效

例 上司の口ぶりを真似る。

譯 仿效上司的説話口吻。

53 | まるで

(副) （後接否定）簡直，全部，完全；好像，宛如，恰如

例 まるで夢のようだ。

譯 宛如作夢一般。

54 | メッセージ【message】

(名) 電報，消息，口信；致詞，祝詞；（美國總統）咨文

例 祝賀のメッセージを送る。
譯 寄送賀詞。

---

55 | よいしょ

感 （搬重物等吆喝聲）嘿咻

例 「よいしょ」と立ち上がる。
譯 一聲「嘿咻」就站了起來。

---

56 | ろん【論】

名・漢造・接尾 論，議論
例 その論の立て方はおかしい。
譯 那一立論方法很奇怪。

---

57 | ろんじる・ろんずる【論じる・論ずる】

他上一 論，論述，闡述
例 事の是非を論じる。
譯 論述事情的是與非。

N3 ○ 30-7

30-7 文書、出版物 /
文章文書、出版物

01 | エッセー・エッセイ【essay】

名 小品文，隨筆；（隨筆式的）短論文
例 エッセーを読む。
譯 閱讀小品文。

---

02 | かん【刊】

漢造 刊，出版
例 朝刊と夕刊を取る。
譯 訂早報跟晚報。

---

03 | かん【巻】

名・漢造 卷，書冊；（書畫的）手卷；卷曲

例 上、中、下、全3巻ある。
譯 有上中下共三冊。

---

04 | ごう【号】

名・漢造 （雜誌刊物等）期號；（學者等）別名
例 雑誌の一月号を買う。
譯 買一月號的雜誌。

---

05 | し【紙】

漢造 報紙的簡稱；紙；文件，刊物
例 表紙を作る。
譯 製作封面。

---

06 | しゅう【集】

名・漢造 （詩歌等的）集；聚集
例 作品を全集にまとめる。
譯 把作品編輯成全集。

---

07 | じょう【状】

名・漢造 （文）書面，信件；情形，狀況
例 推薦状のおかげで就職が決まった。
譯 承蒙推薦信找到工作了。

---

08 | しょうせつ【小説】

名 小説
例 恋愛小説を読むのが好きです。
譯 我喜歡看言情小説。

---

09 | しょもつ【書物】

名 （文）書，書籍，圖書
例 書物を読む。
譯 閱讀書籍。

10 ｜しょるい【書類】

名 文書，公文，文件

例 書類を送る。

譯 寄送文件。

11 ｜だい【題】

名・自サ・漢造 題目，標題；問題；題辭

例 作品に題をつける。

譯 給作品題上名。

12 ｜タイトル【title】

名 (文章的)題目，(著述的)標題；稱號，職稱

例 タイトルを決める。

譯 決定名稱。

13 ｜だいめい【題名】

名 (圖書、詩文、戲劇、電影等的)標題，題名

例 題名をつける。

譯 題名。

14 ｜ちょう【帳】

漢造 帳幕；帳本

例 銀行の預金通帳と印鑑を盗まれた。

譯 銀行存摺及印章被偷了。

15 ｜データ【data】

名 論據，論證的事實；材料，資料；數據

例 データを集める。

譯 收集情報。

16 ｜テーマ【theme】

名 (作品的)中心思想，主題；(論文、演説的)題目，課題

例 研究のテーマを考える。

譯 思考研究題目。

17 ｜としょ【図書】

名 圖書

例 読みたい図書が見つかった。

譯 找到想看的書。

18 ｜パンフレット【pamphlet】

名 小冊子

例 詳しいパンフレットをダウンロードできる。

譯 可以下載詳細的小冊子。

19 ｜びら

名 (宣傳、廣告用的)傳單

例 ビラをまく。

譯 發傳單。

20 ｜へん【編】

名・漢造 編，編輯；(詩的)巻

例 前編と後編に分ける。

譯 分為前篇跟後篇。

21 ｜めくる【捲る】

他五 翻，翻開；揭開，掀開

例 雑誌をめくる。

譯 翻閱雜誌。

索　　引
N3.N4.N5
情境分類單字

か

索引

し

索引

み

索引

山田社日語 46

日本語
單字分類辭典

N3,N4,N5 單字分類辭典

自學考上 N3,N4,N5 就靠這一本！ （25K＋MP3）

■ 發行人／**林德勝**

■ 著者／**吉松由美、田中陽子、西村惠子、千田晴夫、
山田社日檢題庫小組**

■ 出版發行／**山田社文化事業有限公司**
臺北市大安區安和路一段112巷17號7樓
電話　02-2755-7622
傳真　02-2700-1887

■ 郵政劃撥／**19867160號　大原文化事業有限公司**

■ 總經銷／**聯合發行股份有限公司**
新北市新店區寶橋路235巷6弄6號2樓
電話　02-2917-8022
傳真　02-2915-6275

■ 印刷／**上鎰數位科技印刷有限公司**

■ 法律顧問／**林長振法律事務所　林長振律師**

■ 書＋MP3／**定價　新台幣 360 元**

■ 初版／**2020年 9 月**